KB261005

한국 문학의 반성과 성찰

류찬열

제이앤씨
Publishing Corporation

책머리에

 나의 첫 책이 평론집이 되었으면 했다. 오래전에 정확히는 고등학교 2학년 때인 1986년에 유종호 선생과 고 김현 선생의 평론집을 읽으며 그런 생각을 했다. 평론가가 되고 싶다는 나의 욕망은 막연한 것이었지만, 그만큼 강렬하고 순수한 것이었다. 목적이 분명했으니 선택도 분명했다. 그 때 나는 국어국문학과 이외의 학과는 생각조차 하지 않았다.

 내가 입학할 당시의 대학입시는 소위 '선지원 후시험' 방식으로 실시되었다. 대학과 학과를 먼저 정한 후에 시험을 치러 당락을 결정하는 방식이었다. 학과는 일찍부터 정해졌으니 대학만 선택하면 되는 상황이었다. 여러 면을 신중하게 고려해 중앙대학교를 선택했다. 지금도 나는 이 선택이 자랑스럽다. 그곳에서 소중한 사람들을 만났고, 지금도 나는 그들을 존경하고 사랑한다.

 그로부터 20여년의 세월이 흘렀다. 군 3년을 제외한 거의 모든 시간을 나는 중앙대학교 국어국문학과 울타리 속에 있었다. 처음에는 학부생이라는 이름으로, 이후로는 대학원 석사 과정생이라는 이름으로, 대학원 박사 과정생이라는 이름으로, 박사 학위를 받은 이후에는 시간 강사라는 이름으로 그곳에 오래 머물렀다. 그 시간 동안 나는 많이 행복했고 조금 불행했다.

 나의 첫 책이 평론집이 되었으면 했던 나의 바람은 이 책을 내면서 말 그대로 바람에 그치게 되었다. 몇몇 일간지와 문학잡지 평론 공모에 간간이 마지막까지 이름이 오르기는 했지만, 나는 끝내 평론가로 인준받는데 실패했다. 존경하는 선배들과 사랑하는 후배들이 하나둘씩 평론가가 되어 문단으로 나아갔고, 나는 그들을 묵묵히 지켜보았다. 나는 가끔 그들을 시샘했고, 자주 나의 재능을 의심했다. 황지우의 시구를 빌리자면, 그때 나는 무척 '危篤'했다.

이 책에 실린 글들은 그러한 '危篤' 속에서 씌어졌다. 책으로 묶기 위해 내가 썼던 글들을 다시 읽으면서 참담하고 부끄러웠다. 논리는 성기고 문장은 거칠었기 때문이다. 그래서 몇 번이나 출판을 주저하고 망설였다. 서문을 쓰고 있는 지금 이 순간에도 이러한 망설임과 주저함은 여전하다. 하지만 이제부터는 이전과는 다르게 살아야겠다는 다짐으로 이 책을 세상에 내보내기로 했다. 나는 오랫동안 나의 망설임과 주저함을 신중함과 성실함으로 가장했고, 그것이 나의 게으름과 무능임을 부정하며 살아왔다. 이 책이 나의 삶에 새로운 전환점이 되길 진정으로 바란다.

이 책에 실려 있는 글들은 1998년부터 발표한 논문들을 책의 체제에 맞게 수정하고 보완한 것이다. 제 1부에는 문학사와 관련된 문제들을 성찰한 글들을 실었고, 제 2부에는 1970, 80년대 비평의 성과와 한계를 짚어보는 글들을 실었으며, 제 3부에는 '노동소설', '리얼리즘시', '북한시', '가족주의' 등을 탐구한 글들을 실었다. 비록 논리는 성기고 문장은 거칠지만, 이 책에는 '직업으로서의 학문'을 선택한 이후, 내가 고민하고 사유했던 흔적들이 고스란히 담겨 있다.

그간 공저 형태로 두 권의 책을 내 보았지만, 단독 저서는 이번이 처음이다. 그것도 동시에 두 권을 내게 되었다. 여러 고마운 분들께는 다른 책을 통해 감사의 말씀을 드리기로 하고, 이 자리에서는 온전히 나의 가족에게만 감사의 말씀을 드리고자 한다.

먼저 사랑하는 나의 아내 이수정과 딸 류지나에게 감사한다. 사랑하는 두 여인 덕분에 어려움 없이 공부할 수 있었다. 경제적으로 무능한 남편과 아비를 항상 사랑과 존경으로 대해주는 두 여인에게 감사한다. 큰 빚을 졌다. 평생 그 빚을 기억하며 살겠다.

자식은 부모로부터 외모뿐만 아니라 성품도 물려받는다. 나의 외모와 성품도 대부분 나의 부모로부터 물려받은 것이다. 내가 이나마 사람구실 하며 사는 것도 모두 두 분 덕이다. 아버님께 나는 강직과 정직을 배웠다. 아버님은 아들에게 강직하고 정직하게 살 것을 강변이 아닌 실천으로 보여 주셨다. 아울러 나는 어머님께 사랑과 인정을 배웠다. 독실한 가톨릭 신자이신 어머님은 아들에게 진정과 진실만이 사람을 움직일 수 있다는 것을 가르쳐 주셨다. 낳아주시고 길러주신 두 분께 진심으로 감사드린다.

사랑하는 아내를 내게 보내주신 나의 또 다른 부모님이신 장인과 장모 께도 감사드린다. 지금도 가끔씩 똑똑하고 예쁜 딸이 문학을 전공하는 대학원생과 결혼하겠다고 선언한다면, 나는 어떻게 했을까 하고 생각해 본다. 다만 두 분이 결혼을 승낙하기까지 쉽지 않은 시간을 보내셨을 것이라고 미루어 짐작할 뿐이다. 두 분이 사위에게 베푸신 사랑과 믿음에 보답하는 길은 좋은 남편, 좋은 아빠가 되는 것이라 생각한다. 그렇게 살도록 노력하겠다.

이 부족한 책이 그분들이 내게 베풀어주신 은혜에 작은 보답이 되었으 면 한다. 이 책을 나의 가족들에게 바친다.

2007년 11월
용문산 백운봉이 마주보이는 서재에서
류찬열

목 차

제1부
문학사론

한국 (근)현대문학사 기술의 현황과 반성

소설사와 시사를 중심으로

1. 머리말

기존 문학사 서술의 난점을 한 연구자는 다음과 같이 지적하고 있다.

각자 선택한 문학적 자료를 기초로 하여 마치 정지작업을 한 것처럼 10년 단위로 그 나름의 몇몇 특징을 추출, 배치하고 유형화하여 시간 순서대로 엮는다. 가장 일반적인 형태가 시대라는 끈과 집단적인 묶음(이를테면 문학단체 혹은 동인, 동인지 등) 등을 기준으로 하여 적당히 엮어나간 것이다. 이런 것이 관행이 되어 결국 표현은 다를지라도 내용적 차별성이 없는 도토리 키재기식 형태에서 크게 벗어나지 못하고 있다.[1]

---

[1] 임규찬, 「민족문학의 역사화를 위한 젊은 열정과 구체적 현실」, ≪민족문학사연구≫ 제 5호(민족문학사학회, 1994), p.274.

위와 같은 우리 (근)현대문학 일반을 다룬 한국(근)현대문학사 기술의 방법론적 문제점은 개별 장르 문학사에 해당하는 한국(근)현대소설사, 한국(근)현대시사, 한국(근)현대희곡사, 한국(근)현대비평사 등을 살펴보아도 별반 사정이 나아 보이지 않는다. 개별 작가와 작품에 대한 연구를 통해 개별 장르 문학사가 그 정당성을 획득한다면, 개별 장르 문학사에 대한 연구를 통해 현대문학 일반을 다룬 한국(근)현대문학사는 그 정당성을 획득한다. 그러므로 개별 장르문학사 연구는 한국(근)현대문학사 기술을 위한 토대를 제공한다고 할 수 있다.

문학사가 새롭게 쓰여진다는 것은 문학사 서술의 대상인 사료로서의 문학작품 및 문학현상이 새롭게 나타나거나 설정되는 경우, 또는 그러한 사료들을 바탕으로 문학사 서술의 구도를 재편할 만한 새로운 방법론과 역사적 안목이 형성될 때 가능한 작업이다.[2]

따라서 문학사는 고정된 실체라기보다는 계속적으로 새롭게 씌어져야할 미완의 과제가 될 것이다. 과거는 언제나 현재에 내재된 것이므로, 현재에 있어서의 인식론적 전환은 과거의 해체를 요구하게 된다. 객관적이고 고정된 실체라는 의미의 과거란 실증주의적 허구, 시간의 허망한 잔해일 뿐이며, 과거는 밝혀지는 것이 아니라 끊임없이 재구성되는 것이기 때문이다.[3]

북한 문학에 대한 연구가 본격화되면서 서술의 대상인 문학작품 및 문학현상은 대폭 확대되었다고 할 수 있다. 문학사 체계 속에 편입되어 통일적으로 기술되지는 못했지만, 권영민의 『한국현대문학사』와

---

2) 한수영, 「통일시대의 문학사 서술을 위한 시금석」, 같은 책, p.284.
3) 이광호, 「맥락과 징후」, 『비평의 시대1』(문학과 지성사, 1991), p.17.

김윤식, 정호웅의『한국소설사』는 북한 문학을 문학사 기술의 대상으로 편입하려는 노력들이 구체화된 성과물들이라고 할 수 있다.

한편 현재 중점적으로 논의되고 있는 근대성 개념은 문학사 서술의 구도를 재편할 만한 새로운 방법론과 역사적 안목을 제공해 주고 있다. 근대성 개념은 기존의 역사적 실증주의와 문학적 해석 사이의 애매한 절충에서 벗어나 역사적 모더니티의 전지구적 관철과 이에 대한 특수한 미적 대응으로서의 심미적 모더니티의 변증법을 탐구함으로써 한국문학의 보편성과 특수성을 동시에 해명할 수 있는 유용한 인식틀을 제공해 줄 수 있을 것으로 판단된다.

개별문학사 자체가 일천한 상태에서 위의 두 가지 요구를 충족시킬 수 있는 연구성과가 빠른 시간 내에 제출되기는 힘들 것으로 판단된다. 그것은 이러한 문제의식을 바탕으로 한 개별 작가에 대한 연구와 그 문학사적 가치에 대한 연구가 충분히 축적되어야 한다는 전제를 필요로 하기 때문이다.

그러한 의미에서 본 논문 역시 상당히 제한적일 수밖에 없다. 그러나 그럼에도 불구하고 필자는 연구 대상의 확대 그리고 새로운 방법론과 역사적 안목의 형성이라는 두 가지 틀을 전제로 기존의 소설사와 시사를 검토하고, 그 한계를 추적해 보고자 한다. 이러한 작업을 통해 기존 연구성과들을 보충하고, 나아가 이후의 개별 문학사 기술은 물론 개별 작가·작품론 기술의 방향성을 함께 제시해 보려는 것이 이 글의 목적이다.

연구 대상이 된 개별 문학사는, 우선 소설사로는 김태준의『朝鮮小說史』(1939), 김우종의『한국현대소설사』(1968), 이재선의『한국현대소설사』(1979), 『현대한국소설사』(1991), 김윤식·정호웅의『한국소설사』(1993)이며, 다음 시사로는 김해성의 『韓國現代詩文學全史』(1974), 정한모의『韓國現代詩文學史』(1974), 김용직, 『한국근대시사』(1986), 『해방기 한국시문학사』(1989), 『한국현대시사』(1996) 임을 밝혀둔다.

2. (근)현대소설사 기술 현황

우리 나라 최초의 독립된 소설사는 김태준의 『朝鮮小說史』이다. 이 저술에서 김태준은 삼국시대의 설화를 우리 나라 소설의 기원으로 잡고, 이기영의『고향』에 이르는 소설들을 사적으로 살피고 있다. 고전소설에서부터 당대소설까지 모두를 소설사의 기술대상으로 삼고 있는 셈인데, 이후의 개별 문학사 기술에서는 관철되지 않고 있는 장점이라고 할 수 있다.

그러나 김태준의 소설사는 엄격한 의미에서 '소설사'는 아니다.[4] 그 이유는 김태준의 소설에 대한 정의[5]가 사실은 "소설에 대한 정의라기보다는 소설 개념 혹은 소설 관념의 변화에 대한 언급이라고 함이 정확"[6]

---

4) 류준필, 「형성기 국문학연구의 전개 양상과 특성」(서울대 박사논문, 1998), p.67.

5) 김태준은 영국의 문인 Long의 정의에 따라 소설이란 "환작한 기담과 권징류가 아니요 사회생활의 풍습과 세태와 인정의 기미를 진실히 서술함"에 있다고 정의하였다. 이러한 정의에 따르면 "정말 기미운동 전후로 문화혁명이 일기 전까지는 롱씨이 정의한 노벨은 한 권도 없게"된다. 이에 대한 자세한 논의는 류준필의 위의 논문을 참조하기 바람.

하기 때문이다. 결국『朝鮮小說史』에서는 김태준 자신이 당대적 관점에서 인정할 수 있는 '소설'의 범위가 극히 제한되어 있기 때문에, '소설'에 무게 중심을 두기보다는 '역사적 전개'를 기준으로 삼을 수밖에 없었고, '소설의 역사'라기보다는 소설이 형성되는 소설의 계통론을 수립하는데 그치고 말았다.[7]

이러한 한계에도 불구하고 김태준의『朝鮮小說史』의 근대문학과 관련된 서술의 특징은 김태준이 영정조시대의 소설들을 '근대 소설 일반'이라는 장을 할애해 설명하고 있다는 점이다.[8] 김태준 자신은『朝鮮小說史』에서 '근대'라는 명칭을 부여한 뚜렷한 이유를 제시하지 않고 있지만, '실사구시 학풍의 영향을 받고, 다시 내적 부흥의 요구에 의하여 경제의 학풍이 심히 유행한 것'[9]을 그 근거로 삼고 있는 듯하다. 이러한 관점은 (근)현대소설의 연속성을 확보하려는 고심의 흔적으로 읽힌다.

고전 소설과 현대 소설과의 연속성을 확보하려는 노력은 갑오경장부터 한일합방까지를 '계몽운동 시대'로 정의하는 것에서도 드러난다. 계몽운동 시대의 시작과 끝에는 각각 역사·전기류 문학과 카프 계열의 소설들이 존재한다. 역사·전기류 문학과 카프 계열의 소설은 그것

---

6) 류준필, 위의 논문, p.67.
7) 이상의 논의는 류준필의 위의 논문 pp.75～84를 참조하였음.
8) 김영민은 김태준이 근대라는 용어를 과거와 현대 즉 구문학과 신문학 사이의 과도기라는 의미로 사용했다고 본다. 또한 그는 김태준이 근대라는 용어와 함께 '근세'라는 용어를 신문예 운동과 연관지어 사용하고 있으며, 이때 김태준이 사용한 '근세'라는 용어가 지금 우리가 말하는 '근대'와 유사한 의미를 지닌 것으로 판단하고 있다. 이에 대해서는 김영민, 「한국문학사의 근대와 근대성」, 『20세기 한국문학의 반성과 쟁점』(소명, 1999), p.18을 참조.
9) 김태준, 박희병 校主, 『소선소설사』(한길사, 1990), p.153.

이 발표되던 시기상의 특색만으로도 그 문학의 존재 의미가 무엇인가를 말해준다. 한마디로 김태준은 외세의 침탈에 대한 경계와 기울어가는 국운을 되살리려는 노력의 반영이 역사·전기류 문학과 카프 계열의 소설들의 창작 동기였던 것으로 파악한 것이다.

류준필의 지적처럼, 김태준의 소설사가 "소설이라는 대상의 특성 파악도 없는 상태이기 때문에 '계통론'으로 대신"되었고, "상위 전체 역사로의 통합이 불가능하였기 때문에 중국과의 관련을 자연스럽게 받아들였지만 그것은 '이념성'의 거세를 초래하였"음은 사실이다.[10] 그러나 이러한 방법론의 한계가 그대로 김태준 소설사를 전적으로 부정하는 논리로 나아가는 것은 상당히 위험하다. 요는 김태준 소설사의 방법론적 한계를 정당하게 지적함과 동시에 김태준 소설사의 행간에 잠복해 있는 문제의식을 이월해 오는 것이다. 이러한 관점에 서게 되면, 김태준의『朝鮮小說史』는 고전소설과 현대소설의 연속성을 확보하려는 노력과 민족의 위기상황을 타개하려는 문학적 응전을 중심으로 서술된 소설사라 할 수 있으며, 이러한 관점은 이후의 문학사가 끊임없이 지향했지만, 여전히 풀지 못한 미완의 숙제로 남아있다고 할 수 있겠다.

김태준에 의해 시도된 개별 장르사로서의 소설사는 해방 이후 한동안 씌어지지 않았다. 이러한 소설사의 停滯는 여러 가지 요인으로 분석될 수 있겠지만, 소설이란 장르 자체가 서정 장르인 시보다는 훨씬 더 현실과 밀착해 있으며, 게다가 문학사 자체의 논리가 현실과 문학간의

---

10) 류준필, 앞의 논문, p.83.

변증법적인 체계를 요구하고 있다는 점에서 찾을 수 있을 것이다. 다시 말해 해방 이후 남한 사회를 전일적으로 지배한 반공 이데올로기가 소설의 대사회적 응전력을 원천적으로 봉쇄한 상황에서 연구자들은 식민지 시대 카프 계열의 소설들을 어떻게 처리할 것인가 하는 난제를 해결하기가 무척 버거웠을 것이다.

이러한 난제는 1960년대에 와서 극복되게 되는데, 그것은 4·19혁명을 계기로 남한 문단을 지배하고 있던 소위 '순수문학론'이 붕괴되면서 시작되었다. 4월 혁명은 비록 광범위한 민중의 참여에 의한 전면적 사회혁명으로 발전하지 못하고 학생의 주도에 의한 이승만 독재정권의 타도라는 표면적 성공을 가져오는데 그치고 말았지만, 그것은 분명 해방 이후 한국사회에 누적되어 온 모순에 대한 총체적 표현이자 표출이었다.[11] 따라서 4월 혁명은 일시적인 독재 정권의 타도만이 아니라 해방 이후 이승만 정권이 붕괴되기까지 계속해서 저지되고 방치되어 왔던 민족통일 문제, 민족경제 문제 그리고 반외세 문제를 적극적으로 제기할 수 있는 계기로 작용하게 되었다.

한편 4월 혁명은 문학인들에게 문학을 바라보는 새로운 역사적 안목을 제공해 주었다. 그 대표적인 예가 60년대 문단을 뜨겁게 달군 소위 '순수·참여 논쟁'이었으며, 그 논쟁의 중심에 서있던 김우종이 그 동안 정체되었던 소설사를 집필하게 된 것은 결코 우연이 아니었다. 그는 '순수문학'을 극복하기 위한 구체적 기획으로서 '참여문학'의 시각으로 소설사를 재구성하고자 한 것이다. 특히 해방 이후부터 1970년대까지

---

11) 한국민중사연구회편, 『한국민중사Ⅱ』(풀빛, 1986), p.287.

의 소설을 주제별로 다루면서 당시 문단의 비주류를 형성했던 참여문학에 많은 비중을 두면서 소설사를 서술하고 있다는 점은 독특한 관점이라 평가할 수 있겠다.

그러나 김우종의 이러한 독특한 관점은 문학사 기술방법론에 대한 자각과 문학 이론의 엄격한 적용을 결여한 까닭에 개별 작품의 참여문학론적 분석을 소설사의 체계 속에 통합시키지 못하고 난삽하게 나열하는데 그치고 말았다. 송현호의 표현을 빌리자면 김우종의 『한국현대소설사』는 '시대사, 작가사, 문단사, 사조가 혼재된 소설사'[12)가 되어버린 것이다. 하지만 이보다 더욱 결정적인 『한국현대소설사』의 한계는 그가 한국의 근대를 일종의 기형적인 것으로 파악하고, 또한 소설사를 사조와 형태의 측면에서 이해하고자 했던 데서 기인한다. "기형적인 것이 그 사조와 형태면에서 본 우리 현대 소설사의 진실"이라는 인식 속에는, 정상적인 것은 서구의 것이며 그 왜곡된 형태 내지 추수적인 것이 한국 문학이라는 임화 이래의 뿌리깊은 문화적 열등감이 확대 계승[13)되어 있다고 할 수 있겠다.

김우종의 소설사가 문학사 기술방법론에 대한 자각과 문학 이론의 엄격한 적용을 결여하고 있다면, 10년 후에 간행된 이재선의 『한국현대소설사』는 이러한 한계를 극복하려는 저자의 노력이 구체화된 노작이라 평가할 수 있다. 이재선의 『한국현대소설사』는 기존의 문학사나 소설사가 범했던 오류들을 극복하려는 의도 하에 새로운 방법론을

---

12) 송현호, 「한국현대소설사의 유형화와 개략적 검토」, ≪현대소설연구≫제 7호 (한국현대소설학회, 1997), p.48.
13) 김 철, 「한국 근대 문학사 연구의 쟁점」, 『잠없는 시대의 꿈』(문학과 지성사, 1989), p.104.

채택하고 있다. 즉, 과거의 문학사나 소설사가 "작품의 내재적 現實性의 역사라기보다는 작품의 외현적인 것으로서의 발생의 배경이나 문학의 史實性에 대한 해명 그리고 연대기적 질서에만 지나치게 편중된"[14] 것을 비판하고 이를 극복하기 위해 다음과 같은 방법론을 제시하였다. 첫째로 작품의 내재성을 존중하며 재래의 역사적 객관주의가 지닌 도식성을 극복하고자 하였으며, 둘째로 소설사를 일반 역사에서 독립시킨 다음 양자의 상관 관계를 검토하고자 하였다. 이러한 태도에는 문학의 자율성에 주목하자는 의도가 포함되어 있는 것으로 볼 수 있다. 셋째로는 과거에 통용된 변화의 규범화 생물학적 진화론, 잡지사적·자료사적 편법주의 등의 방법론을 지양하고 통시론과 공시론적인 관점의 교차를 전제로 하면서 문학적 변화의 전후 관계와 동시대 작품의 이질적인 다양성에 주목하였다. 그리고 넷째로 비평과 역사의 연관을 꾀하면서 비평의 다원성을 원용하였으며, 마지막으로 실증주의적인 문헌 자료의 검토까지 아울러 시도하였다.[15]

위에서 살펴본 이재선의 방법론은 당시 한국에 수용되었던 야우스의 수용 미학과 같은 서구의 새로운 문학 이론에 자극 받아 작품의 내재성과 미학성을 부각시킴으로써 전통적인 역사주의의 한계를 돌파해 보고자 한 것으로 평가할 수 있다. 다시 말해 이재선의 방법론은 문학의 미학적 가치와 역사적 가치 양자를 동시에 포착하려 한 것이라고 할 것이다.[16] 이러한 이재선의 소설사 기술방법론은 최근에 출간된 『현대

---

14) 이재선, 『한국현대소설사』(홍성사, 1979), p.4.

15) 이러한 구체적인 방법론이 소설사 기술에 있어 철저하게 관철되고 있다는 점이 이 저서의 가장 큰 미덕이다. 방법론에 관해서는 이재선, 같은 책, pp.5~7 을 참조.

한국소설사』에도 그대로 적용되고 있다고 할 수 있는데, 다만 그 연구 기간이 해방이후로부터 설정되어 있다는 차이점을 보이고 있을 뿐이므로 우리는 그 한계를 같이 언급할 수 있을 것이다.

『한국현대소설사』의 일정한 성과에도 불구하고 우리는 이재선의 방법론 자체에 내재한 한계를 지적하지 않을 수 없다. 이재선의 문학사가 "어느 시대에나 그 시대를 규정하는 '삶의 문제'는 존재한다는 점, 그러나 문학의 경우 이는 미학적인 구조 체계에 의해 표출될 수밖에 없다는 특수성을 인식함으로써 실증적 문학사가 갖는 맹목적인 객관주의를 극복"[17]한 반면 작품 자체의 미학적 구조나 형태를 분석하는데 치중해 문학 현상의 사회적 배경이나 변천의 역사적 의미를 제대로 밝혀내지 못하고 있다는 의문이 바로 그것이다. 이러한 의문은 카프계 소설을 '도식적 세계관'이라는 장을 설정하여 부정적으로 평가하는 데에 이르게 되면 우리가 긍정적으로 검토했던 소설사 기술의 방법론적 타당성까지 의심하도록 만든다. 결국 이재선의 『한국현대소설사』는 그 절반의 성과에도 불구하고 그 자신이 설정한 '미학적 품격'[18]에 집착한 나머지 카프계 소설 나아가서는 80년대 노동소설 전반을 부정적으로 평가[19]하는 한계를 동시에 보여준다고 할 수 있겠다.

---

16) 김외곤, 「남북한 현대 소설사의 비교」, ≪현대소설연구≫ 제 7호 (한국현대소설학회, 1997), p.12.

17) 차원현, 「이재선론 ― 비평, 그 원론적 사유의 힘」, 『한국현대비평가연구』(강, 1996), p.321.

18) 이재선이 '미학적 품격'이라는 개념을 계속적으로 강조하고 있다는 점은 「성찰을 요하는 소설의 제문제」, ≪한국문학≫(1986, 봄호)를 통해서도 확인할 수 있다.

19) 노동소설에 대한 평가는 이재선, 『현대한국소설사』(민음사, 1991), pp.449~468을 참조.

역사상의 사실이란 순수한 사실 그 자체로 존재하는 것이 아니고 또한 순수하게 전달될 수도 없다는 것은 역사란 결국 기록자의 기록태도와 기록방법을 통해서 굴절될 수밖에 없는 것이라는 견해로 해석된다. 특히 문학의 역사 즉, 문학사에서는 이러한 사실의 기록이 文學史家의 주관적 해석행위를 통해서 이루어지기 때문에 더더욱 선택과 배제의 문제가 중시될 수밖에 없다. 이재선의 문학사가 실증주의를 유려하게 극복해내고 있기는 하지만 상대적으로 미학적 구조나 형태를 분석하는데 치중해 문학 현상의 사회적 배경이나 변천의 역사를 제대로 밝혀내지 못했다는 한계를 노출하게 된 것은 결국 방법론 자체에 내재한 선택과 배제의 원칙 때문이었다. 이재선의 선택과 배제의 원칙은 결과적으로 30년대 카프계 소설과 80년대 노동소설의 문학사적 가치와 의의를 제대로 밝혀내지 못하고 부정적으로 평가하는 원인이 되고 있는 것이다.

김윤식·정호웅 공저 『한국소설사』는 이재선의 『한국현대소설사』(1979), 『현대한국소설사』(1991)를 포함한 기존 소설사 기술 방법론의 한계를 의식하고 이를 극복하고자 한다. 이를 위해서 이 책의 저자들이 내세운 집필 원칙은 다음과 같다.

먼저 작품 중심으로 기술한다는 원칙. 소설사의 그물을 엮는 데 있어 벼리가 되는 것은 작가의 작품이다. 소설사의 의미망은 작품을 중심으로, 작품들이 형성하는 관계의 총체로 구성된다. 전에는 없던 새로움을 지닌 작품이 나타나면, 그 작품은 모방과 극복의 대상이 된다. 아류작이 생겨나 그 작품을 중심으로 계열체를 형성하고, 한편으로는 그것을 극복하는 작품들이 솟아나 다른 성격의 계열체를 구축한다. 중심작품과 아류로 구성되는 '모방의 계열체'는 한 시대 문학의 공통된 성격을 담고 있다는 점에서, 앞선 작품에 새로움을 더해 주는 작품들로 구성되는 '극복의 계열체'는 소설사의 진전하는 궤도를 드러내 보여준다는 점에서 소설사 구성의 중심항이다.

한편 형식중심의 기술을 지향한다는 원칙도 존중하였다. 이때의 형식이란 내용과 구분되는 외적·기교적 차원의 것이 아니라, '형식화된 내용' 곧 '내적 형식'이다. 소설사적 의미가 큰 작품이란 새로운 내적 형식을 창출한 작품이며, 중심작품과 그 아류작들을 하나로 엮을 수 있게 하는 것은 곧 공통된 내적 형식이다. 소설사는 내적 형식의 역사인 것이다. 우리 국문학계나 비평계의 일반적인 글쓰기 방식은 형식과 분리된 내용편향이거나 내용과 분리된 형식편향에 기울어져 있는 것으로 생각되는데, 내적 형식에 대한 관심은 이 점에서 큰 의미를 갖는다.[20]

인용한 부분에서 우리가 주목하게 되는 것은 '작품 중심으로 기술한다는 원칙'과 '형식중심의 기술을 지향한다는 원칙'에 개입해 있는 구조주의적 태도이다. 그리하여 이 책의 저자들은, "소설사는 새로운 소설형식의 계속적인 창출에 의해 나아가는 것이며, 소설사 기술에서 새로운 개성은 크게 주목받아 마땅하지만, 그 새로움과 나아감의 의미는 전후관계 속에서만 정확히 파악되고 설명될 수 있으며, 관계망의 동적 맥락 위에서만 그 창조적 역동성이 제대로 감지되고 기술될 수 있다"[21]고 믿는다.

---

20) 김윤식·정호웅, 『한국소설사』(예하, 1993), pp.4~5.
21) 김영민, 「우리 소설의 내적 형식의 역사와 관계망 파악」, 《민족문학사 연구》 제 5호(민족문학사연구소, 1994), p.296.

그러나 김윤식·정호웅의 소설사는 김영민의 지적처럼, '내적 형식'의 전개 과정으로서의 소설의 지형도를 일목요연하게 제시하고 있긴 하지만 '내적 형식'의 구체적 연관성을 치밀하게 논증하지는 못하고 있다. 예를 들어 이인직의 신소설을 이광수나 김동인의 근대적 소설을 인도한 선구적 성과로 인정하고 있으면서도, 그 근거에 대해서는 구체적으로 제시하지 않고 있다. 이러한 예는 각 항목 여기저기서 발견되는데, '내적 형식'의 상호 연관성을 밝혀내기 보다는 '내적 형식'의 현상적 기술에 머물러 있다는 의심을 떨쳐버리기 힘들다.

또한 작품들의 '내적 형식'에 치중한 나머지 독자적인 개성을 유지하고 있는 작가나 작품들에 대한 기술이 문학사 체계와 겉돌게 된다는 점을 지적할 수 있다. 예를 들어 '논의가 필요한 작가들, 그리고 새로운 가능성'22)과 같은 소제목의 장들은 저자들의 의도와는 관계없이 해당 작가들을 부수적인 작가들로 취급하게 만들 가능성이 큰 것이다.

그리고 마지막으로 한가지만 더 지적하자면 마지막 장으로 설정된 '북한소설 개관'은 그 서술체계로 보나 거기에서 분석된 작품들에 대한 언급으로 보나 소설사 집필의 일부라고 보기는 어렵다. 물론 머리말에서 "이 글은 문학사 정리 수준의 글이 아니다"라는 말로 이에 대해 변명 아닌 변명을 하고 있긴 하지만, 소설사가 아닌 글을 굳이 소설사 속에 끼워 넣을 필요는 없을 것이다.

그러나 이러한 한계에도 불구하고 이 소설사가 '내적 형식'의 탐구를 통해 카프계 소설과 민족문학 계열의 소설들의 다양한 성과들을 문학사

---

22) 김윤식·정호웅, 앞의 책, p.414.

에 정당하게 편입하여 평가하고 있다는 성과는 결코 무시될 수 없을
것이다.

3. (근)현대시사 기술 현황

백철 교수가 지적하고 있듯이 김해성의 『한국현대시문학전사』는
'新詩史만을 독립시켜서 낸'[23] 최초의 시사라고 할 수 있다. 이 저서의
체제는 제 1장의 '서설', 제 2장의 '신시 형성의 배경', 제 3장의 '신시형
성의 영향'으로, 그리고 제 4, 5, 6, 7, 8, 9. 10장까지는 각각 해당
연대를 붙여 '1910년대의 시' ~ '1960년대의 시'로, 나머지 11장과
12장은 각각 '현대여류시개관', '현대시조문학개관'으로 구성되어 있다.
이 책의 체제에서도 드러나 있듯이, 김해성의 시사는 4~10까지의
장에서는 각각의 시대를 10년 단위로 끊어 시인이나 유파 중심으로,
그리고 '현대여류시개관'이라는 장에서는 개별 여류 시인의 작품을 중
심으로, '현대시조문학개관'이라는 장에서는 현대시의 하위장르로서의
시조를 역시 10년 단위로 끊어 대표 시인을 중심으로 기술되어 있다.
김해성은 위의 저서에서 시사 기술을 위한 방법론적 자각을 보여주지
못하고 있는데, 이러한 방법론의 부재로 인해 이 저서는 개별 시인들의
작품을 죽 나열하고 간단히 해설하는 수준을 넘어서지 못하고 있다.

---

23) 백 철, 「책머리에 붙여」, 김해성, 『한국현대시문학전사』(형설출판사, 1974),
　　 p.9.

또한 20년대 시와 30년대 시를 개관하는 자리에서조차 카프계 시인들의 시를 단 한마디도 언급하지 않았다는 사실은 시대적 제약을 감안한다 해도 지나치게 편협한 시각이었다. 이 저서의 의미는 최초의 본격적인 시사라는 점에서 찾아야 할 것이다.

이러한 방법론의 부재는 정한모의 『한국현대시문학사』에서도 극복되지 못하고 있는데, 다음과 같은 정한모의 주장은 방법론이라기보다는 문학 원론적인 수준에 머물러 있음을 보여준다.

> 문학의 사적 전개는 문학 그 자체에 의거하여 고찰하여야 할 것이다. 장르 내지 형태적인 변화, 또는 내면에 흐르는 사조, 기법의 발전과정에 의하여 문학의 전개를 고찰할 수 있을 것이다. 작품 그 자체 속에 파고들어가 그 본질을 구명하여야 할 것이다. 언제까지나 생명체로서 유동하는 문학이, 과거에서 현재로 어떻게 전개되어 왔는가를 밝히는 일이 문학사의 할 일일 것이다. 이와 같은 입장에 서서 한국의 현대시가 전개되어 온 과정을 살펴보고자 한다.[24]

이러한 원론적인 주장보다는 다른 측면에서 정한모의 시사는 김해성의 시사보다 진전된 면모를 보여주고 있는데, 그것은 근대시 형성의 계기들을 역사학적 증거와 비교문학적 방법을 통해 좀더 정밀하게 탐색함으로써 이루어지고 있다. 구체적인 예를 들자면, 그는 근대시 형성의 계기들을 18세기 경세치용의 학문과 북학론으로부터 유길준의 서유견문에 이르기까지의 역사적 사실들을 기초로 해서 추출해내고 있으며, 육당의 초기 작품을 일본의 신체시와 대비하여 검토하고, 김억

---

24) 정한모, 『한국현대시문학사』(일지사, 1974), p.9.

과 주요한의 시를 프랑스와 일본의 상징파시와의 상관 관계 속에서 논하고 있다.

이러한 진전에도 불구하고 정한모의 시사는 미완의 기술로 끝나고 있다는 데 그 결정적인 한계가 있다. 근대시 형성의 계기들을 꼼꼼히 분석하고 있기는 하지만, 본격적인 현대시의 출발점이라고 할 수 있는 30년대 시사를 기술하지 않고 있기 때문에『한국현대시문학사』라기보다는『한국근대시문학사』라는 제목이 더 타당하다고 할 수 있다.

또한 근대시의 배경으로 제시되고 있는 '북학론', '서학', '위정척사의식', '김옥균의 개화사상', '유길준의 서유견문' 등이 근대시에 어떻게 이월되고 있는지에 대한 구체적인 작품 분석을 통한 논증을 결여하고 있다는 점도 지적될 수 있다.

마지막으로 비교문학적 방법을 지나치게 확대 적용함으로써 우리 시를 서구 시의 아류로 설정할 위험성이 있다는 점도 지적해야 하겠다. 임화로부터 출발한 '이식문화론'의 영향은 역사적 사실과 비교문학적 연구라는 비교적 객관적인 틀 속에서도 은밀히 작동되고 있음을 확인할 수 있다.

현대 시사 기술을 위한 김용직의 노력과 성과는 주목받아 마땅한데, 그는 다른 개별 장르 문학사에 비해 상대적으로 침체되어 있었던 한국 (근)현대 시사를 일정한 수준으로 올려놓았다. 김용직의 시사는 그 방대한 분량만으로도 타의 추종을 불허한다. 한국현대시에 대한 다양한 탐구를 통해 그가 도달한 학문적 성과25)는 최근 발간된 그의 저서

---

25) 김용직의 한국 현대시에 관한 각종 저서는 실로 방대한데, 최근까지 발간된 시 관련 저서는 시문학사를 포함해 10여권을 상회하고 있다. 이는 이재선의

『한국현대시사』(1996)에 집약되어 있다.

김용직의 시사는 기존의 연구 성과를 극복하고자 하는 구체적인 방법론적 자각을 보여주고 있다. 이러한 방법론적 자각은 대체로 세 가지 측면에서 검토가 가능한데, 그것은 실증주의적 방법, 비교문학적 방법, 그리고 영미의 신비평에 의거한 분석 비평의 종합적 절충[26]을 통해 이루어진다. 그가 철저한 실증주의를 무시하지 않으면서도 이를 극복하기 위해 비교문학적 방법과 영미의 신비평을 도입하고 있는 것은 우리 문학의 보편성과 특수성을 동시에 해명하기 위한 고심으로 읽힌다. 그는 최근 발간된『한국현대시사』에서 "문학사가 문학과 역사의 구조 내지 형태화로 이루어진다는 것은 너무도 자명한 사실이다"[27] 라고 말하고 있는데, 이 진술은 그의 문학사 기술을 위한 방법론적 자각을 잘 요약해 보여주고 있다.

그러면 그의 현대시사 삼부작이라 할 수 있는『한국근대시사』(1986), 『해방기 한국시문학사』(1989), 『한국현대시사』(1996) 중에서 첫 번째 저작인『한국근대시사』와 세 번째 저서인『한국현대시사』를 근대성 또는 현대성 개념을 중심으로 살펴보도록 하겠다. 왜냐하면 책의 제목 에서도 분명히 드러나고 있듯이 그의 시사는 기존의 시사들과는 달리 우리 시문학사의 근대와 현대를 엄격히 구분하고 있기 때문이다.

먼저 그는 문학사의 모델을 시간 개념과 인과 판단을 중심으로 하는 로버트 스필러의 관점에 따라 네 가지 유형으로 나누고 있다. 첫째는

소설에 대한 연구, 김윤식의 한국문학사상에 대한 연구에 비견할 만한 성과라 할 수 있다.
26) 서준섭, 「현대 시의 형식과 역사」, 『한국현대비평가연구』(강, 1996), p.227.
27) 김용직, 『한국현대시사』(한국문연, 1996), p.10.

인과 연쇄가 고려되지 않는 경우, 곧 대범한 연대순으로 전개하는 유형이 있다. 둘째는 연대기적 입장을 지양, 극복하는 경우로 이때 문학사는 해석자의 판단을 토대로 선택된 사실들의 흐름으로 드러난다. 셋째로 인과판단이 문학의 범위를 벗어나는 유형으로 과거 작품에 대한 해석, 원인과 영향을 문학의 제작과 전개에 관련되는 여러 배경, 여건으로 확대시킨다. 넷째는 시간을 영원회귀로 인식하면서 문학 역시 시, 소설, 희곡이 아니라 신화나 상징, 가치로 인식하는 유형이 있다. 이 네 가지 유형 가운데 김용직은 셋째 유형을 지지하는 입장에 선다.[28]

따라서 그는 인과 판단의 영역을 작품 밖으로까지 확대시킨다. 이런 태도로 기술된 시문학사에서 그가 주장하는 우리시의 근대성, 그의 말해 의하면 '본격 근대시'는 ≪태서문예신보≫와 주요한의 시를 중심으로 설정된다.[29] 이러한 근대시에 대한 김용직의 인식은 김해성의 『한국현대시문학전사』 그리고 정한모의 『한국현대시문학사』와 별반 다른 점이 없다.

그러나 문제는 현대성이다. 김용직은 우리 시의 역사를 의식적으로 '근대'와 '현대'로 나누고 있다. 이러한 김용직의 근대와 현대의 구분은 '이식문학론'을 새로운 각도로 조망할 수 있는 계기를 마련해 준다. 앞서 정한모의 시사를 검토하는 자리에서 필자는 '이식문학론'의 영향을 지적한 바 있는데, 몇몇 문학사에 적용된 18세기 맹아설 역시 서구의 모델을 우리 문학의 이상향으로 설정하고 있다는 점에서 똑같은 열등의

---

28) 김용직, 『한국근대시사』(새문사, 1982), pp.34～38.
29) 이승훈, 「한국 모더니즘 시사 기술의 문제점」, ≪한양어문연구≫ 제 13집(한양어문연구회, 1995), p.535.

식의 상반된 표출임을 지적할 수 있을 것이다.

우리 시사의 전개 과정을 자세히 살펴보면 1930년대 시사는 세 가지 주된 흐름이 서로 길항하면서 전개되었음을 발견하게 된다. 그 주된 흐름을 최두석은 '리얼리즘 시', '모더니즘 시', '전래적 서정시'[30]로 각각 명명하고 있는데, 이러한 세 가지 주된 시사적 흐름은 우리의 불구적 근대화에 대한 다양한 문학적 응전의 양상을 보여주고 있다. 따라서 모더니즘 시와 리얼리즘 시가 본격적으로 창작되고 있는 1930년대는 불구적 근대를 극복하려는 노력이 예각화된 시기로 설정될 수 있으며, 이는 이전 시기의 시와 구분되는 현대적 의미를 갖는다 하겠다.

모더니티에 대하여 켈리네스쿠는 "샤를르 보들레르가 '모더니티는 일시적인 것, 속절없는 것, 우발적인 것으로서의 예술의 반을 차지하며, 예술의 나머지 반은 영원한 것, 불변하는 것이다'라고 하여 모더니티를 미의 이중성 중의 하나로 인식한 이래, 즉 모더니티 관념에 하나의 질적 전환을 이룬 이래로 모더니티는 두 가지 유형으로 분류되어 조망되고 있다고 지적한 바 있다. 그에 따르면 하나는 과학·기술의 발전과 사회·경제적 변화의 산물인 역사적 모더니티이고, 또다른 하나는 보들레르의 모더니티 개념을 계승한 심미적 모더니티이다. 역사적 모더니티는 과학·기술 발전의 긍정성을 인정하고 이성 존중, 실용주의, 휴머니즘의 이상 등을 지향하는 브루조아적 가치의 모더니티로 이것은 어느 시대에나 존재하는 새로움에 대한 추구, 즉 변화지향적인 속성을

---

30) 최두석, 『시와 리얼리즘』(창작과 비평사, 1996), p.11.

지닌다. 반면에 심미적 모더니티는 반브루조아적 태도를 드러내며 산업 혁명과 자본주의 체제 이후의 인간 소외에 대한 반발로 문학을 극단적으로 형식화시키는 특성을 지닌다.[31]

이러한 켈리네스쿠의 모더니티에 대한 인식은 그의 주된 논의가 넓은 의미로서의 모더니즘 전반을 다루고 있다는 점에서 모더니즘의 전개 양상을 잘 보여주고 있긴 하지만 우리 문학 연구에 그대로 적용되기는 힘들다고 판단된다. 식민지를 경험한 우리에게 있어서 역사적 모더니티와 심미적 모더니티는 한결 더 복잡한 양상으로 전개되었으며, 그 이유는 제국주의 일본과 식민지 한국 사이의 민족 모순이라는 중요한 매개 변수가 작동하기 때문이다. 따라서 역사적 모더니티 개념의 경우는 근대 사회의 두드러진 특징이라 할 수 있는 산업화와 중앙집권적 국가주의 그리고 특정한 경제 체제로서의 자본주의와 사회주의를 포괄하는 개념으로 설정하고, 심미적 모더니티의 경우는 이러한 역사적 모더니티에 대한 문학적 응전의 양상으로 파악해 역사적 모터니티와 심미적 모더니티의 상호변증법의 다양하고 구체적인 현상들을 다각적으로 탐색해야 할 것이다.

김용직은 '근대'와 '현대'를 의식적으로 구분하고 있지만, 그 구분이 현대성에 대한 깊은 성찰을 동반하고 있지는 않은 것 같다.『한국현대시사』의 결론을 장식하고 있는 다음과 같은 언급이 이를 증명한다.

---

31) Matei Calinescu, *Five Faces of Modernity - Modernism, Avant-Garde, Decadence, Kitsch, Postmodernism* (Duke University Press, 1987), pp.41~43.

여기에 이르기까지 우리는 한국 현대시사가 형성, 전개된 궤적을 추적, 파악해 보았다. 한국 현대시의 기점은 1930년대 초두부터이다. 그리고 그 하한선은 그 무렵까지 한반도에 식민지 체제를 구축하고 군림한 일제 패망의 날, 곧 1945년 8월 15일까지이다. 그러니까 이 작업은 대충 두 연대에 걸쳐서 이루어진 한국시의 역사를 추적, 검토해 본 것이다. 어느 모로든 한국 현대시가 형성, 전개된 기간이 길다고 볼 수는 없다. 그럼에도 이 기간 동안에 형성, 전개된 한국시는 전체 한국문학사와 문화사에서 매우 중대한 의의를 지닌다. 이 시기 이전의 한국시는 다분히 근대적인 차원에 머문 것이었다. 이런 양상은 1930년대 초두부터 구축된 한국시와 시단의 새 국면 타개로 시원스럽게 극복되었다.[32]

물론 이러한 주장의 이면에는, 특히 1930년대 이전의 우리시가 근대적인 차원에 머문다는 발언의 이면에는 결국 우리시의 현대성, 말하자면 미적 모더니티가 이 시기에 드러남을 암시한다. 그러나 김용직의 시사에서 이러한 점은 충분히 부각되거나 예각화되지는 못했다. 김용직이 개척한 시사 연구를 발판으로 현대성 개념에 초점을 맞춘 연구가 절실히 요청된다고 하겠다. 또 한가지 이와 관련해서 지적하고 싶은 것은, 시사를 구성하고 있는 개별 작가의 작품론이 그 자체만으로 독자적인 완결성을 지니고 있다는 점은 그의 시사만이 갖는 독특한 장점이자 미덕이지만, 그로 인해 분량이 방만해져 '근대시사'와 '현대시사'가 분리된 측면은 극복되어야 할 것이다.

---

32) 김용직, 『한국현대시사』 2권 (한국문연, 1996), p.653.

4. 맺음말

　지금까지 필자는 발간된 순서에 따라 기존의 대표적인 소설사와 시사를 살펴보았다. 그 과정에서 우리는 논의된 모든 문학사가 그 이전의 문학사를 나름대로 극복하고 있음을 확인할 수 있었는데, 이러한 기존 문학사들의 성과는 우리에게 또 다른 의미의 극복을 요구하고 있음을 또한 깨닫게 된다. 그 깨달음은 기존의 문학사가 간과한 북한문학에 대한 정당한 평가와 현대성 개념에 대한 구체적 성찰로 우리를 이끈다.

　이 중 근대성 개념은 민족문학론과 결부된 근대성 담론 및 서양적 근대를 초월하기 위한 자생적 근대화론 등을 거쳐 심미적 근대성에 대한 문제로 이어지고 있다. 특히 심미적 근대성이 역사적 모순과 위기로서의 근대성을 어느 정도 철폐하고 극복하는가에 대한 문제는 우리에게 버거운 짐으로 남는다.

　백지연의 지적처럼, 역사적 근대성의 폐해를 극복하는 예술에 대해 신성한 권위를 부여한다는 점에서 심미적 근대성 역시 많은 한계를 안고 있기 때문이다. 근대성의 모순적인 틀 자체가 부정되지 않는다면 예술적 자유는 허울 좋은 무기일 수밖에 없다. 심미적 근대성이 '미적'이라는 단어를 통해 정치적 이데올로기를 교묘하게 은폐할 수 있다는 점도 거듭 환기되어야 할 사항이다. 결국 우리에게 주어진 문학의 근대성 문제는 언제든지 재비판되고 재구성될 수 있는 개념으로 구축되어야 한다.[33]

그러나 다음과 같은 이광호의 진단은 '근대성이라는 무엇인가' 하는 질문에 대한 답변이 얼마나 지난한 노력을 필요로 하는 것인가를 단적으로 보여주고 있다.

> 이러한 (근대성에 대한) 개념 규정은 역사적 기획의 중심을 어디에 둘 것인가에 따라 달라진다. '반근대', '탈근대', '근대의 완성'이라는 전망의 차이는 근대성 개념 규정 자체의 편차를 만들어 낸다. 그래서 우리는 근대성 담론의 불안정성을 우리 시대의 인식론적 불안정성으로 이해할 수 있다. 그러니까 우리 시대의 근대성은 풍문에 둘러싸인 자욱한 근대성이거나 실체를 갖지 않은 텅 빈 근대성이다.[34]

결국 문제는 지금까지 논의된 근대성 담론이 현실의 지시체(reference)를 갖지 않는 일종의 과잉 수사였다는 점이다. 현실과 연결된 근대성 논의가 아니라 밖에서 주어진 외제 담론에 현실을 끼워 맞추는데 급급했다는 것이다. 이광호의 지적처럼 근대를 바라보는 시각은 다양할 수 있다. 그러나 그 다양함이 현실의 구체적인 사실들을 연구자 자신이 선택한 근대성 담론의 전략에 따라 다시 말해 선택과 배제를 통해 왜곡한 것은 아닌가라는 반성과 성찰이 필요할 때이다.

이러한 의미에서 고미숙의 근대계몽기에 대한 논의와 김재용의 남북한 문학의 근대성에 대한 고찰[35]은 현실의 지시체를 갖지 않는 일종의

---

33) 백지연, 「주체의 기원, 문학의 기원」, ≪문예≫(1998, 여름호), p.298.
34) 이광호, 「문제는 <근대성>인가」, 『환멸의 신화』(민음사, 1995), p.13.
35) 고미숙과 김재용의 작업은 아직까지 문제 제기 수준에 머물러 있다고 할 수 있다. 이러한 이들의 의미 있는 문제 제기가 다양한 논의를 끌어 낼 수 있기를 기대하며, 고미숙과 김재용 역시 이러한 문제 제기를 바탕으로 구체적인 성과를

과잉 수사였던 근대성 담론을 구체적 현실과 연결된 근대성 논의로 이끄는 계기가 될 수 있을 것이라는 점에서 주목할 만하다.

이들의 논의가 중요한 까닭은, 우리 문학사의 이중적 단절의 극복과 관련된다. 그것은 첫째로 우리 문학사가 고전문학과 현대문학이 제도적으로나 인식론적으로 완전히 단절된 상태로 연구되어 왔다는 점과 관련된다. 그리고 둘째로는 우리 문학사가 남한과 북한이라는 이질적인 체제로 인한 남한문학과 북한문학으로 단절된 상태로 연구되어 왔다는 점과 관련된다. 이러한 이중의 단절을 극복할 수 있는 실마리를 근대계몽기에 대한 이해와 남북한 문학의 근대성에 대한 고찰을 통해 도출하고, 이를 문학사 서술의 방법론으로 구체화할 필요가 있을 것이다.

필자가 소설사와 시사를 검토하면서 제시했던 중요한 문제틀 역시 고전문학과 현대문학의 연속성 문제, 남북한 통일 문학사 기술 문제로 모아진다. 이러한 논의들이 아직까지는 체계적인 소설사와 시사 기술로 제시되고 있지는 않지만, 문제적인 시기와 쟁점을 토대로 집중적으로 논의되고 있고. 또한 개별 작가, 작품 그리고 문학운동의 근대성에 대한 논의도 집중적으로 검토되고 있는 실정이다. 새로운 천년을 시작하면서 이러한 개별적인 성과들을 토대로 개별 장르 문학사가 활성화되고, 나아가 한국 문학사가 새롭게 기술되기를 기대한다.

제출할 수 있기를 기대한다.
고미숙의 근대계몽기에 대한 문제 제기는 고미숙, 「근대계몽기, 그 생성과 변이의 공간에 대한 몇 가지 단상」, 『비평기계』(소명, 2000)을 참조하고, 김재용의 남북한 문학의 근대성에 대한 고찰은 김재용, 「남북한 문학의 근대성」, 『민족문학운동의 역사와 이론』(한길사, 1996)을 참조.

임화의 문학사론 연구

「조선신문학사론 서설」과 「조선문학연구의 일과제」를 중심으로

1. 서론

우리 근대문학사에서 임화는 매우 중요한 의미를 갖는다. 임화의 중요성은 김윤식의 "플러스적이든 마이너스적이든 극복되어야 할 대상으로 뚜렷이 파수병처럼 지켜서 있는 정신적 지주"[1]라는 문장에 이미 잘 표현되어 있다. 김윤식이 「임화론」을 쓴 시점[2]을 고려해 볼 때, '문제적 인물' 임화의 중요성은 더욱 각별하다.[3]

---

1) 김윤식, 「임화론」, 『한국근대리얼리즘 작가 연구』(문학과지성사, 1988), p.11.
2) 김윤식 교수의 「임화론」은 1973년에 출간된 『한국근대문예비평사』(한얼문고, 1973)에 부록으로 실려 있다. 프로문학을 중심으로 이에 대한 대타의식으로 성립된 각종 비평담론을 실증적으로 복원하고 있는 이 저서의 말미에 임화론이 놓여 있다는 것은 김윤식 교수가 근대문학사 전개 과정 속에 드러난 임화의 중요성을 누구보다 먼저 간취하고 있음을 알려준다.
3) 김윤식 교수의 임화 연구는 이후 단행본 『임화 연구』(문학사상사, 1989)로 집약된다. 김윤식 교수의 표현을 빌려 말한다면, 김윤식 교수의 임화 연구는 "플라스적이든 마이너스적이든 극복되어야 할 대상"으로 존재하고 있는 셈이다.

진보적 근대문학 연구가 기존의 냉전체제에 기반한 왜곡된 문학사상을 극복하고자 했을 때 가장 중심에 놓이게 된 과제는 카프 문학운동과 그 연장선 위에서 전개된 일련의 문학을 과학적으로 평가하는 것이었다. 한국근대문학의 전개 과정에서 중요한 역할을 담당한 카프에 대한 연구는 근대문학의 성격과 본질에 대한 가장 핵심적인 질문일 수밖에 없었기 때문이다.[4]

임화의 재평가 작업 역시 진보적 근대문학 연구의 일환으로 꾸준히 전개되었으며, 상당한 연구성과가 축적되었다. 20세 초반에 카프의 지도적 이론가로 부상한 그의 활동은 일제하 프로문학운동의 전개 과정 그리고 그 성과와 한계의 모든 면에 관련되어 있었다. 그 중에서도 특히 임화가 문학사 기술 방법론[5]에서도 선구자 역할을 담당하고 있었다는 점에 주목할 필요가 있다. 문학사를 기술하는 일은 단순히 과거의 문학을 복원하는 것에 그치는 일이 아니라, 미래의 문학을 지향하는 적극적인 의미를 가질 수 있기 때문이다.

임화의 경우에도 문학사를 통해 과거의 문학을 복원하고, 미래의

---

4) 김재용, 「1980년대 이후 한국근대문학연구의 성격과 전망」, 『민족문학운동의 역사와 이론』(한길사, 1996), p.226.

5) 임화의 문학사론 및 문학사 연구는 다음과 같이 크게 세 시기로 대별할 수 있다.
　첫째 시기는 카프 해산 직후(1935)에 쓰여진 「조선신문학사론 서설」이고, 둘째 시기는 1939년부터 1942년까지 본격 문학사 서술을 목표로 하여 질필하기 시작한 「개설신문학사」 연재물의 방법론적 토대가 되고 있는 「조선문학연구의 일과제 -신문학사의 방법론」이며, 셋째 시기는 해방 직후(1945) '조선문학가동맹'이 주최한 제1회 전국문학자대회에서 발표한 「조선 민족문학 건설의 기본과제에 관한 일반보고」와 「조선 소설에 대한 보고」이다.
　이러한 임화의 문학사 관련 논문은 임규찬이 『임화 신문학사』(한길사, 1993)에 정리한 바 있다. 이후의 인용은 임규찬의 이 책을 따르기로 한다.

문학을 지향하는 하나의 뚜렷한 이념적 지향을 발견할 수 있음은 물론이다. 이러한 임화의 문학사 서술의 논리적 거점을 김윤식은 '이원론의 극복'에서 찾았고, "신경향파를 우리 신문학사의 적자의 자리에 올려놓기 위해서는 이원론을 극복하는 일과 이인직·이광수와 연속선상에 올려놓는 일이 동시에 필요했다"[6]고 지적한 바 있다. 김윤식의 이러한 평가는 임화의 「조선문학사론 서설」의 논리적 거점을 명료하게 파악하고 있는데, 문제가 되는 것은 다음과 같이 「개설신문학사」의 한계를 지적하고 있는 부분이다.

> <개설신문학사>를 쓸 때의 임화는 과학자도 아니고 마르크스주의자도 아니며, 무엇보다 실증주의자였던 것이다. 그를 둘러싸고 있는 너무도 압도적인 힘이 그로 하여금 역사 발전의 과학을 올바로 바라볼 수 없게끔 조건 지우려 하고 있었다.[7]

김윤식이 '압도적인 힘'이라고 표현한 것은 '근대성'의 문제[8]이며, 이러한 지적 이후에 김윤식 "근대성을 문제삼는 마당에서라면 임화가 1940년에 쓴 이식문학론은 아직도 정면으로 도전을 받지 않았는지도 모른다"[9]고 평가한다. 이와 같은 평가는 이식문학론의 핵심을 잘 지적하고 있는 것으로 평가된다. 그러나 김윤식의 전체적인 평가는 임화가 그 '근대성'을 토대와의 연관 하에서 규명하는 면에서는 피상적인 수준

---

6) 김윤식, 『임화 연구』(문학사상사, 1989), p.516.
7) 같은 책, p.521.
8) 같은 책, p.524.
9) 김윤식, 「이식문화론 비판」, 『한국 문학의 근대성과 이데올로기 비판』(서울대 출판부, 1987), p.225.

을 벗어나지 못했고, 다만 가치중립성을 특징으로 하는 '제도'로서의 근대에 주목했지만 그것마저도 불철저하게 관철시킴으로써 과학적인 방법론의 수립에는 실패했다는 것이다.[10]

따라서 임화의 문학사론 비판의 핵심은 임화가 토대에 대한 규명이라든가, 토대와 상부구조 연관의 복합성, 상부구조의 상대적 독립성에 대한 탐구로 나아가지 않고 이러한 작업을 그 자신에게 친숙한 '환경' 개념으로 대체하고 말았다는 것, 바로 이 '환경'을 중심으로 문학사를 바라보는 것은 토대와는 무관한 '제도로서의 근대'를 불철저하게나마 문제 삼은 것이며 임화의 문학사 방법론은 그 제도형 방법론에 가깝다는 것 등으로 모아진다.[11]

이와 같은 김윤식의 임화 문학사 및 문학사론에 대한 비판을 염두에 두면서, 필자는 임화의 문학사 및 문학사론을 토대와 상부구조론에 입각한 유물론적 문학사관의 지향과 관철이라는 측면에서 검토해 보고자 한다. 이러한 고찰을 통해 임화 문학사 및 문학사론의 실체에 접근하여 그 정당한 평가를 도모해 보려는 것이 이 글의 목적이다.[12]

이는 크게 세 기시로 나눌 수 있는 임화의 문학사론에 대한 전반적인

---

10) 신승엽, 「이식과 창조의 변증법」, ≪창작과 비평≫(1991, 가을호), p.183.
11) 같은 책, p.183.
12) 일련의 문학사 기술인 「개설신문학사」(≪조선일보≫1939. 9. 2.~10. 31. 43회 연재), 「신문학사」(≪조선일보≫ 1939. 12. 8~12. 27. 11회 연재), 「개설조선 신문학사」(≪인문평론≫ 1940년 11월부터 41년 4월까지 4회 연재)에 대해 김윤식 교수는 "유물사관의 피상적 이해와 적용, 또 식민지 사관과의 기묘한 유착"을 보여준다고 평가한 바 있는데, 이러한 부정적 평가는 이후 신진 연구자들의 도전을 받았다. 필자는 신진 연구자들의 논점을 쟁점별로 정리하고 이를 토대로 임화의 문학사를 구체적으로 점검하는 방식으로 논의를 전개하고자 한다.

검토를 통해 이루어질 수 있을 것이다. 이러한 일련의 연구를 위한 기초로서 본 논문에서는 우선 임화 문학사론의 첫 시기에 해당하는 「조선신문학사론 서설」(1935)과 두 번째 시기에 해당하는 「조선문학연구의 일과제」(1940)를 고찰해보도록 하겠다.

2. 문학사 방법론 모색의 배경

　「조선신문학사론 서설」은 1935년 카프의 해산과 이에 따른 임화의 위기 의식이 반영된 논문이다. 이 논문은 당시 급속히 악화된 문학적 상황에 대한 실천적 대응, 그리고 동요하는 기존 카프계 문인들의 오류에 대한 비판이라는 목표로 서술되었다.[13) 임화의 「조선신문학사론 서설」이 당대의 이원론을 극복하여 경향 문학의 '적자성'을 규명하려는 논리적 목표로 씌어졌다는 것은 일찍이 김윤식도 지적한 바 있다. 그러나 김윤식은 임화의 이러한 논리적 목표가 카프의 서기장으로서 감옥에 가지 않았다는 일종의 '부채 의식'의 소산이라고 지적함으로써 그것이 다분히 심정적인 차원에서 이루어지고 있음을 암시하고 있으며, 나아가 이후의 문학사 서술과 긴밀히 연관되지 못하고 있다는 부정적 평가의 단초로 작용하고 있다. 임화의 「조선신문학사론 서설」의 집필 동기가 일종의 '부채 의식'에 기초했을 것이라는 김윤식의 주장은 일면의 타당

---

13) 임규찬, 「임화 '신문학사'의 올바른 이해를 위하여」, 『임화 신문학사』(한길사, 1993), p.448.

성을 갖는다. 그러나 임화가 논문을 집필할 당시의 심리적 동기가 "문학사적 사업에 요구하는 과학적 엄밀성"14) 추구와 정면으로 배치되는 것은 아니다.

임화가 이원론의 극복을 프로문학의 '과학적 엄밀성'의 전제로 내세우게 된 동기는 그의 현실주의론 심화 과정과 맞물려 있다. 신두원의 고찰에 의하면, 카프의 볼셰비키화 단계의 문제점에 대해서 그 주도자였던 임화는 1932년부터 비판적 자세를 취하게 된다. 그 비판의 주된 논지는 이제까지의 예술운동이 이론과 실천의 분리라는 멘셰비키적 경향에 있었고, 그로 말미암아 작품과 이론이 상호 이반하고 있다는 지적으로부터 시작된다. 결국 이러한 이론중심주의가 프로예술이 타 예술보다 우월하다는 환상을 가져왔고, 이러한 좌익적 일탈이 창작상에는 작가에게 제제의 선택을 강요하는 제재주의로 나타남으로써 "광범한 계급 생활의 풍부한 내용을 그 다양성에서 교착과 상호 투영 속에서 발전하고 추이되는 현실의 대하를 변증법적으로 이해"하지 못했다는 점 등이 심도 있게 지적되었다. 특히 프로 예술이 타 예술에 비하여 무조건 우월하지 않다는 인식과 그간의 프로예술이 제재주의에 빠져 있었다는 자기비판은 주목을 요한다.15)

이러한 자기비판과 자기반성을 토대로 임화는 볼셰비키화론의 도구주의적 예술관에서 점차적으로 벗어나게 된다. 신두원은 그 근거를 1933년에 임화가 발표한 「진실과 당파성」에서 찾고 있는데, 임화의

---

14) 임화, 「조선신문학사론 서설」, 『임화 신문학사』(한길사, 1993), p.316.
15) 이상의 논의는 신두원, 「임화의 현실주의론 연구」(서울대 석사논문, 1991), p.10을 참조.

"일반 과학이 추상적 논리로부터 출발하는 대신에 문학-예술은 형상의 구체성 위에 서는 것"이라는 언급을 그 근거로 제시하고 있다.[16]

임화의 위의 언급은 문학의 특수성에 대한 자각과 문학의 진실이 현실의 진실에 의해 주어진다는 인식, 그리고 그러한 문학의 객관적 진실에 도달하는 계기가 노동자 계급의 당파성과 관련된다는 관점을 제시하고 있다는 점에서 이전보다 더욱 심화된 현실주의론을 보여준다.

따라서 임화의 「조선신문학사론 서설」은 임화의 현실주의론 심화 과정의 연장선상에서 이해되어야 한다. 임화의 현실주의론 심화 과정은 "사회주의 리얼리즘의 수용에도 불구하고 당시의 대다수 비평가들은 여전히 사회학주의적 미학관의 자장에서 벗어나지 못했으며, 이러한 미학관을 스스로 극복한 거의 유일한 이론가가 임화"[17]라는 평가를 수긍할 수 있게 한다. 임화는 「조선신문학사론 서설」에서 "유행되는 문학사적 사상이란 별 것이 아니라 신경향파문학과 프로문학의 비판상에 나타난 문학과 생활의 이원론적 분리의 관념론"이고 동시에 "이 이원론적 사관은 문예 및 예술의 역사적 발전의 해명에 있어 프리체적 상대주의[18]의 아류자들"[19]이라고 지적하고 있다.

---

16) 같은 곳.
17) 하정일, 「프리체의 리얼리즘관과 30년대 후반의 리얼리즘론」, 『민족문학의 이념과 방법』(태학사, 1993), p.210.
18) 하정일은 프리체의 리얼리즘관을 다음과 같이 요약하고 있다.
   1. 역사상의 모든 예술은 두 가지의 근본적 양식으로 구분된다. 하나는 리얼리즘적 양식이며 다른 하나는 아이디얼리즘적 양식이다.
   2. 예술사는 이 두 양식이 끊임없이 반복되어 온 과정이다.
   3. 리얼리즘과 아이디얼리즘은 서로 자기 나름의 일정한 세계관과 이데올로기를 갖고 있다. 전자가 과학적 실증주의적 사고의 소산인 데 비해 후자는 종교적 신비주의적 사고의 소산이다.

하정일은 자신의 논문에서 이 대목을 직접적으로 인용하고 있지는 않지만, 그가 김남천을 '프리체적 리얼리즘의 계승'이라는 측면에서 부정적으로 평가하고, 임화를 '프리체적 리얼리즘의 극복'이라는 측면에서 긍정적으로 평가하는 근거는 임화의 위의 주장에 근거하고 있음이 명백하다. 이러한 지적은 타당성이 있으며, 김남천의 '고발문학론'과 임화의 '본격소설론'이 놓인 현실주의론의 미학적 근거를 비교적 명료하게 드러내고 있다.

다음의 인용은 임화가 '프리체적 상대주의'에 근거한 '이원론적 사관'의 폐해를 명확하게 파악하고 있으며, 이러한 '이원론적 사관'이 '카프의 조직적 와해'의 이론적 무기였다는 사실을 명확하게 인식하고 있음을 잘 보여준다.

> 오직 이곳에는 하등의 문학적 또는 예술사적 교양을 상반(相伴)치
> 않고 관념형태와 생산관계의 복잡다기한 관계를 죽은 변증법과 경화

---

4. 리얼리즘적 양식은 대상의 객관적 묘사와 재현을 핵심적 특징으로 하는 반면에 아이디얼리즘적 양식은 관념이나 정신의 상징적 표현을 특징으로 한다.

이러한 프리체의 리얼리즘관에 나타나는 근본적인 문제점은 크게 다음의 세 가지이다.

첫째, 예술사를 리얼리즘과 아이디얼리즘의 반복과정으로 본다는 점이다. 이로부터 리얼리즘에 대한 초역사적인 이해 방식이 도출된다. 둘째, 리얼리즘을 대상의 객관적 묘사로 협애화시킴으로써 양식주의적 편향에 빠진 점이다. 셋째, 리얼리즘과 자연주의의 경계가 실질적으로 무너진 점이다. 이는 무엇보다 리얼리즘을 대상의 객관적 묘사 방식으로만 이해하여 주체의 능동성이 개입할 여지를 배제시킨 데에서 기인한다.(이에 대해서는 하정일, 같은 책, p.212를 참조)

19) 임화, 「조선신문학사론 서설」, 『임화 신문학사』(한길사, 1993), p.320.

한 유물사관의 공식을 가지고 요리하는 독단론의 칼이 준비되어 있는 데 불과하다. 그리하여 문예예술상의 계급적 상극과 창조적인 실천의 이해(利害)는 안일한 몇 개 공식에 의하여 교묘히 대치되고 만다. 뿐만 아니라 이러한 이원사관은 과거 카프의 조직적 와해를 촉진시킨 변질주의의 이론적 무기였다는 것을 날카롭게 기억하지 않으면 아니 된다. 다시 말하면 신경향파 문학의 형성으로부터 이기영의 소설 『고향』을 생산한 높은 수준에 이르는 신년간에 긍(亘)한 고난에 찬 행로를 걸어온 프로문학의 전존재가 그것으로 말미암아 성립하고 또 발전해온 예술상의 당파적 견지를 파괴하려는 데 이 이원사관은 실로 효과적이었다.[20]

위 글은 임화의 문학사 연구가 '역사에로의 도피' 행위가 아닌 적극적인 '역사에로의 기투' 행위라는 것을 잘 드러내 준다. 임화에 따르면, 박영희식의 이원론을 극복하려는 의도로 씌어진 신남철의 논문도 같은 수준의 이원론을 극복하지 못하고 있다. 임화는 신남철의 "이 신경향파라고 하는 것은 비상히 유치한 수법, 졸렬한 취재, 미숙한 문장, 초보적인 자각적 의식을 갖고 시를 쓰고 소설을 지었음에도 불구하고 그것이 이광수 등의 개인적 상인적이 문학작품보다 낫다는 것은 그 수법, 그 문장, 취재에 있어서가 아니라 사회적인 소위 '목적의식적' 개조운동과의 연관에 있어서 우의를 가졌다"[21]라는 주장에 나타난 예술의 내용과 형식, 다시 말해 사상성과 예술성의 분리를 "세계관상의 진화에 대하여 예술적 발전은 상부(相符)치 않았다는 것, 다시 말하면 우위적 발전적 상태에 있는 것은 사상상의 현상뿐이고 예술상으로는 퇴화되었다는

---

20) 같은 책, p.320.
21) 같은 책, p.324.

말이다. 이것은 곧 누구의 눈에도 명료한 것과 같이 문화사상에 있어 세계관적 과정과 예술적 과정의 내적 관련을 설명치 않고 문학적 발전상에 있어 사상과 예술성을 만리의 장성을 가지고 분리하는 이론"[22]이라고 비판한다. 이러한 임화의 비판은 문학의 발전이 '사상성의 진보'와 '예술성의 진보'의 내적 연관을 통해 이루어지고 있음을 올바르게 천명한 것이다.

3. 이원론적 문학사관의 논리적 극복

「조선신문학사론 서설」에 대한 공정한 평가는 임화가 이원론적 문학사관에 대한 비판을 통해 이원론적 문학사관을 진정으로 극복하고 있는가 하는 점으로 모아진다. 임규찬과 신승엽이 임화가 이원론을 논리적으로 극복하고 있다는 긍정적인 평가를 내리고 있다면, 이상경은 임화가 이원론을 논리적으로 극복하지 못하고 다시 이원론에 함몰되고 말았다는 부정적인 평가를 내리고 있다.

> 이런 식으로 박영희적 경향과 최서해적 경향을 나누는 것은 임화가 극복하고자 했던 이원론의 틀, 즉 사상성과 예술성을 통일적으로 파악하지 못하는 것과는 다른 또다른 이원론 -크게 보면 이것도 사상성과 예술성을 통일적으로 파악하지 못하는 이원론에 이어져 있다

---

22) 같은 책, p.325.

-의 오류를 범하고 있음을 알 수 있다. 실제 신경향파 문학에 있어서 박영희의 소설이란 것은 아직 형상화가 되지 않은, 즉 문학적 수준에서 극히 낮은 것이다. 그러한 작품에서 형상을 통해 드러나는 고도의 세계관에 대해서는 아예 논할 여지가 없다. 오히려 최서해의 작품들에서 드러나는 극도로 빈궁한 생활에 대한 객관적인 묘사와 작품 전체에 깔려 있는 울분과 충동 그리고 그 결과인 돌발적인 복수라든지 탈출이야말로 사실적 정신과 진보적 낭만주의의 정신이 종합 통일되어 이루어진 것이며, 이것이 '목적의식'이라는 방향성을 부여받을 때 본격적인 프로문학의 면모를 갖추게 되는 것으로 보는 것이 정당하다. 또한 조명희의 경우도 그의 대표작 「낙동강」에서 드러나는 바 뛰어난 서정성을 깔면서 낙동강변 조그만 마을 사람들의 삶 속에서 한 사회운동가의 성장과정을 개괄하는 것은 사실적 정신과 진보적 정신이 통일되어 있는 것이다.[23]

이상경은 이러한 평가의 근거로 "'예술문학의 당파성의 완전한 부정'이나 '절대 객관적 몰아의 사실주의'로 떨어지는 경향을 이론적으로 비판하기 위해 사회주의적 사실주의가 안고 있는 혁명적 낭만주의에 착안하여 '낭만적 정신'을 '당파성'의 자리에 대입했다"는 유문선의 주장을 인용하고, "사회주의적 사실주의에서 혁명적 낭만주의는 사실주의와 대립된 지배적 양식으로서의 낭만주의가 아니라 진실한 사회주의의 한 개 속성으로 이해되어야 한다. 그런데 창작방법으로서의 사실주의와는 구별되는 혁명적 낭만주의론을 내세웠던 임화는 그것의 주관적 편향을 깨달았을 때 이번에는 객관적 편향의 사실주의론으로 이동해

---

23) 이상경, 「임화의 소설사론에 대한 비판적 검토」, ≪창작과 비평≫(1990. 가을호), pp.300~301.

버린다"라고 평가한다.

사회주의적 사실주의론이 '낭만적 정신'을 '당파성'의 자리에 대입했다라고 평가하는 유문선의 견해도 쉽게 동의하기 힘들지만, 임화가 낭만주의를 사실주의 대립된 지배적 양식으로 이해하고 있다고 평가하는 이상경의 견해도 사실과 일치하지 않는다. 인용문에 나타난 임화의 주장은 신경향파 문학 내부에 두 개의 우세한 경향이 존재하고 있음을 지적한 것이고, 이러한 두 개의 경향을 지양·극복한 지점에 이기영의 「고향」이 존재하고 있음을 설명하기 위한 것이다. 임화가 예술성과 사상성의 이원론을 문제 삼고 있는 지점과 이상경이 예술성과 사상성의 이원론을 문제 삼고 있는 지점은 그 층위가 다르다. 이상경은 이러한 상이한 층위를 무시하고 단순히 두 개의 경향으로 나누었다는 사실에만 집중하여 임화가 다시 이원론에 빠졌다는 평가를 내리고 있는 것이다.

앞에서 살펴보았듯이, 임화가 문학사에 나타난 이원론을 비판한 근거는 그들이 예술성과 사상성의 상호 매개적인 관계를 몰각하고 있다는 사실 때문이다. 그러나 이상경이 문제 삼고 있는 이원론은 임화가 예술성과 사상성을 구분했다는 단순한 사실에만 집착하여, 임화가 그것들의 매개적 관계성을 항상 중시하고 있었다는 사실을 미처 깨닫지 못한 결과일 뿐이다. 신두원의 지적처럼, 예술성과 사상성은 항상 일치할 수 없으며, 양자를 무매개적으로 일치시키려는 태도야말로 관념론적 일원론에 다름 아니다.[24]

그러나 임화가 논리적으로는 이원론적 문학사관을 극복했을지라도,

---

24) 신두원, 앞의 논문, p.26.

이광수로부터 이기영에 이르는 문학사적 실체를 해석하는 본론 부분에서는 그가 주장한 '과학적 엄밀성'을 구체적으로 실현시키지 못한 것으로 평가된다. 임화가 주장한 '과학적 엄밀성'이 토대–상부구조론에 입각한 유물론적 문학사 기술에 있었다고 한다면, 이것을 뒷받침할만한 토대에 대한 상세한 분석과 상부구조에 대한 엄밀한 분석이 뒤따르고 있지 않기 때문이다. 그러나 임화가 전언(前言)을 통해 밝히고 있듯이, 「조선신문학사론 서설」은 "'사론'에 상응하는 풍부한 내용을"[25] 기술하고 있는 본격적인 문학사가 아니다. 시론 성격의 글을 두고 토대–상부구조론에 입각한 유물론적 문학사 기술이 성취되었느냐 그렇지 못하느냐를 따지는 것은 문제의 핵심을 비껴난 일이 아닐 수 없다. 또한 구체적인 분석이 제시되고 있지는 않지만, 임화가 「조선신문학사론 서설」을 통해 토대–상부구조론에 입각한 문학사 방법론을 일관되게 유지하고 있다는 사실은 반드시 기억할 필요가 있다.[26] 따라서 임화의 토대–상부구조론에 입각한 유물론적 문학사 기술에 대한 정당한 평가는 구체적인 문학사 기술에 해당하는 일련의 「개설신문학사」를 통해 이루어져야 할 것이다.

---

25) 임화, 앞의 책, p.315.
26) 임화가 신경향파 문학이 형성된 원인을 분석한 다음과 같은 예가 그것이다. "그것은 전기의 모든 문학 현상이 그리하였던 것과 같이 조선의 경제적 발전의 토대 위에서 연행하는 사회계급적 분화와 그 투쟁이란 현실적 제도정으로부터 형성된 것이다."(임화, 같은 책, p.154) 또한 임화는 바로 앞에서 "문화 및 예술사의 발전에는 원칙적으로는 토대적인 것에 제약을 수하면서 일응 그것과는 구별되는 관념형태 그것이 갖는 고유의 객관적 법칙을 받는다."(임화, 같은 책, p.153)고 지적한다. 이로써 우리는 임화가 토대결정론에서 벗어나 있음을 알 수 있게 된다.

임화의 「조선신문학사론 서설」이 "이상적인 어떤 소설을 관념적으로 상정해 놓고 근대소설사를 그 이상형의 결여 상태로 파악, 소설사의 발전을 그것을 지양해나가는 미완의 어떤 것"27)으로 설명하는 목적론적 관점에 의거하고 있으며, 이러한 목적론적 관점이 저 악명 높은 '이식문학론'의 논리적 근거가 되고 있다는 점은 임화 문학사가 안고 있는 치명적 한계임은 분명하다. 그러나 이러한 한계에도 불구하고, 임화의 「조선신문학사론 서설」은 '사상성'과 '예술성'을 분리하는 이원론을 논리적으로 극복함으로써 이후의 토대－상부구조론에 입각한 과학적 문학사 방법론의 선구적 노작이었음은 분명하다.

임화가 「조선신문학사론 서설」을 집필하게 된 배경에는 다음과 같은 매우 중요한 이유가 존재하고 있었다. 하나는 당시 경향문학의 퇴조와 더불어 재등장하기 시작한 전통 논의와 고전 논의에 대한 대항의식이다. 이들은 조선문학의 정통성을 민족정신과 민족혼 등에서 찾으려는 관념론적 경향을 보였다. 다른 하나는 프로문학 계열 내의 논자들이 보여준 잘못된 문학사에 대한 인식에 대한 비판이다. 이들은 사상성과 예술성을 이원론적으로 분리함으로써 또 다른 종류의 관념론적 경향을 보이고 있었다. 마지막으로 현재의 프로문학의 위기를 극복하기 위한 과학적 기초를 문학사 서술에서 찾으려는 의도이다. 이러한 의도는 프로문학이야말로 신문학의 정당한 계승자이자 조선문학을 건설할 수 있는 주체라는 「조선신문학사론 서설」의 결론 부분에 잘 드러나 있다.28)

---

27) 이상경, 앞의 논문, p.297.
28) 이에 대한 상세한 논의는 이현식, 「1930년대 후반 문예비평이론 연구－특히

결국 임화의 「조선신문학사론 서설」은 카프 해산 이후의 위기의식과 맞물린 경향문학에 대한 치열한 반성을 통한 새로운 방향 모색의 결과물이라고 할 수 있다. 이러한 반성과 모색은 임화로 하여금 '예술성'과 '사상성'을 분리하는 이원론에 대한 논리적 극복을 모색하게 하는 동시에 문학사 기술의 '과학적 엄밀성'을 추구하게 하였으며, 나아가 토대-상부구조론에 입각한 과학적인 문학사 기술에 착수하게 하였다. 그러나 임화가 이원론적 문학사관을 비판하면서 내세운 '과학적 엄밀성', 다시 말해 토대-상부구조론에 입각한 유물론적 문학사 기술 방법론은 「조선신문학사론 서설」에서 철저하게 관철되고 있지는 못한 것으로 평가된다. 그 결정적인 이유의 대부분은 이 논문이 본격적인 문학사 기술을 위한 방법론적 성격을 띤 것이기 때문이기도 하지만, 프로문학의 '적자성' 규명을 위해 문학의 사상성과 예술성의 상호 매개적 관련성을 지나치게 단순화시키고 있기 때문이기도 하다. 따라서 임화의 문학사 및 문학사론에 대한 정당한 평가는 본격적인 문학사 기술인 일련의 '신문학사' 연재물을 통해서 이루어 질 수밖에 없다. 이를 위해 우선 '신문학사'의 방법론적 토대가 되고 있는 「조선문학연구의 일과제」를 검토해 보도록 하겠다.

주체 문제와 관련하여」(연세대 박사논문, 1997), p.116을 참조.

4. 과학적 문학사 기술 방법론의 구체화

앞에서도 지적한 바 있듯이, 임화의 '신문학사'에 대한 비판은 임화가 그 방법론으로 제시한 「조선문학연구의 일과제」에서 '토대'와 '상부구조' 연관의 복잡성과 상부구조의 상대적 독립성에 대한 탐구로 나아가지 않고, 이러한 작업을 자신에게 친숙한 '환경' 개념의 설정으로 대체하고 말았다는 것으로 모아진다. 이러한 지적은 「조선문학연구의 일과제」에서 임화가 '토대' 다음 항목으로 '환경'을 놓고 있고, 그 '환경' 항목에서 "신문학사란 이식문화의 역사다"[29]라는 단정을 내리고 있다는 데 주목한 것이다. 임화가 신문학사를 '이식문화의 역사'라고 단정하게 된 근거가 바로 이 '환경' 개념의 설정과 밀접하게 관련된다는 것이다. 따라서 임화가 제시한 '토대' 항목과 '환경' 항목에 대한 구체적 검토는 '신문학사'를 평가하는 데 대단히 중요한 의미를 갖는다.

주지하다시피 토대─상부구조론에 입각한 유물론적 문학사관은 문학을 물질적 토대 위에 나타나는 상부구조의 한 형태로 규정한다. 임화 역시 이러한 유물론적 문학사관을 견지하고 있다.

> 신문학은 새로운 사회경제적 기초 위에 형성된 정신문화의 한 형태다. 다시 말하면, 다른 여러 가지 문화와 더불어 물질적인 토대를 가지고 있다. 신문학이 생성하고 발전한 배경이 되고, 기초가 되고, 나아가서는 그것의 존립을 제약한 근본적인 동력을 아는 의미에서 물론 물질적 토대라는 것은 중시되어야 하고 그것과의 상호 관련에서

---

29) 임화, 앞의 책, p.378.

> 신문학은 부단히 고구되어야 할 것이다, 또 한 가지 중요한 것은
> 다른 정신문화와의 교섭과 관계를 천명함에 있어 이 토대는 극히
> 중요한 의미를 갖는다.30)

임화는 사회·경제적 혹은 물질적 토대는 신문학의 생성과 발전의
기초가 될 뿐만 아니라 그것의 존립을 제약하는 근본적인 동력임을
정당하게 파악하고 있다. 이와 더불어 임화는 토대가 문학의 여타 정신
문화와 맺는 교섭관계를 천명하는 데 있어서도 중요한 의미를 갖는다고
지적하고 있다. 여기서 평가의 논란을 일으키는 것은, '상부구조'로서의
문학이 토대에 제약받는 동시에 다른 '상부구조'(다른 정신문화)와의 교섭
과 관계를 천명하는 데 있어서도 중요하다는 것을 정당하게 지적하고
있으면서도, 실제 문학사 기술에 있어서는 일종의 비교문학적인 관점으
로 흐르고 있으며, 우리 문학사를 서구문학의 이식문학사로 규정하는
오류를 범했다는 지적이다. 이러한 지적은 '환경' 항목의 다음과 같은
임화의 진술에 토대를 두고 있다.

> 신문학이 서구적인 문학장르(구체적으로는 자유시와 현대소설)를
> 채용하면서부터 형성되고 문학사의 모든 시대가 외국문학의 자극과
> 영향과 모방으로 일관되었다 하여 과언이 아닐 만큼 신문학사란 이식
> 문화의 역사다. 그런 만치 신문학의 생성과 발전의 각 시대를 통하여
> 영향받는 제외국문학의 연구는 어느 나라의 문학사상의 그러한 연구
> 보다도 중요성을 띠는 것으로 그 길의 치밀한 연구는 신문학의 태반의
> 내용을 밝히게 된다.

---

30) 같은 책, p.375.

　　일례로 신문학사의 출발점이라 할 육당의 자유시와 춘원의 소설이
어떤 나라의 누구의 어느 작품의 영향을 받았는가를 밝히는 것은
신문학 생성사의 요점을 해명하게 되는 것이다. 그들의 문학이 구조
선의 문학 특히 과도기의 문학인 창가나 신소설에서 자기를 구별하기
위하여 필요한 것은 일본의 메이지, 다이쇼문학이었음은 주지의 사실
이다.[31]

　　임화의 위의 주장은 그의 문학사 방법론을 이식문화론, 전통단절론,
주체성 망각론으로 비판하는 근거가 되었다. 위의 인용에도 나타나
있듯이, 임화는 ‘육당의 자유시’와 ‘춘원의 소설’은 물론이거니와 경향문
학 역시 서구의 문화를 수입한 일본의 것을 그대로 이식한 결과라고
단정하고 있다. 임화가 설정한 ‘환경’ 개념이 이러한 단정의 근거가
되고 있다는 것은 타당한 지적이다. 임화가 설정하고 있는 ‘환경’ 개념은
“토대와 배경에서 분리하여 한 나라의 문학을 위요하고 있는 인접문학
이란 의미”[32]이기 때문이다. 그리고 이것은 “따로 비교문학 혹은 문학
사에 있어서의 비교적 방법으로 별개로 성립할 수 있는 것”[33]이다.
　　임화에 의하면 결국 ‘환경’, 즉 ‘문학적 환경’은 ‘토대’와 분리될 수
있는 것이다. 그리고 그것은 ‘문학적 환경’의 일방적 영향관계를 전제한
주장이다. 임화의 이러한 주장은 소위 ‘아시아적 정체성’ 이론에 기대어
있으며, 결과적으로 일제 식민사관을 무의식적으로 승인하고 있다는
혐의를 충분히 갖는다. 이것은 또한 ‘서구근대주의자’로서의 임화의

---

31) 같은 책, p.378.
32) 같은 곳.
33) 같은 곳.

한계이기도 하다.

하지만 이러한 한계가 임화의 문학사 전체를 일방적으로 폄하할 수 있는 충분한 근거가 될 수 없다는 것이 필자의 생각이다. 비록 임화가 '환경'이라는 '토대'와 분리된 별개의 항목을 제시하고 있기는 하지만, '환경' 다음 항목에 아래와 같이 '전통' 항목을 설정하고 있다는 것이 그 결정적인 근거가 될 수 있다.

> 그러나 문화의 이식, 외국문학의 수입은 이미 일정 한도로 축적된 자기 문화의 유산을 토대로 하지 않고는 불가능하다. 그러므로 일찍이 토대를 문제삼을 때 물질적 토대와 아울러 정신적 배경이 문제된 것이다.
>
> 정신적 배경이란 곧 문화적 유물을 의미한다. 새로운 정신문화나 문학이 생성발전하는 데 여건의 하나로서 제출되는 유산이라는 것은 좀더 객관적으로 생각하면 문화적·문학적인 환경의 하나로 생각할 수가 있다. 즉 새로운 것의 형성을 둘러싸고 있는 소여의 조건의 하나다. 그러한 의미에서 유산은 항상 객관적인 것이다.
>
> 그러나 자기의 과거유산이라는 것은 이식되고 수입되는 문화와 같이 타자의 여의 것은 아니다. 유산은 그것이 새로운 창조가 대립물로서 취급할 때도 외래문화에 대하여 주관적으로 향한다. 그러한 때에 유산은 이미 객관적 성질을 상실한다. 즉 단순한 환경적인 여건의 하나가 아니라 그 가운데서 선발되며 환경적 여건과 교섭하고 상관한 주체가 된다.[34]

임화의 "전통 항목의 서술은, 일견 기이하게 여겨지지만 이식문화사

---

34) 같은 책, p.380.

로서의 신문학사가 전통과 교섭을 가지고 있다는 의미"[35]를 해명하는
데에 그 주안점을 두고 있다. 그러므로 김윤식의 "전통이란 환경 곧
비교문학을 설명하는 한갓 보조적인 관념에 지나지 않는다. '전통'이란
개념을 이끌어 들인 것은 환경에 대한 과도한 무게를 두었음에서 말미
암는다"[36]라는 비판은 '전통'이라는 개념을 '환경'과 거의 동의로 해석
한 데서 비롯된다.[37]

신승엽은 임화의 '전통' 개념이 '유산'과 구별되는 개념이라는 것을
구체적으로 밝히고 있는데, 여기서 '유산'은 단지 '환경'의 하나로 '가치
개념이 없는 그야말로 주어진 것'이고, '전통'은 "단순한 환경적인 여건
의 하나가 아니라 그 가운데서 선발되며 환경적 여건과 교섭하고 상관
한 주체가 된다"는 것이다.[38]

이러한 주장을 근거로 신승엽은 임화가 '전통'을 신문학사 연구의
중요한 항목으로 설정한 까닭을 "이식적 요소와 유산의 교섭을 통해,
다른 한편으로는 새 사회의 물질적 기초와 계급관계에 의해 창조되는
새 문화가 담을 우리 '고유한 가치'에 대한 탐구"[39]로 파악하고 있다.

신승엽의 의욕적인 연구는 김윤식이 '전통'과 '환경'을 거의 동의로
해석하고 있다는 것을 밝혀내고 있기는 하지만, 그 혼동을 규명하는
것으로 임화의 「조선문학연구의 일과제」가 "고유한 가치가 부활된

---

35) 신승엽, 앞의 책, p.186.
36) 김윤식, 「이식문학론 비판」, 『한국문학의 근대성과 이데올로기 비판』(서울대출
　　판부, 1987), p.233.
37) 신승엽, 앞의 책, p.184.
38) 이상의 논의는 신승엽, 같은 곳을 참조.
39) 같은 책, p.186.

새로운 문화가 창조됨으로써 신문학이 이식문학을 해체하고 형식적으로나 내용적으로 외국문학과 구별되게 된다"[40]는 주장이 타당성을 갖는 것은 아니다. 임화 문학사의 핵심이 '이식문화론'에 있었음은 부정할 수 없는 사실이기 때문이다. 그러나 신승엽의 연구가 임화 문학사 비판의 또 다른 축을 이루고 있는 '전통단절론'이라는 오해를 풀 가능성을 제시했다는 사실은 임화 문학사론 연구의 중요한 진전을 이룬 것이라 할 수 있다.

지금까지 우리는 임화가 '이식문화론'을 주장하면서도 그것에 완전히 침윤되어 있지 않았음을 살펴보았다. 임화의 논리는 결국 '이식문화사'를 어쩔 수 없이 인정하면서도 새로운 문화의 창조는 '이식문화사'와 우리의 문화적 바탕이 상호 교섭함으로써 이루어질 수 있다는 것을 천명한 것이다. 임화는 이러한 구체적 문학사 방법론을 통해 실제 문학사를 기술하고자 했으며, 실제 문학사 기술에 있어서도 비교적 정확히 적용되었다.[41]

5. 결론

임화 문학사론에 대한 부정적 평가는 '이식문화론'과 '전통단절론'이

---

40) 같은 책, p.189.
41) 이에 대해서는 유병석, 「임화의 〈신문학사〉 연구」, 《한국학론집》21 · 22합집(한양대학교 한국학연구소, 1992), p.105를 참조.

라는 임화 문학사 방법론에 대한 비판과 맞물려 있었음은 주지의 사실이다. 그리고 이러한 논리는 '이식문화론'='전통단절론'이라는 등식을 설정함으로써 이루어진 것이 또한 사실이다. 그러나 임화가 '이식문학론'을 주장했다는 사실은 구체적인 텍스트를 통해 확인되지만, 임화가 '전통단절론'을 주장했다는 사실은 구체적인 텍스트를 통해 확인되지 않는다. 다만 임화의 '이식문학론'에 대한 연구자들의 과도한 의미부여와 함께 자연스레 임화가 '전통단절론'을 주장했을 것이라는 오해로 이어진 것에 불과하다.

임화가 문학사 방법론을 모색하게 된 배경에는 다음과 같은 대항의식과 비판의식이 존재하고 있었다. 그것은 첫째 경향문학의 퇴조와 더불어 재등장하기 시작한 전통 논의와 고전 논의에 대한 대항의식이고, 둘째 프로문학 계열 내의 다른 논자들이 보여준 잘못된 문학사 인식에 대한 비판의식이다. 이러한 대항의식과 비판의식을 바탕으로 임화는 과학적인 문학사가 필요하다는 것을 자각하였고, 그러한 자각은 일련의 문학사 방법론과 문학사 기술로 구체화되었다. 결국 임화의 문학사 기술은 '역사에로의 도피'가 아닌 '역사에로의 기투'였으며, 이를 통해 경향문학의 위기를 타개하고 올바른 문학을 건설하고자 한 노력의 구체적인 성과물로 평가할 수 있다.

「조선신문학론서설」은 이러한 임화의 문학사 방법론의 근원을 형성하고 있다는 점에서 매우 중요하다. 이 논문에서 임화는 기존의 '이원론'은 물론 신남철류의 '신이원론'도 극복할 것을 주장하고 있다. 그것은 '예술성'과 '사상성'의 분리라는 이원론의 한계를 극복하는 것이 문학사의 '과학적 엄밀성'을 획득할 수 있는 길이라는 인식이 있었기 때문이다.

이 논문은 이러한 임화의 집필 의도를 제한적으로 성취하고 있다. 그것이 제한적이라는 것은 '과학적 엄밀성'의 방법론적 기초가 되는 토대—상부구조론에 입각한 본격적인 문학사가 아니기 때문이다. 결국 이러한 문학사 방법론의 성취 여부는 본격적인 문학사 기술에 해당하는 일련의 문학사 서술인 '신문학사' 연작을 면밀히 분석했을 때 확인할 수 있는 것이다.

이러한 분석의 토대를 마련하기 위해 본고는 우선 임화의 「조선문학연구의 일과제」를 살펴보았다. 일련의 '신문학사'의 방법론적 토대가 되고 있는 위의 논문은 임화가 실제 문학사를 기술하고 있는 상황에서 발표되었으며, 따라서 자신의 문학사 기술의 방법론에 대한 자각을 구체적으로 보여주고 있다는 점에서 매우 중요한 의미를 갖는다. 그리고 임화 문학사 비판의 논리적 근거가 되고 있다는 점에서도 또한 중요한 의미를 갖는다.

김윤식은 임화의 문학사가 토대에 대한 규명이라든가, 토대와 상부구조 연관의 복잡성, 상부구조의 상대적 독립성에 대한 탐구로 나아가지 않고 이러한 작업을 그 자신에게 친숙한 '환경'을 중심으로 바라보는 것은 토대와는 무관한 '제도로성의 근대'를 불철저하게 문제 삼은 것이며, 임화의 문학사 방법론은 그 제도형 방법론에 가깝다는 것으로 비판하고 있다.

그러나 김윤식의 비판은 '환경'에만 집중함으로써 '전통'을 단지 '환경'과 동일한 개념으로 이해한 한계를 보여주는 것이다. 우리는 임화가 '이식문화론'을 주장한 것은 사실이지만, '전통단절론'을 주장한 것은 아니라는 사실을 발견할 수 있었다. 그리고 이러한 전통에 대한 새로운 해석을 통해 임화의 문학사를 새롭게 평가할 수 있는 근거를 확보할 수 있었다.

지금까지의 임화 문학사에 대한 평가가 '이식문화론'과 '전통단절론'에 집약되어 있었다면, 이제부터는 '이식문화론'을 극복할 수 있는 새로운 논리를 발견할 수 있는 방법론을 모색해야 할 시기이다. 임화의 문학사가 토대－상부구조론에 입각한 유물사관의 논리로 우리 문학사를 체계화하는 데 나름대로 성공했다는 사실은, 이후의 문학사가들에게 여전히 큰 부담인 동시에 숙제로 남아 있다.

1930년대
기교주의 논쟁에 관한 연구

김기림 시론과 임화 시론에 나타난 낭만주의 수용과 재평가를 중심으로

1. 머리말

우리 문학사에서 시에 대한 입장 차이가 명확하게 드러나는 것은 1930년대의 기교주의 논쟁에서이다. 이 논쟁은, 첫째 논쟁 당사자인 김기림, 임화, 박용철이 자신의 시론을 전개하는 과정에서 시에 대한 관점과 이론을 체계화하는 계기로 작용하였고, 둘째 한국 근대시론의 전개과정에서 이들의 시론이 소위 모더니즘 시론, 리얼리즘 시론, 유미주의 시론으로 정립되어, 이후 현대시론의 큰 물줄기를 형성하는 계기로 작용하였다.[1] 따라서 기교주의 논쟁은 논쟁 구도를 중심으로 세 시론가들의 입장 차이를 확인하거나, 연구자 자신의 이데올로기를 외삽

---

1) 오형엽, 「한국근대시론의 구조적 연구」, 『한국근대시와 시론의 구조적 연구』 (태학사, 1999), p.65.

하는 수준을 넘어선 보다 총체적이고 거시적인 문학사적 안목을 요구한다. 우리 시사의 주된 흐름을 대체적으로 '모더니즘 시', '리얼리즘 시', '전통적 서정시'로 분류한다[2]면, 1930년대 김기림, 임화, 박용철의 시론은 한국 시사의 주된 흐름에 결정적인 영향을 준 이론적 전거로 존재하고 있기 때문이다.

주지하다시피 기교주의 논쟁은 김기림의 「시에 있어서의 기교주의의 반성과 발전」에 대해 임화가 「담천하의 시단 1년」을 발표하면서 촉발되었고, 뒤이어 박용철이 「올해 시단 총평」을 발표하면서 확산되었다. 김기림의 시론은 1920년대 낭만주의시의 감상성과 프로시의 편내용주의를 동시에 극복하고자 했다. 다시 말해 1920년대라는 타자와의 변별성에 대한 뚜렷한 자각을 전제하고 있었다고 할 수 있다. 임화 역시 이러한 김기림의 감상성과 편내용주의에 대한 문제 의식을 공유하고 있었다.

그런데 기교주의 논쟁이 촉발되는 시점에서 김기림과 임화의 낭만주의에 대한 평가는 이전과는 사뭇 다른 양상을 보여주고 있다. 김기림은 「새 인간성과 비평정신」에서 근대 문명의 아나르시(혼돈) 상태는 심오한 휴머니티를 다시 그리워 할 것을 믿었고, 그 새로운 휴머니즘은 공상적 낭만주의가 아닌 20세기적인 리얼리즘의 연옥을 졸업한 더 광범하고 심오한 인간성을 집단을 통해 실현할 것을 목적으로 한다고 주장하였다.[3] 이러한 주장은 오형엽의 지적처럼 "낭만주의를 감상주의와 동일한

---

2) 최두석, 『시와 리얼리즘』(창작과 비평사, 1996), p.11.
3) 김기림, 「새 인간성과 비평정신」(≪조선일보≫, 1934.11.16~18), 『김기림 전집 2 시론』(심설당, 1988), pp.89~93.

관점에서 벗어나, 더 섬세한 기준으로 낭만주의와 인간성의 가치를 수용한 것으로 이해"4) 된다. 임화 역시 초기 시론에서는 김기림과 마찬가지로 프로시의 로맨티시즘을 부정하는 태도를 확고하게 견지했다.5) 그러나 임화는 이정구와의 논쟁을 거치면서 낭만주의를 시 장르의 고유한 속성으로 인정하고, 이를 적절하게 현실과 융합하여야 한다고 주장하면서, 낭만주의를 적극적으로 재평가6) 하게 된다.

이러한 문맥을 고려해 보면, 오형엽이 "기교주의 논쟁이 표면적으로는 기교주의에 대한 쟁점인 듯하지만, 실상 내면적이고 핵심적인 쟁점은 낭만주의에 대한 평가"7)라는 지적은 정당해 보인다. 이 글은 '정의 내리기'를 통한 '문학적 정당성'의 확보라는 측면에서 기교주의 논쟁을 재구성하고, 이를 토대로 낭만주의 또는 낭만성에 대한 김기림과 임화의 인식의 변화와 상호 대화적 성격을 구체적으로 밝혀내는 것을 목표로 쓰여진다.

---

4) 오형엽, 앞의 책, p.73.
5) 임화는 자신이 썼던 시들을 비판하면서 자기의 시는 자신과 당시 평론가들의 잘못으로 인하여 감상주의로 전락하였으나. 앞으로의 시는 '낭만적 경향에서 사실주의로 이행해야고 보고 있었다. 이에 대해서는 임규찬·한기형 편, 임화, 「시인이여, 일보 전진하라」(≪조선지광≫ 1930. 6.), 카프비평자료 총서Ⅳ 『볼세비키화와 조직운동』(태학사, 1989)을 참조.
6) 윤여탁, 『리얼리즘시의 이론과 실제』(태학사, 1994), p.64.
7) 오형엽, 앞의 책, p.75.

2. '정의 내리기'를 통한 '문학적 정당성'의 확보

부르디외에 의하면 문학의 장은 "특수 자본의 불평등한 분배 구조 속에서 문학적 정당성을 획득하기 위하여 행위자들 간에 벌어지는 경합과 대립의 공간"이다.[8] 그러한 문학의 장에서 벌어지는 문학 논쟁은 "정당한 문학 생산의 양식에 대한 정의(定義)의 독점을 위한 상징적 투쟁"[9]의 가장 구체적인 예증이다. 문학 논쟁에 뛰어드는 행위자들은 "장의 '게임'에 대한 신념, 이익 그리고 '환상'에 기여하는 데 이들은 이 투쟁의 산물이기도 하다."[10] 또한 행위자들은 "장의 논리로 볼 때 무엇이 자신에게 '중요'하고 '무관'한지를 분별하게 하여 게임에 투자하는 것을 의미한다."[11] 문학 논쟁에 뛰어든 행위자들은 자신의 '문학적 정당성'을 독점하기 위해 어떤 개념에 대해 '정의 내리기'를 시도한다. 따라서 문학 논쟁은 특정한 개념에 대한 '정의 내리기'의 싸움터라고 할 수 있다. 김기림, 임화, 박용철의 논쟁 속에서도 기교주의 개념에 대한 각 논자들의 '정의 내리기'가 시도되고 있으며, 이를 바탕으로 각기 자신의 '문학적 정당성'을 주장하고 인증 받고자 했다.

김기림에 의하면 기교주의 발생의 환경은 다음과 같다.

> 감상과 시를 혼동하기조차 한다. 그것을 일층 선동하는 것은 구식 로맨티시즘의 사고 방법이다. 그것은 때때로 내용주의라는 새로운

---

8) 현택수, 「문학 생산의 장」, 『문학의 새로운 이해』(문학과 지성사, 1996), p.50.
9) 같은 곳.
10) 같은 곳.
11) 같은 곳.

복장을 바꾸어 입으나 역시 자연의 존중이라는 소박한 사상에서 출발
하는 것은 마찬가지이다. 즉 어떠한 사고나 감정의 자연적 노출을
그대로 시의 극치라고 생각했다.[12]

위의 인용문에 나타나 있듯이, 김기림은 로맨티시즘과 내용주의를
'자연의 존중'이라는 차원에서 동궤의 것으로 이해하고 있다, 즉, 1920
년대 낭만주의 시와 경향시를 동일한 차원에서 비판하고 있는 것이다.
여기서 주목할 점은 김기림이 낭만주의 시와 경향시를 '자연의 존중'이
라는 개념을 통해 '정의 내리기'함으로써 이 둘을 동시에 배제하고
있다는 점이다.

이러한 배제를 통해 김기림은 "시단의 이러한 원시적 상태에 대한
한 개의 부정 반동으로서 기교주의가 나타난 것"으로 기교주의를 규정
하면서, 일단 역사적 관점에서 기교주의를 승인하고 있다.[13] 그러나
김기림은 역사적 관점에서 기교주의를 승인하면서도, 기교주의의 한계
를 함께 지적하고 있다. 그것은 기교주의가 내장한 '순수화의 욕구'로
설명된다. 구체적으로 '시의 음악성의 강조', '입체파의 외형적 회화성
추구', '초현실파의 주제의 포기' 같은 것들이 새로운 순수시의 흐름을
보여준다는 것이다.[14] 이와 관련하여 김기림은 "시가 더 순수한 상태에

---

12) 김기림, 「시에 있어서의 기교주의의 반성과 전망」,『김기림 전집 2』(심설당,
    1988), p.95.
13) 물론 글의 전반적인 흐름은 이러한 역사적 관점의 승인이 기교주의를 부정하는
    양상을 보이고 있지만, 임화의 관점에서 본다면 김기림이 낭만주의시의 센티멘
    탈리즘과 경향시의 내용주의를 동궤의 것으로 본 점과 그것이 경향시의 내용주
    의에 대한 반동으로서 역사적 가치를 갖는다고 본 점은 받아들일 수 없는
    것이다. 따라서 임화의 반론은 충분히 예상될 수 있었다.
14) 이광호, 「한국현대시론의 미적 근대성 연구」(고려대 박사논문, 1998), p.82.

로 향상되는 것은 물론 찬성이다. 이 의미에서 현대시가 순수화의 방향을 꾸준하게 더듬어 왔다는 일은 십분 정당한 일이었다. 그러나 음악성이나 외형 같은 것은 각각 시의 기술의 일부분이 아닐까" 그 중의 어는 것만을 추상하여 고조하는 것은 시의 순수화가 아니고 차라리 일면화(平面化)가 아닐까"15) 하고 의문을 제시한다. 이러한 의문을 통해 김기림은 "오늘의 편향화한 기교주의는 벌써 전체로서의 시에 종합되기를 요구하고 있지 않느냐? 그것은 한 조화 있고 충실한 새 시적 질서에의 지향이다. 전체로서의 시는 우선 기술의 각 부면을 그 속에 종합 통일해 가지고 있어야 할 것이다. 그러한 전체로서의 시는 그 근저에 늘 높은 시대정신이 연소하고 있어야 할 것이다"16)라는 결론으로 나아가게 된다.

이러한 김기림의 기교주의 개념에 대한 정의 내리기는 임화의 반론을 받게 된다. 임화의 김기림 비판의 논점은 아래 인용문에 선명하게 나타나 있다.

보는 바와 같이 이곳에는 완전한 동의어를 논리상의 기교로 이분하고 있다. 그리하여 기교주의란 예술지상주의와 같이 그렇게 진부한 것이 아니라 아직 무슨 가능성이 남아 있는 것과 같은 암시를 주고 있다. 그리하여 이것을 전시대의 모든 시가로부터 구별되는 하나의 예술상의 진보적 성질의 반항으로서 적극적인 의의를 부여한다.17)

---

15) 김기림, 앞의 책, p.99.
16) 같은 곳.
17) 임화, 「曇天下의 詩壇 1年」, 『문학의 논리』(瑞音出版社, 1989), p.367.

임화는 기교주의와 예술지상주의를 "완전한 동의어"로 파악하고 있
다. 김기림이 "예술지상주의는 차라리 논리상의 문제이고, 기교주의는
완전히 미학권 내의 문제이다"[18]고 판단한 것에 대한 비판이다. 김기림
에 의하면 기교주의는 "시의 가치를 기술을 중심으로 체계화하려는
사상"[19]이다. 따라서 기교주의는 낡은 예술지상주의라는 다른 차원에
서 있는 것이 된다. 김기림의 판단에 의하면 예술지상주의가 삶에 대한
태도와 신념과 관련된 윤리학의 범주라면, 기교주의는 문학작품을 형성
하는 일체의 요소와 관련된 미학의 범주[20]이기 때문이다. 김기림이
예술지상주의와 기교주의를 분리하는 것은 기교주의가 낭만주의와 경
향시에 대한 부정에서 출발한다는 판단과 맞물려 있다.

임화의 김기림 비판의 핵심은 "그리하여 기교주의 시는 마치 10년대
의 '신시'가 중세적 시조나 한시에 대하여, 또 경향시가 '신시'에 대하여
혁명적이었던 것과 같이, 그들 이전에 모든 시가에 대하여 신시대를
체현하는 시적 반항자인 것과 같은 관념적 환상을 조직하는 것이다.
그러나 이것은 전혀 논리적인 기교이거나, 그렇지 않으면 지식 계급의
완전한 주관적 환상이다."[21] 라는 대목에 잘 드러나 있다. 임화는 김기
림이 기교주의가 '신시'나 '경향시'에 대하여 혁명적이었던 것과 같이
기교주의가 경향시에 대해 혁명적이라는 주장이 허위라는 것을 지적하
고 있다. 임화가 보기에는 예술지상주의와 기교주의는 모두가 본질적으
로 부정적인 것이기 때문에 기교주의의 진보적 성격을 인정하는 김기림

---

18) 김기림, 앞의 책, p.98.
19) 같은 곳.
20) 이승훈, 『한국현대시론사』(고려원, 1993), p.111.
21) 임화, 앞의 책, p.368.

의 논리는 '지식 계급의 완전한 주관적 환상'에 불과한 것이다.

김기림과 임화의 기교주의에 대한 '정의 내리기'가 자신의 문학관과 세계관을 토대로 '문학적 정당성'을 확보하기 위한 투쟁의 성격을 띤다는 것은 명백해 보인다. 그리고 그들의 기교주의에 대한 정의 내리기는 모더니즘과 리얼리즘이라는 뿌리깊은 진영론적 사고가 깊숙이 개입되어 있다. 따라서 두 이론가들이 기교주의를 정의 내리고 전유하는 방식은 자신들의 '문학적 정당성'을 확보하기 위한 전략과 긴밀하게 연관되어 있다고 할 수 있다. 즉 김기림은 역사적 관점에서 기교주의를 승인하면서, 그것의 한계로 지적되는 '시대 정신'을 가미한 일종의 절충적인 '전체로서의 시'를 주장하고 있다면, 임화는 김기림의 기교주의 고찰의 반역사성을 사회·역사적 관점에서 비판하면서, 계급 분화가 이루어진 근대의 진정한 계승자가 프롤레타리아 시인이며, 근대시의 적자성이 경향시에 있음을 주장하고 있다고 평가할 수 있다.

김기림과 임화 사이에 벌어진 논쟁의 쟁점을, 박용철은 김기림이 "기교주의를 시의 가치를 기술을 중심으로 하고 체계화하려 하는 사상에 근저를 둔 시론"22)이라는 엄격한 규정에서 출발하여 논의를 전개한 것에 비하여, 임화는 "부루조아시의 현대적 후예"23)라는 이름으로 모든 시인을 개괄하려 하기 때문이라고 지적하고 있다. 이러한 박용철의 지적은 김기림과 임화가 서 있는 자리를 비교적 정확하게 지적하고 있는 것이다. 그런데 문제의 핵심은 박용철이 자신을 기교주의라고

---

22) 박용철, 「技巧主義 說의 虛妄」, 『박용철 전집』 제 2권 (東光堂書店, 1940), p.12.
23) 같은 책, p.15.

정의 내리는 것 자체를 거부한다는 데 있다. 김기림과 임화의 논쟁이
기교주의에 대한 평가를 중심으로 전개되고 있다면, 박용철은 기교주의
라는 용어 자체를 부정하고 있는 것이다. 이는 박용철이 김기림과 임화
와의 차이를 유표화(有標化) 함으로써 자신의 '문학적 정당성'을 확보하
기 위한 것으로 이해된다. 이를 위해 박용철은 '기교'라는 용어를 '기술'
이라는 용어로 환치하고, '기술' 이전의 '표현될 존재'를 문제삼는 전략
을 취한다.

> 기교는 더 理論的인 術語 技術로 換置되는 것이 정당할 것이다.
> 기술은 우리의 목적에 도달하는 도정이다. 표현을 달성하기 위하여
> 매체를 구사하는 능력이다. 그러므로 거기는 표현될 무엇이 먼저
> 존재하는 것이다. 일반으로 예술 이전이라고 부르는 표현될 충동이
> 있어야 하는 것이다.[24]

박용철의 위의 주장에는 시는 '기술의 문제'가 아니라 '체험의 문제'라
는 문제 의식이 놓여 있다. 결국 박용철의 시론은 '선시적인 것'을
인정함으로써 시의 언어적 표현이나 그 창작 과정 일체를 일종의 신비
적 차원으로 설정하는 것으로 나아가게 된다.

---

24) 같은 책, p.18.

3. 김기림, 임화 시론의 낭만주의 수용과 재평가 양상

　김기림, 임화, 박용철 사이에 펼쳐진 논쟁의 쟁점은 기교주의에 대한 인식과 평가의 차이에서 비롯되었다고 할 수 있다. 김기림이 기교주의를 역사적 관점에서 승인하고 있고, 임화는 김기림과는 다른 차원의 역사적 관점에서(맑스주의적 관점에서) 비판하고 있다면, 박용철은 기교주의 자체를 부정하고 있다. 이러한 인식과 평가의 차이는 그들이 서 있는 세계관과 문학관의 차이를 비교적 명징하게 드러내 보이고 있다. 다소 도식적이지만 김기림의 관점을 도시 부르주아 모더니즘으로, 임화의 관점을 프롤레타리아 계급주의 문학으로, 박용철의 관점을 지주계급의 순수문학으로 각각 위치 지울 수 있25)으며, 논쟁의 과정을 통해 세 시론가들은 자신들의 계급적 기반과 문학관을 토대로 각기 모더니즘, 리얼리즘, 낭만주의 시론을 세우게 된다.

　이 논쟁 과정에서 우리가 주목할 만한 사실은, 김기림과 임화 사이에 생산적인 대화가 진행되고 있었다는 점이다.26) 반면 뒤늦게 논쟁에 뛰어든 박용철의 김기림과 임화에 대한 비판은 아래 인용문에 나와 있는 것처럼 상호 생산적인 대화를 처음부터 거부하는 자세를 보이고 있다.

---

25) 김윤태, 「1930년대 프로시론의 전개와 양상」, 『한국현대시론사연구』(문학과 지성사, 1998), p.212.
26) 김기림과 임화의 생산적인 대화는 낭만주의를 재평가하는 과정을 통해 그들의 시론에 적극적으로 반영되고 있다. 이 점에 대해서는 3-1과 3-2에서 자세히 살펴보도록 하겠다.

그러나 그들이 基礎的 手腕을 완전히 마스터한 의상사로서 심혈
을 경주해서 유행의 先驅를 이룰 의상을 새로 고안한 것이냐. 또는
그가 新考案이라는 의무에 몰려서 드디여는 등어리를 露出하고
팔대기를 어둥이에 떼다 붙인 類의 고안을 한 것이냐. 이 경향의
결정적 위기는 여기 있다. 아모런 명고안가라도 가능 이상의 速度에
몰려서는 이 괴기에 다다르고 말뿐이다.27) (김기림 비판)

예술상에 있어 아무리 尖銳하게 대립할 때에도 이 狹小한 조선
문단에서의 문단 헤게모니를 유일한 목표로 삼는 卑劣한 徒輩가
아닌 이상 이러한 無用한 敵愾心의 發露는 당연히 淸算되어야
할 것이다."28) (임화 비판)

박용철의 원색에 가까운 비난은 그가 제시한 낭만주의 시론의 성취와
묘한 대조를 이루고 있다.29) 임화 비판은 순수문학이 계급문학에 대해
갖는 생리적 거부감을 보여주고 있으며, 김기림 비판은 순수문학이
비계급문학으로서의 모더니즘에 대해 갖는 이론적 열등감을 보여주고
있다. 결국 박용철은 김기림과 임화 비판을 바탕으로 계급문학에 대한
생리적 거부감과 모더니즘 문학에 대한 이론적 열등감을 낭만주의
시론으로 해소하게 된다.

그러나 김기림과 임화의 낭만주의 수용은 박용철과는 다른 차원에서

---

27) 박용철, 「乙亥詩壇 總評」, 앞의 책, p.83.
28) 같은 책, pp.88~89.
29) 이 지점에서 순수문학론의 허구성이 구체적으로 드러난다. 순수문학론자들은
　　자신의 순수성을 타자와의 대결을 통해 입증하려 했으나, 순수성이라는 개념을
　　특권화하고 권력화함으로써 오히려 순수문학의 비순수성을 강화하게 된다.

이루어지고 있다. 박용철의 시론이 시인의 개성을 중시하고, 시인의 천재적 영감에 의거한다는 낭만주의적 관점을 초기부터 견지하고 있었다면, 김기림과 임화는 초기 시론에서 낭만주의를 철저히 부정하는 관점을 취하다가 서서히 낭만주의를 재평가하고 수용하는 양상을 보여주고 있기 때문이다. 따라서 김기림과 임화의 낭만주의 재평가와 수용은 모더니즘과 리얼리즘이라는 주된 관점을 축으로 전개되고 있다는 사실이 특별히 강조되어야 한다.

3-1 김기림 시론에 나타난 낭만주의 수용과 재평가

김기림은 고전주의와 낭만주의를 "단순히 문예사조상의 반대개념일 뿐이 아니고 예술가의 마음속에서도 이 두 가지의 정신은 끊임없는 투쟁을 계속하고 있다. 우리는 이 로맨티시즘이라는 말 대신에 휴매니즘이라는 말을 바꾸어 넣어도 좋다"[30]라고 평가하고 있다. 이를 다시 표현한다면, "인간성에 대한 비인간적인 지성의 대립"[31]이다.

김기림의 이러한 지적은 그가 초기 시론부터 일관되게 주장하던 낭만주의에 대한 부정적 평가와는 다른 태도를 보여주고 있어 주목된다. 또한 김기림은 고전주의와 낭만주의를 極地로만 생각하던 태도를 버리고, '중간지대'를 생각할 것을 권고한다. '예술은 육체의 참가'이기 때문이다. 다시 말해 "휴매니즘의 조력에 의하여 비로소 생명성을 획득

---

30) 김기림, 「고전주의와 낭만주의」, 『김기림 전집 2』(심설당, 1988), p.163.
31) 같은 책, p.163.

한다는 것은 어떠한 고전주의자도 부정할 수 없"으며, "로맨티시즘은
질서 속에 조직됨으로써 고전주의에 접근해 가고 고전주의는 또한
그 속에 육체의 소리를 끌어들임으로써 로맨티시즘에 가까워 간다.
이 두 선이 연결되는 그 일점에서 위대한 예술은 탄생되는 것"32)이기
때문이다. 물론 김기림의 이러한 낭만주의와 고전주의 평가가 이분법적
인 도식 위에서 전개되고 있다는 것은 확실하다. 그럼에도 불구하고
우리가 주목할 사실은, 김기림이 시의 객관적 존재를 중시하는 절대주
의적 관점에서 시의 현실 반영을 중시하는 반영론적 관점으로 시야를
확대하는 태도를 보여주고 있다는 점이다.33) 이러한 태도는 "시의 기술
의 진전은 시적 정신과 또 시의 실천과 竝進하는 것이다"34)라는 지적에
도 드러나 있다. 그것은 일종의 '종합의 세계'인 바, "시의 원천으로서의
인간정신의 문제" 위에서 "사상과 기술의 완전한 통일 조화의 세계로서
의 새로운 시적 가치를 획득하려는 것"35)이다.

---

32) 같은 책, p.63.
33) 김기림은 많은 논자들의 평과와는 달리 초기 시론부터 '현실 중시의 시관'을
    일관되게 유지했다. 다만 김기림의 강조점이 초기 시론에서는 시 자체에 놓여
    있었고, 후기 시론에서는 현실 자체에 놓여 있었다는 상대적인 차이점가 있을
    뿐이다. 김기림 초기 시론의 '현실 중시의 시관'에 대해서는 오형엽, 「한국
    근대시론의 구조적 연구」, 『한국 근대시와 시론의 구조적 연구』(태학사, 1999)
    pp.91～131을 참조.
    이와 관련해서 김기림이 자신의 '문학적 정당성'을 확보하기 위해서는, 1920년
    대 문단을 풍미하던 낭만주의시와 경향시를 동시에 극복해야 했다는 사실도
    고려해야 할 것이다. 김기림에 의해 '감정의 과잉'이라는 표현을 얻은 낭만주의
    시와 경향시를 동시에 극복하고 차별화하기 위해서, 김기림이 전략적으로 '지
    성'을 강조했다고 볼 수 있기 때문이다.
34) 김기림, 「사상과 기술」, 앞의 책, p.190.
35) 같은 책, p.189.

머리말에서 지적했듯이, 김기림은 「새 인간성과 비평정신」에서 새로운 휴머니즘을 제창한 바 있다. 그 새로운 휴머니즘은 '공상적 낭만주의'와 '20세기적인 리얼리즘의 연옥'을 졸업한 "심오한 인간성을 집단을 통해 실현할 것을 목적"으로 하는 것이다. 이러한 주장을 염두에 둘 때, 김기림이 주장한 낭만주의와 고전주의는 '인간성'과 '지성' 그리고 '현실'이 통합된 이상적인 시의 상태를 의미한다고 할 수 있다.

김기림이 '지성'에 대한 집착에서 벗어나, '인간성'과 '현실'을 적극적으로 인식하기 시작했다는 것은 임화의 반론을 부분적으로 받아들이고 있는 데서도 발견할 수 있다. 김기림은 자신의 「기교주의의 반성과 발전」에 프로문학의 위상이 빠져 있다는 임화의 지적(「曇天下의 詩壇 1年」)이 타당하다고 인정한다.36) 그러나 김기림은 프로문학이 내용과 기교를 통일한 전체주의의 시를 완성했다는 임화의 주장에 대해서는 다음과 같이 반론을 제시하고 있다.

> 1930년대 직전의 프로시는 암만해도 내용편중의 오류에 빠져든 것 같고 그것이 기교를 의식하고 내용과 기교를 통일한 한 전체로서의 시에 도달하는 것은 오히려 금후의 과제가 아닌가 생각된다. 나는 물론 右로부터 기울어지는 전체성의 선을 그려보았다. 경향시가 만약

---

36) 이러한 김기림의 태도를 한 연구자는 김기림이 프로문학이 갖는 반파시즘적 성격과 대항력을 인정하고, 연대적 실천과 문학적 공동과제를 모색하고 있다고 평가하고 있다. 이러한 평가는 해방 후 김기림의 시적 변모를 어느 정도 설명할 수 있는 가능성을 제공한다는 장점이 있으나, 김기림 텍스트에서 나타난 반파시즘적 성격을 구체적으로 밝혀내기가 힘들다는 난점이 있다.
김기림 문학의 반파시즘적 성격에 대해서는 진영복, 「반파시즘 운동과 모더니즘」, 『근대문학과 구인회』(깊은샘, 1996)을 참조.

에 금후 전체성의 선을 좇아서 발전을 꾀한다고 하면 그것은 左로부
터의 선일 것이다. 이 두 선이 어떠한 지점에서 서로 만날까, 反撥할
까는 그 뒤의 과제다.[37]

　기교주의에 대한 비판의 연장선상에 행해지고 있는 위의 발언은,
현실비판과 인간성 옹호의 행동주의 문학에 대한 관심을 배경으로
전개되고 있다. 특히 파리작가회의의 소식은 자신의 관점의 정당성을
확인하는 계기로 작용하고 있다. 그러나 위의 발언에서도 경향시의
내용주의에 대한 김기림의 비판은 여전히 지속되고 있다. 그것은 형식
에 대한 정당한 고려 없이 행해지는 내용 중심에 대한 비판인 동시에
기교만을 앞세우고 '시대 정신'을 외면하는 기교주의에 대한 비판이
여전히 유효하기 때문이다.

3-2 임화 시론에 나타난 낭만주의 수용과 재평가

　임화는 김기림의 비판을 부분적으로 수용하면서, 경향시가 "근대시
의 전체적 과정을 완전히 졸업했다는 의미는 아니며, 1930년 이전의
경향시가 내용 편중의 공식주의 가운데 있었다는 氏의 주장은 정당한
것이요, 그것의 완성이 今後에 있다는 것은 우리들 자신과 함께 긍정할
바 진실이다"[38]고 쓰고 있다. 또한 같은 글에서 임화는 "'앙드레 지드'가
파리작가 회의에서 아직 미숙한 쏘비엣 문학을 반전시키기 위하여

---

37) 김기림, 「시와 현실」, 앞의 책, p.102.
38) 임화, 「기교파와 조선시단」, 앞의 책, p.391.

협력할 것이고, 또한 '가치 있는 문학이란 금일에 있어 아마도 이 사회에 대립하는 문학 이외의 것이라고 생각할 수 없다'는 그러한 아량을 나는 성실한 詩人에게 기대하고 싶다."[39]라고 하면서 김기림에게 암시적으로 사회주의 문학에 협력할 것을 요청하고 있다.

물론 임화는 "경향시가 갖는 근대시사상의 지위와 성질은 그것이 창작적으로 자기를 아직 완성치 못하고 있음에도 불구하고 고전주의 시로부터 근대 낭만주의 '테카다니즘' 등의 역사적 발전의 일정한 달성과 그 과정 가운데서 필연적으로 생성한 것"[40]이라는 주장을 굽히지 않는다. 그럼에도 불구하고 임화가 김기림을 '앙드레 지드'와 같은 양심적인 작가로 인정하고 그의 협조를 구하고 있다는 것은 주목할 만한 점이다. 이러한 임화의 전향적인 태도는 그가 경향시의 '내용 편중의 공식주의'를 벗어날 수 있는 가능성을 낭만주의로부터 발견하고, 이론적으로 심화하는 과정과 밀접히 관련되어 있다.[41]

김기림이 낭만주의와 고전주의를 예술가의 두 가지 대립적인 정신으

---

39) 같은 책, p.391.
40) 같은 곳.
41) 김기림이 시의 객관적 존재를 중시하는 절대주의 관점에서 시의 현실 반영을 중시하는 반영론적 관점으로 시야를 넓혀가고 있으며, 임화는 객관적 현실 우위의 편향된 반영론적 관점에서 벗어나 '미적인 것'을 주관과 객관이 특수하게 결합된 것으로 파악하는 가치론적 관점(가치론적 관점에 대해서는 M.S, 까간(진중권 역)『미학강의 Ⅰ』역자 서문을 참조)으로 시야를 넓혀가고 있다. 물론 김기림과 임화가 모더니즘과 리얼리즘이라는 일관된 문학론을 포기하지 않고, 낭만주의를 이해하는 관점에서 많은 혼란과 차이를 노정하고 있음은 사실이다. 그렇지만 그럼에도 불구하고 우리가 주목해야 할 사실은 김기림이 낭만주의 재평가를 통해 현실과의 접점을 탐색하고 있으며, 임화가 낭만주의 재평가를 통해 경향시의 편내용주의를 극복할 수 있는 가능성을 모색하고 있다는 점이다.

로 규정했다면, 기교주의 논쟁 이전에 발표된 「낭만적 정신의 현실적 구조」에서 임화는 사실적, 낭만적인 것을 문학사의 양대 조류로 규정[42]하고 있다. 이러한 사실주의와 낭만주의는 "사실적=서사적인 것과 낭만적=서정적인 것"으로 확대되고, 더 나아가 "진실로 원리적인 양대 범주"로 일반화된다. 원리적인 양대 범주로 사실주의와 낭만주의를 규정한 임화는 이를 토대로 '공허한 리얼리즘'을 극복할 수 있는 '낭만적 정신'을 주장하게 된다. 그가 말하는 낭만적 정신이란 "문학상에서 주관적인 것으로 표현되는 모든 것을 낭만적인 것이라고 부르며, 그것이 사실적인 것의 객관성에 대하여 주관적인 것으로 顯現하는 의미"[43]하며, 그 낭만적 정신은 "역사주의적 입장에서 인류 사회를 광대한 미래로 인도하는 정신"[44]이다. 그러나 이러한 임화의 낭만주의론은 기교주의 논쟁을 거치면서 "시의 리얼리티를 고적한 시대적 로맨띠끄 가운데서" 찾으려 함으로써 "시적 리얼리티를 현실적 구조 그곳에서 찾는 대신 정신을 가지고 현실을 규정하려는 역도된 방법"이라는 자기 비판과 함께 리얼리즘론으로 선회하게 된다.

임화가 후에 자신의 낭만주의론을 비판할 수밖에 없었던 것은, 임화의 낭만주의론이 안고 있는 도식성에 근거한다. 임화는 사실주의=객관적=서사적인 것, 낭만주의=주관적=서정적인 것이라는 도식을 제시한다. 문제는 이러한 도식이 사실주의와 낭만주의의 결합을 가능하게 하는 많은 매개항들을 제거하고 있다는 점이다. 임화는 "시적 리얼리티

---

42) 임화, 「浪漫的 精神의 現實的 構造」, 앞의 책, p.16.
43) 같은 곳.
44) 같은 책, p.24.

를 현실적 구조에서 찾는 대신 정신을 가지고 현실을 규정하려는 역도된 방법" 때문에 '고차적 리얼리즘'으로 발전하지 못했다고 했지만, 문제의 핵심은 정신과 현실의 主從 관계에 있는 것이 아니라 정신과 현실의 변증법적 종합을 가능하게 하는 다양한 매개항들에 대한 고려가 부족했다는 것이다. 그렇기 때문에 임화는 "내용과 기교를 통일한 전체로서의 시"[45]를 "明日에 있어 유일한 완성된 시", 즉 근대시가 달성해야 할 미래의 시로 상정할 수밖에 없었다.[46]

4. 맺음말

기교주의 논쟁은 김기림, 임화, 박용철이 자신의 시론을 체계화하는 결정적인 계기로 작용하여, 소위 모더니즘 시론, 리얼리즘 시론, 유미주의 시론이라는 현대시론의 큰 물줄기를 형성하는 이론적 근거가 되었다. 또한 기교주의 논쟁을 통해 형성된 1930년대 김기림, 임화, 박용철의 시론은 1920년대와 구별되는 한국근대시론의 미적 근대성의 국면들을 드러내고 있다. 이광호에 의하면 1930년대 시론의 미적 근대성은 크게 네 가지로 대별될 수 있다. 그것은 첫째, 근대시가 민족어로 표현된다는 전제에서, 시는 한 개의 언어 구조물이라는 관점, 둘째, 시장르의

---

45) 임화, 「기교파와 조선시단」, 같은 책, p.392.
46) 이러한 한계는 김기림에서도 동일한 것이다. 김기림 역시 '내용과 기교의 통일을 통한' 전제주의 시의 모습에 대해 원론적으로 계속해서 주장하고 있을 뿐이다.

미적 자율성에 대한 인식, 그리고 셋째, 근대시가 근대적 생활 경험을 반영한다는 입론, 마지막으로 넷째, 사상으로서의 근대성과 미적 근대성의 관련성이다.[47]

이러한 최근의 연구성과들은 기존 연구들이 논쟁을 중심으로 세 이론가들의 입장 차이를 확인하거나, 연구자 자신의 문학관과 이데올로기를 외삽하는 수준을 넘어선 보다 총체적이고 거시적인 문학사적 안목을 확보하고 있다는 점에서 주목을 요한다. 그러나 이러한 연구성과들은 1930년대가 전형기로 일컬어질 만큼 역동적인 공간이라는 것을 의도적으로 무시하고 있다는 의심을 품게 한다. 1930년대 시론이 식민지 현실이라는 특수한 상황을 전제로 전개되고 있다는 원론적인 반론이 가능한 것도 이 때문이다. 다시 말해 일본 식민주의가 엄존하는 상황에서의 문학행위란 어떤 의미를 갖고 있으며, 어떤 지향점을 가져야 하는가 라는 물음이 빠져 있다는 것이다. 같은 맥락에서 우리는 다음과 같은 질문들을 던져볼 수 있을 것이다. 박용철 시론이 갖는 낭만주의 미학을 바탕으로 한 미적 자율성의 추구와 김기림 시론이 갖는 근대적 생활 경험을 바탕으로 한 미적 자율성의 추구가 같은 수준에서 평가받고 문학사적 의미를 부여받을 수 있는가. 또는 박용철 시론이 갖는 순수 지향성과 임화 시론이 갖는 현실 지향성을 미적 근대성의 추구와 사상으로서의 근대성 추구라는 상대적인 등가성을 바탕으로 동시에 승인할 수 있는가.

이 논문은 이러한 의문에 대한 해답의 실마리를 기교주의 논쟁 과정

---

47) 이광호, 앞의 논문, pp.110~111.

에서 김기림과 임화 사이에 형성된 낭만주의 재평가를 토대로 한 상호 대화성에서 찾고자 했다. 논쟁의 초기에는 김기림, 임화 사이에 기교주의에 대한 '정의 내리기'를 통한 '문학적 정당성'의 확보가 첨예하게 대립한 것이 사실이다. 그러나 논쟁이 진행되는 과정 속에서 김기림과 임화는 낭만주의를 새롭게 인식하고, 재평가함으로써 상호 대화성을 회복하게 된다. 그것은 김기림이 낭만주의와 고전주의를 예술가의 두 가지 정신으로 규정하고, 다시 낭만주의를 휴머니즘과 동의어로 정의하는 태도와 임화가 낭만주의와 사실주의를 문학사의 양대 조류로 설정하고, 다시 서정장르를 낭만주의로 이해하는 태도에서 비롯된다.

김기림과 임화가 낭만주의를 수용하는 양상은 김기림이 낭만주의와 고전주의를 대립시키고, 임화가 낭만주의와 사실주의를 대립시키는 것과 같은 큰 차이를 노정하고 있는 것이 사실이다. 김기림의 견해는 낭만시와 경향시를 일종의 '감정의 과잉'으로 비판하고, '지성'을 강조한 것의 연장선에서 제기되고 있는 것인 반면, 임화의 견해는 경향시의 '내용 중심의 공식주의'를 비판하고, 소위 '뼈다귀 시'를 극복하려는 노력의 일환으로 제기되고 있기 때문이다. 이 점은 앞에서 지적했듯이 문학사를 바라보는 관점에서, 그리고 이후의 시를 전망하는 과정에서 더욱 첨예하게 드러나고 있다.

그러나 기교주의 과정에서 형성된 상호 대화성을 바탕으로 김기림이 "우로부터의 선회와 프로문학의 좌로부터의 선회"를 제안하고, 임화가 "시대 현실의 핵심을 파내려는 집요한 사실을 주의로 하는 문학정신 속에 장대한 휴머니즘의 창조를 기획"[48] 하자고 제안한 것은 특히 강조될 필요가 있다. 그 이유는 문학관과 세계관의 차이에도 불구하고,

김기림과 임화가 민족 현실의 위기 상황 속에서 위기를 극복하기 위해 상대방의 논리를 비판적으로 받아들이고, 적극적으로 연대하려는 자세를 보였다는 점 때문이다. 상호 대화성을 기반으로 전개된 김기림과 임화의 시론은 민족문학이라는 틀 속에서 리얼리즘과 모더니즘이 회통하는 장관을 연출하고 있다.

---

48) 진영복, 앞의 논문, p.127.

문학의 권력화와 정전화에 대한 성찰과 반성
서정주와 박목월을 중심으로

1. 기원의 은폐와 정전의 탄생

우수한 작품이기 때문에 정전이 된다는 논리는 작품과 정전 사이에 필연적인 인과 관계를 상정하는 것이다. 그러나 이런 식으로 인과 관계가 설정되면, 작품이 정전으로 굳어지게 되는 다양한 역학 관계는 의도적으로 무시된다. 다시 말해 특정 작품이 정전화 되는 과정과 그 기원이 은폐되는 것이다. 다양한 동시대의 시인과 작품 중에서 특정 시인과 특정 작품이 정전이 되어야만 하는 필연성이란 애초부터 존재하지 않는다. 다만 선택과 배제의 원칙에 의해 확립된 특정 시인과 특정 작품의 권위와 가치가 재생산되는 과정이 있을 뿐이다.

시몬느 보봐르는 "여자는 태어나는 것이 아니라 만들어지는 것이다"라고 말했다. 같은 논리로 "정전은 태어나는 것이 아니라 만들어지는 것이다"라고 말하는 편이 훨씬 더 진실에 가까울 지도 모른다. 따라서 제도 교육이 제시하고 있는 정전 목록의 기원을 추적하고 그 기원의 형성을 둘러싸고 있는 다양한 역학 관계를 설명할 수 있다면, 정전이 갖고 있는 신비화된 권위와 신성화된 가치에 균열을 가져올 수 있을 것이다. 그리고 이러한 의도된 균열을 통해서, 우리는 정전에 덧대어진 해석학적 독재를 전복하고, 해석학적 자유를 획득할 수 있을 지도 모른다.

알튀세르는 학교와 교회를 대표적인 이데올로기적 국가 장치로 파악한 바 있다. 이러한 알튀세르의 분석을 우리 사회에 적용해 본다면, 아마도 학교가 가장 대표적인 이데올로기적 국가 장치로 기능해 왔다고 할 수 있다. 해방 직후 '나라 만들기'가 지상 최대의 과제로 주어졌을 때, 학교는 '나라 만들기'와 관련해 가장 첨예한 이데올로기적 쟁투의 장이었음을 인식할 필요가 있다. 미 군정기에 해방 이후 최초로 간행된 국어 교과서는 이러한 '나라 만들기'와 밀접하게 연계되어 있었다. 좌익과 우익의 첨예한 대립 속에서, 미 군정청에 의해 발간된 이 최초의 국어 교과서는 문학적 정전화 과정의 기원으로 자리 잡고 있다.

가람 이병기가 실무를 담당해 간행한 최초의 교과서는 한국 전쟁 이후에 간행된 교과서와는 상당히 다른 면모를 보이고 있다. 본론에서 자세히 분석하겠지만, 오랫동안 우리 문학사에서 잊혀진 이름이었던 이기영, 임화, 정지용, 김기림, 이태준 등이 등장하고 있기 때문이다. 하지만 이후의 교과서에서 이들의 이름은 지워지게 된다. 그 대신 김동리, 서정주, 유치환, 박목월, 조지훈, 박두진 등의 이름이 전면에 포진하게 된다.

이러한 교과서의 변화는 무엇을 의미하는가. 이 질문에 대한 답변으로부터 이 글은 시작된다. 최초의 교과서와 이후의 교과서가 갈라지는 부분, 그리고 이후의 교과서가 최초의 기원을 은폐하는 과정을 면밀히 분석해 보면, 서정주와 박목월이 문단의 주류로 부상하고, 마침내 문학적 정전 목록에 등재되는 과정을 설명할 수 있을 것이다.

서정주와 박목월은 우리 문학의 중요한 정전 목록을 구성하고 있는 시인들이다. 그들은 한국 전쟁 이후 한국 문단의 주류를 형성한 소위 '문협 정통파'의 핵심 인물들이기도 하다. 우리 문학사가 '생명파'와 '청록파'로 각각 명명하고 있는, 특정 유파에 소속된 시인들 중에서도 서정주와 박목월이라는 존재는 작품의 양과 질 면에서 가장 탁월하다는 평가를 받고 있다.

많은 문학사가들과 비평가들은 서정주와 박목월의 시를 우리 문학사의 가장 탁월한 문학적 성취로 인정하는 데 주저함이 없다. 그럼에도 불구하고, 지금 여기서 그들의 시와 삶을 다시 문제 삼고자 하는 이유는 무엇인가. 단지 '강한 시인'을 깎아 내리고, 그들의 권좌를 차지하려는 치졸한 욕망 때문일까.

신진 시인들은 항상 강한 시인을 의식할 수밖에 없다. 신진 시인들이 강한 시인의 영향에서 벗어나야만 비로소 온전한 시인으로 거듭나게 되는 것처럼, 비평가 역시 자신의 존재를 드러내기 위해서는 기존의 시 해석과 자신의 시 해석 사이의 차별성을 날카롭게 부각시켜야만 한다.

이 글 역시 그러한 차별성의 욕망에서 자유롭지 않다. 나는 서정주와 박목월의 시를 비판적으로 읽어 냄으로써, 그들을 넘어서고 싶은 것이다. 하지만 그 욕망이 과도한 집착이 될 때 발생할 수 있는 위험 또한 염두에 두어야 한다. 때문에 나는 증명할 수 있는 사실과 공감할 수 있는 해석에만 의지해야 한다. 이 글이 서정주와 박목월을 넘어서려는 나의 욕망과 넘어설 수 있는 객관적 근거가 행복하게 일치되기를 빈다.

2. 좌우 이데올로기 대립과 서정주, 박목월 시의 정전화

해방과 동시에 문인들은 발 빠르게 문단을 재조직하였다. 해방 직후 최초로 결성된 문단 조직은 친일문학의 산실이었던 '문인보국회' 사무실을 접수하여 출발한 「조선문학건설본부」(이하 문건으로 약칭)이었다. 「문건」은 거의 모든 문인들을 망라한 최초의 범문단적인 조직이었는데, 임화, 이원조, 김남천, 이기영, 한설야 등의 카프 맹원들과 김기림, 정지용, 김광균, 박태원, 오장환 등의 모더니스트들 그리고 김광섭, 이양하, 김진섭 등의 해외문학파들이 가담하고 있었다.

「문건」의 문학 노선은 1) 일제 잔재의 소탕, 2)문화의 인민적 기반 완성, 3) 세계문화의 일환으로서의 민족문화의 계발과 앙양, 4) 문화의 통일전선 조직 등이었다. 3)항과 4)항에 명시적으로 드러나 있는 바, 「문건」의 궁극적인 지향점은 민족문화의 건설과 문단의 통합에 있었다. 따라서 조직원의 사상적 경향이나 이념적 차이는 크게 문제 삼지 않았던 것으로 파악된다.

이러한 「문건」의 노선을 한 연구자는 '좌우 합작 노선'[1]으로 파악하고 있는데, 이데올로기가 극렬하게 대립하는 상황에서 이러한 '중도파'

의 입지는 매우 불안정할 수밖에 없었다.[2] 먼저 「문건」 내부의 강경 좌파 그룹이 「조선프롤레타리아문학동맹」을 조직하여 이탈하였고, 해외문학파를 중심으로 한 우파 그룹이 「중앙문화협회」를 조직하여 이탈하게 되었다.

「중협」의 중심 세력은 박종화, 양주동, 유치진, 김영랑, 변영로, 오상순 등의 민족진영과 「문건」에서 이탈한 김광섭, 김진섭, 이헌구, 이하윤 등의 해외문학파였다. 그러나 「중협」은 이헌구의 회고에 의하면, "수세만을 지키며 대세를 관망하고 있던 극소수 문화인의" 단체에 불과했으며, 김동리의 회고에 따르면, "과거 해외문학파의 일부 회원들을 중심으로 한 회원수 10여 명의 일개 클럽에 지나지 않았다"[3]

보다 규모가 큰 우익 문단 조직은 「전조선문필가협회」(이하 전문협으로 약칭)이었다. 이 단체의 결성 동기는 우익의 정치세력화에 있었는데, 이승만(대독), 안재홍, 조소앙, 백남훈, 원세훈, 미군정관이 축사를 했고,

---

1) 조선문단건설본부와 조선문학동맹을 좌우 합작 노선으로 파악한 대표적인 논자는 안한상이다. 안한상은 해방 직후의 문단 조직과 노선을 '극좌'와 '극우' 그리고 '좌우 합작'으로 변별해 논의를 진행하고 있다. 안한상의 해방기 문단 조직과 노선에 대한 논문은 다음과 같다.
안한상, 「해방 직후의 문단조직 및 문학론 연구―「문건」과 「문동」의 좌우합작 노선을 중심으로」, <선청어문> 20집(서울대학교사범대학국어교육과, 1992), 안한상, 「해방 직후의 문단 조직과 노선―우파 문단을 중심으로」, <선청어문> 21집(서울대학교사범대학국어교육과, 1993), 안한상, 「해방기의 문단 조직과 문학론 연구―소위 '중간파'의 입장과 문학론을 중심으로」, <전농어문연구> 8집(서울대학교사범대학국어교육과, 1996).
2) '중간파'의 비극에 대해서는 김재명, 『한국현대사의 비극―중간파의 이상과 좌절』(선인, 2003)을 참조.
3) 김철, 「한국 보수우익 문예조직의 형성과 전개」, 『구체성의 시학』(실천문학사, 1993), p.34에서 재인용.

김구가 내빈으로 참석했다는 사실만으로도 미루어 짐작할 수 있다. 「전문협」 회원139명 중에서 문인이 49명에 불과했다는 사실은 이 단체가 우익의 정치세력화를 위해 급조된 조직이었다는 것을 말해준다. 그렇기 때문에 이 단체의 강령 또한 어떠한 구체성과 방향성도 제시하지 못한 것으로 평가받고 있었다.

「전문협」이 결성된 지 약 한 달 후 1946년 4월 4일에 「전문협」의 '전위대격인 조직체'인 「조선청년문학가협회」가 결성되게 된다. 여기에 참여한 인물들이 한국 전쟁 이후에 한국 문단의 주류를 형성하게 되었다.[4]

위에서 간략하게 살펴본 대로 서정주와 박목월의 시는 좌·우 이데올로기 대립과 문단의 재편 과정을 거쳐, 한국 전쟁 이후 강력한 문학적 정전 목록을 구성하게 된다. 이 점은 오늘날 우리가 자명하게 받아들이고 있는 정전 구성이 본질적으로 자명한 것이 아니라는 것을 알려준다. 그렇다면 정전 구성이 본질적으로 자명한 것이 아니라는 것을 밝히는 가장 유효한 방법은 무엇인가. 그것은 한 연구자의 지적처럼, 오늘날의 정전을 가능케 한 담론들을 소급해 올라가 정전 목록이 특정한 역사적 필요에 의해 이루어진 역사적 구성물임을 폭로하는 방식이다.[5]

이 점을 좀 더 명확하게 분석하기 위해서, 우리 정전 목록의 기원이라 할 수 있는 미군정기의 중등학교 국어교과서와 정전목록의 체계가

---

4) 임원 명단은 다음과 같다. 회장 : 김동리, 부회장 : 유치환, 김달진, 분과회장 : 서정주(시), 최태응(소설), 이광래(희곡), 조연현(평론), 조지훈(고전), 간부회원 : 박두진, 박목월, 곽종원, 김광주, 김송, 이정호, 홍구범, 박용덕, 여세기
5) 정재찬, 「현대시 교육의 지배적 담론에 관한 연구」(서울대 박사논문, 1995), p.21.

완성된6) 1963년 제2차 교육과정기의 국어교과서에 실린 시 작품 목록을 제시하고 논의를 진행해 보도록 하겠다.

〈표 1〉 미군정기 국정 국어교과서 수록 작품 목록

구분	작가	작품	구분	작가	작품
상권	이병철	나막신	상권	변영로	벗들이여
	김광섭	비 갠 여름 아침		임화	우리 오빠와 화로
	한용운	복종		정지용	녹음애송시
	김동명	파초		김광섭	마음
	정지용	난초	중권	백기만	산촌모경
	김소월	엄마야 누나야		양주동	선구자
	조명희	경이		이병기	아차산(시조)
	이병기	가을(시조)		정지용	그대들 돌아오시니
	이은상	가고파(시조)		오장환	석탑의 노래
	김동명	바다	하권	김소월	초혼
	김기림	향수		조지훈	마음의 태양
				정인보	가신 님(시조)

---

6) 정채찬은 순수시 계열과 민족시 계열, 그리고 문협정통파에 해당하는 생명파와 청록파의 문단 주류의 시가 총망라되었다고 지적하면서, 제2차교육과정기의 국어교과서에 실린 시들이 "총체적 목록으로서의 정전이 집약되어 외현된 것이라 해도 지나침이 없을 정도"라고 평가한다.

〈표 2〉 제2차 교육 과정기 국정 국어교과서 수록 작품 목록

구분	작가	작품	구분	작가	작품
1	김소월	금잔디	1	김상옥	백자부(시조)
	이육사	청포도		한용운	알 수 없어요
	최남선	봄길(시조)		김소월	진달래꽃
	최남선	혼자 앉아서(시조)		김영랑	모란이 피기까지는
	정인보	이른 봄(시조)		김동명	파초
	정인보	근화사 삼첩(시조)		이육사	광야
	이은상	고지가 바로 저긴데(시조)		유치환	깃발
	이은상	심산 풍경(시조)	2	노천명	사슴
	이병기	아차산(시조)		신석정	그 먼 나라를 알으십니까
	이병기	비(시조)		서정주	국화 옆에서
	이호우	개화(시조)		박두진	도봉
	이호우	균열(시조)		박목월	나그네
	김상옥	옥저(시조)		조지훈	승무
				윤동주	별 헤는 밤

위에서 제시한 <표1>과 <표2>에서 가장 손쉽게 발견할 수 있는 차이는 조명희, 김기림, 정지용, 임화 등의 시인이 <표2>에 포함되어

있지 않다는 사실과 서정주, 유치진, 박두진, 박목월 등의 시인이 <표2>에 포함되어 있다는 사실이다. 이러한 차이는 <표1>을 만드는 데 주도적으로 참여한 이병기의 문학관 내지는 세계관이 반영된 것으로 해석할 수 있다. 가람 이병기는 당시 조선어학회와 진단학회에 참여하고 있었는데, 해방 직후 교육계의 헤게모니를 장악한 이들은 조선어학회와 진단학회 회원들이었다.[7]

조선어학회와 진단학회는 이른바 신민족주의로 요약될 수 있는 이념을 공유하고 있었는데, 이들은 해방 후의 당면 과제를 통일민족국가 건설에 두고 있었다.[8] 이태준, 이원조, 임화, 김남천이 주축이 된 '조선문학건설본부'(문건)의 노선을 '인민민주주의 민족문학'이라고 규정한다면, 가람 이병기의 우파 민족주의와 임화의 좌파 인민민주주의가 만날 수 있는 접점을 그려볼 수 있는 가능성이 생기게 된다. 그러나 신민족주의가 '프롤레타리아 독재'를 거부했으며, 인민민주주의가 '프롤레타리아 중심성'을 고수했다는 점을 간과해서는 안 될 것이다.

이러한 신민족주의와 인민민주주의 사이에서 이병기는 절묘한 '균형감각'을 보여주고 있는데, 그 '균형감각'의 결과가 바로 <표1>이다. 이때 이병기의 균형감각은 좌익 계열의 작가를 배제하지 않고 포용하면서도, 신민족주의의 이념을 강화하는 효과를 얻고 있다. 이 목록에서 표면적으로 문제가 될 수 있었던 작품은 임화의 '우리오빠와 화로' 정도였는데, 이 시가 시인 자신에게 부정된 작품이었다는 점, 그리고 이 작품이 '계급 모순'보다는 '민족 모순'을 다루고 있다는 점이 충분히

---

7) 정재찬, 앞의 논문, p.24.
8) 같은 논문, p.25.

고려된 작품 선정이었다고 할 수 있다.

그러나 이러한 이병기의 절묘한 '균형감각'은 당대의 이데올로기적 대립구도 앞에서는 무력할 수밖에 없었다. 우익 민족주의자든 좌익 인민주의자든 소위 좌·우 합작을 모색했던 당대 지식인들의 입지는 1946년 말 모스크바에 결정으로 촉발된 찬·반탁 운동의 결과로 극히 협소해지게 되었다. 가람 이병기 역시 좌익시비에 걸려들게 만들 만큼 이 문제는 심각했다.

<표1>과 <표2> 사이의 차이는 문장파의 세계관과 문협 정통파의 세계관의 차이로도 설명할 수 있는데, 정재찬은 이러한 양자의 차이를 다음과 같이 해명하고 있다.

> 문장파에게 있어 순수란 민족 앞에서 양보되어야 할 그 무엇이었다. 민족과 언어가 해방되기 이전, 문학이란 언어와 문화를 지키기 위해 동원된 수단이었던 것이고 그 길은 순수지향으로 가능했던 것인 반면, 민족과 언어가 해방된 시점에서는 타협과 양보의 여지가 있는 순수의 형태로 남게 될 뿐인 것이다. 이 지점에서 문장파와 문장파의 적자인 김동리가 결별하며, 결국 순수의 본격화는 김동리에 의해 이루어지게 된다.[9]

위의 인용문은 문장파를 대표하는 이태준, 정지용, 이병기의 세계관과 문협 정통파를 대표하는 김동리, 서정주, 조지훈, 박목월의 차이를 비교적 선명하게 밝혀주고 있다. 문장파의 세계관이 '민족'이라는 큰 틀 안에서 다양한 이념을 포용할 수 있었던 반면, 문협 정통파의 세계관

---

9) 같은 논문, p.39.

은 마르크시즘을 포함한 모든 근대적 이념을 배제하고 있다는 것이다. 이 때 김동리로 대표되는 문협 정통파가 선택할 수 있는 이념은 그나마 상대적으로 "근대성과 거리를 두는 이념인 민족주의뿐"10)이었는데, 체제 선택이 강요되는 상황에서 어쩌면 이러한 선택은 피할 수 없는 것이기도 했다. 순수라는 이름으로 민족조차 그 하위에 두고 있었던 문협 정통파들은 '순수문학이 곧 민족문학'이라는 논리를 펴게 된다. 물론 이때도 모든 가치 판단의 준거는 문학작품이 순수한가라는 문제로 귀착된다. 쉽게 말해 이육사의 시는 순수하지만, 임화의 시는 순수하지 못하다는 가치 평가가 그 시들이 다루고 있는 민족 현실보다 우위에 서게 되는 것이다.

　<표2>의 시 목록은 문협 정통파의 세계관 내지는 문학관을 충실하게 반영하고 있다고 판단되는데, 이러한 문협 정통파의 문학관은 이후 오랜 동안 문학 또는 시에 대한 선택, 배제, 해석을 독점하게 된다. 시에 국한해 본다면, 낭만적 경향, 자연친화적 경향, 순수예술적 경향, 생명파적 경향, 주지적 경향, 전통적 경향의 시들이 남한 문단의 주류를 형성하게 되고, 문학적 정전을 구성하게 되는 것이다.

　서정주와 박목월의 시가 그 시적 성취와는 무관하게 오로지 당대의 시대 상황 때문에 문학적 정전의 위치를 차지하게 되었다는 생각은 위험하다. 그렇지만 서정주와 박목월의 시가 당대의 시대 상황과 무관하게 오로지 그 시적 성취 때문에 문학적 정전의 위치를 차지하게 되었다는 생각은 더욱 위험하다. 전자의 태도가 정전의 '자율성'을 강조

---

10) 같은 곳.

한다면, 후자의 태도는 정전의 '결정성'을 강조한다. 대부분의 이분법이 그러하듯이 이러한 태도는 사태에 대한 왜곡과 몰이해로부터 출발한다. 요는 정전이 자율적인 것도 결정적인 것도 아니라는 것이다.

서정주와 박목월의 시는 시인이 자신의 자유 의지로 쓴 것이다. 이점을 부인할 사람은 아무도 없다. 그러나 그들의 시는 발표되는 순간에 문학의 장에 던져지게 된다. 그리고 이 순간부터 그들의 시는 다양한 역학 관계 속에서 상징적 투쟁에 돌입한다. 서정주와 박목월은 이러한 상징적 투쟁에서 승리한 것이다. 또한 서정주와 박목월의 상징적 투쟁은 문학의 장 내에서만 이루어진 것이 아니다. 그들의 상징적 투쟁은 국가 만들기 차원의 이데올로기 투쟁과 맞물린다. 문학의 순수성과 자율성의 이름으로 가장 첨예한 이데올로기 투쟁을 벌인 것이다. 극한의 좌·우 이데올로기 투쟁에서의 패배는 곧 사라짐을 의미한다. 카프 계열의 시인들뿐만 아니라 김기림, 정지용, 백석, 이용악 등의 시인들이 우리문학사에서 사라진 것이다. 이들이 사라진 공백의 문학의 장에서 '청문협' 소속의 젊은 문학인들은 갑자기 중견이 되었고, 주류가 되었고, 정전이 되었다.

3. 미당 시의 영원성과 목월 시의 근원성 비판

서정주와 박목월 시에 대한 가장 일반적인 규정은 서정주의 경우 영원성과 박목월의 경우 근원성으로 모아진다. 최근에는 이들의 시를

'반근대주의'로 설정하여 적극적으로 재평가하려는 연구가 활발해지고 있다. 반면 서정주와 박목월 시에 대한 비판은 순수문학과 반공이데올로기가 교묘하게 결합하여, 문학의 현실 인식과 현실 재현을 가로막았다는 소박한 비판에서부터 출발하였다. 게다가 서정주와 박목월의 삶이 그들의 문학과는 달리 결코 순수하지 않았다는 사실이 이러한 비판에 힘을 실어주기도 했다. 이 때 비판의 표적이 되었던 작품은 제도 교육을 받은 사람이라면 누구나 기억하는 서정주의 '국화 옆에서'와 박목월의 '나그네'였다. 너무나 잘 알려져 있어, 새삼 다시 읽는다는 말이 무색할 정도인 두 시를 비판적으로 다시 읽어보도록 하자.

황현산은 "서정주의 시 가운데 대중적으로 가장 크게 성공한 '국화 옆에서'가 소쩍새의 오랜 울음과 먹구름 속의 천둥과 간밤의 무서리를 말하면서도 자기 폐쇄의 거울에 갇힌 한 여자를 중심에 앉혀두는 것은 이 점에서 매우 시사적이다."[11]라고 지적한다. 이러한 황현산의 평가는 서정주 시의 영원성이 어떻게 얻어지는가를 해명하는 중요한 단서를 제공한다. 서정주 시의 영원성은 현실을 괄호치는 자기 폐쇄로부터 얻어지는 것이다. 이러한 자기 폐쇄의 메커니즘은 서정주의 초기시에서부터 발견되는 특징이다. 황현산은 이 점을 서정주의'자화상'과 보들레르의 '축성'을 비교하여 설명한다. 황현산에 의하면, "보들레르에게서 그가 원하는 관(冠)과 그 재료인 빛 사이에는 저 플라톤적 이데아 세계와 물질 세계를 가르는 단절이 있으며, 시인이 건너야 할 것도 그 단절이다. 한국의 젊은 시인 서정주에게는 이 단절이 없으며, 따라서

---

11) 황현산, 「서정주의 시세계」, 『말과 시간의 깊이』(문학과지성사, 2002), pp.459
　　～60.

건너야 할 세계도 자기 변모에 대한 전망"[12]도 없다. 임우기는 3연의 "머언 먼 젊음의 뒤안길에서/인제는"이라는 구절을 문제 삼는다. 임우기는 이 구절에서 세속적 삶의 맥락과 그 과정의 구체성이 부재 한다는 사실을 발견한다. "머언 먼 젊음의 뒤안길"의 과정이 그려지기 전에 구체적인 맥락이 없이 '인제'의 결과만이 그려진다는 것이다.[13]

최근 서정주의 '국화 옆에서'에 대한 가장 강력한 비판이 인터넷 매체를 통해서 제기되었다. '창비무명인'이라는 아이디로 창작과 비평 게시판에 연재된 이 글에서 가장 논쟁적인 부분은 '국화'가 일왕을 상징할 수 있다는 지적이다. '창비무명인'은 기존의 '국화 옆에서' 읽기가 지나치게 단선적이었다고 비판한다. 대부분의 평론가들이 '황국=친근한 누님', '거울=관조의 경지'로 등식화시켜서 비유적으로만 해석했지, 상징적으로 해석하지 않았다는 것이다. 꼼꼼한 분석을 동반하고 있는 이 글이 제기한 문제 의식은, 국화가 일왕의 상징이냐 아니냐의 문제를 훌쩍 뛰어넘는다. 정전화 되어 거의 기계적으로 수용되고 있는 작품에 대한 비판적 읽기의 중요성을 제기하고 있기 때문이다. 정전화 된다는 것은 해석과 평가가 특정한 관점으로 독점된다는 것을 의미한다. 그리고 이러한 독점화된 해석과 평가는 가장 반교육적인 것이기도 하다.

박목월은 '나그네'에 대하여 "청록집에 수록된 내 작품들의 가장 바탕이 되는 세계다"[14]라고 말하고 있다. 그는 이 시의 주제가 "'구름에

---

12) 같은 책, p.460.
13) 임우기, 「미당 시에 대하여」, 『그늘에 대하여』(강, 1996), p.227.
14) 박목월, 『보랏빛 素描』(신흥출판사, 1958), p.85.

달 가듯이 가는 나그네'였다"고 하면서, "그야말로 혈혈단신 떠도는 나그네를 나는 억압된 조국의 하늘아래서, 우리민족의 총체적인 얼의 상징으로 느꼈으리라"고 회고하고 있다. 이러한 '나그네'에 대한 언급은 이 시에 대한 이후의 해석과 평가에도 지대한 영향을 미쳤다.

박목월이 '나그네'를 '억압된 조국의 하늘아래서, 우리민족의 총체적의 얼의 상징'으로 상정한 반면, 백기완은 나그네의 마지막 구절이 "새빨간 거짓말이며, 식민지시대의 농촌을 얼토당토않게 미화하고 있다"15)고 비판했다. 이러한 비판에 대해서 김준오는 '나그네'가 모방한 세계가 역사적 현실과는 무관한 것임을 인정한다. 그러나 곧바로 그는 이런 이유로 작품을 혹평하는 것은 어디까지나 '일상적 진실'의 관점이라고 지적한다. 박목월의 '나그네'는 '일상적 진실'이 아닌 '당위적 진실', 즉 있는 '일상적 세계'를 모방한 것이 아니라 있어야 하는 '당위적 세계'를 모방한 것이라는 관점이다. 김준오의 지적은 '소박한 리얼리즘'에 대한 강력한 비판의 근거를 제공하고 있으나, 동시에 일상적 세계와 당위적 세계라는 플라톤적 이분법에 근거하고 있다. 게다가 박목월의 '나그네'가 있어야 할 세계로 그리고 있는 세계는 다분히 복고적인 세계라는 사실이 문제가 될 수 있다. 박목월의 눈은 미래로 향해 있는 것이 아니라 과거로 향해 있는 것이다. 박목월의 시를 규정하는 근원성은 이렇듯 현실을 넘어서려는 의지 보다는 현실을 초월하려는 의지로부터 얻어지는 것이다.

최승호의 분석은 김준오의 해석을 바탕으로 '나그네'를 '파시즘적

---

15) 김상욱, 『시의 길을 여는 새벽별 하나』(친구, 1990), p.85에서 재인용.

삶에 대한 거부'16)로까지 확장한다. 최승호는 "식민지 현실은 기표와 기의가 분리된 삶, 주체와 대상이 적대적인 관계로 형성된 삶이었다. 바로 이런 삶을 비판하기 위해 이상적인 농촌이 제시되었던 것이다. 영혼의 목마름을 치유하기 위해 이상적 공간을 설정하게 된 것이다"라고 주장한다. 이러한 최승호의 분석은 김춘식의 분석과 궤를 같이한다. 김춘식은 "청록파가 발견한 근대적인 자연, 전통은 이식문화로서의 일본식 근대, 신문명에 대해서 의식적인 반근대주의를 지향하지 않을 수 없다. 이 점에서 청록파는 근대 초창기부터 일종의 담론체계로서 이식되어온 '동양', '전통'이라는 이념을 내면으로부터 극복한 미학적 성취를 달성해 낸 것이다"17)라고 평가한다. 김춘식의 분석에 의하면, 박목월을 위시한 청록파의 시는 "현실적 공간으로서의 자연이 아닌 이상적 공간으로서의 자연을 그리고 있다는 중요한 사실을 명확하게 드러내는 것들이다. 그리고 그러한 이상적 공간은 내면의 풍경을 유토피아주의로 바꿀 줄 아는 근대적 자아의 인식틀에 속하는 것이다"18) 이러한 최승호와 김춘식의 분석은 청록파가 발견한 '자연'과 '전통'의 의미와 가치를 새로운 차원에서 재발견하고 있다는 미덕을 보여주고 있다. 하지만, 이들의 분석은 텍스트 내부에만 제한되어 있으며, 사후적으로만 승인될 수 있다는 한계를 보여준다. 즉, 당대의 식민지 현실에서 박목월의 나그네가 최승호와 김춘식의 분석처럼 '파시즘적 삶에 대한 거부'나 '의식적인 반근대주의'로 읽혔을 가능성이 있느냐 하는 것이다.

---

16) 최승호, 「근원에의 향수와 반근대의식」, 『박목월』(새미, 2002), p.121.
17) 김춘식, 「낭만주의적 개인과 자연·전통의 발견」, ≪작가연구≫ 11호(새미, 2001), p.86.
18) 같은 책, p.100.

최승호와 김춘식의 분석은 분명히 의미가 있지만, 박목월의 '나그네'가 식민지 현실에 대한 미학적 치열성이 부족하다는 소박한 의문을 말끔히 해소시키지는 못하고 있다.

이 지점에서 우리는 미당의 영원성과 목월의 근원성이 어떻게 만들어지고 있는가를 물어야 할 필요를 느낀다. 미당의 경우, 영원성은 '자기 폐쇄'와 '현실 부재'로부터 만들어지고 있으며, 목월의 경우, 근원성은 현실에 대한 낭만적 초월 의지로부터 만들어지고 있는 것이다. 사실 미당의 시가 영원성을 추구한다거나, 목월의 시가 근원성을 추구한다는 지적은 그 자체로는 아무 것도 밝혀주지 못한다. 문제는 그 영원성과 근원성이 어떻게 획득되고 있느냐 하는가에 있다. 임우기가 서정주의 '회귀(回歸)의 사상'과 김소월의 '불귀(不歸)의 사상'그리고 김지하의'미귀(未歸)의 사상'을 비교하면서 지적한 아래의 글은, 서정주와 박목월의 시를 비판적으로 이해하는 데 좋은 참조가 될 만하다.

김지하는 신라 불교 속에서 '지금 여기에서 고통 받는 우주생명을 다 살리는 살림의 정신'을 읽고 있다. 그 적극적인 살림의 정신은 저자바닥의 삶 속에서 해탈을 스스로 유보하는 정신, 아늑한 고향으로 돌아감을 스스로 유보하는 정신이다. 그것을 김지하는 '미귀의 사상'이라고 부른다. 스스로 회귀하는 것을 거부함! 나그네임을 자청함! 이는 신라 불교를 통해 세속의 세계를 훌쩍 뛰어넘어 영원으로 회귀한 미당과는 얼마나 먼 거리에 있는가. 오늘날과 같이 생명 세계의 혼란과 고통과 죽임의 불안이 가중되고 있는 현실 속에서 미당처럼 영원으로의 회귀를 택할 것인가. 아니면 소월처럼 불귀의 나그네 설움을 온몸으로 견딜 것인가. 지금 중생들의 삶과 생명계는 심하게 앓고 있고, 회귀의 유혹은 화사(花蛇)처럼 고개를 들고, 탐미파들과 보수파들은 그 유혹을 확산시킨다. 지금, 불귀와 미귀의 나그네길은 멀고도 험하다![19]

4. 영원성과 근원성에 이르는 길, 현실과 예술의 분리

시 전문 계간지 ≪시인세계≫에서 시인과 평론가들을 대상으로 현대시 100년을 기념해 현대시를 빛낸 '10명의 시인'을 선정한 바 있다. 이때 선정된 시인들은 김소월, 서정주, 정지용, 김수영, 백석, 한용운, 김춘수, 이상, 박목월, 윤동주의 순이었다.[20] 다소 선정적인 이벤트성 행사라는 점이 눈에 거슬리기는 하지만, 고급 독자라 할 수 있는 시인들과 평론가들의 안목을 엿볼 수 있는 매우 흥미로운 작업이었다. 제도 교육을 받은 일반 독자들의 평가 역시 이 틀에서 많이 벗어나지 않으리라 판단된다.[21] 서정주의 경우 시인들은 1위로 선정한 반면, 평론가들은 2위로 선정하고 있다는 점이 눈에 띄는데, 아마도 서정주의 생애와 관련해서 시인들보다는 평론가들이 훨씬 더 민감하게 반응했기 때문일

---

19) 임우기, 앞의 책, pp.253~4.
20) 이에 대해서는 ≪시인세계≫(문학세계사, 2002년 가을 창간호) 참조.
21) 이 말 속에는 두 가지 함의가 담겨있는데, 첫째로 그것은 독자적인 안목을 갖춘 고급 독자가 극히 제한되어 있다는 사실을 의미하고, 둘째로 그것은 제도 교육이 제공하는 정전 목록이 일반 독자들에게 절대적인 영향력을 행사하고 있다는 것을 의미한다. 이 문제는 동전의 양면처럼 맞물려 있는데, 제도 교육이 제공하는 정전 목록이 입시와 맞물려 맹목적인 학습의 대상으로 숭배되고 있기 때문이다.

것이다.

서정주와 박목월은 텍스트의 질과 양 모두에서 선정된 다른 시인들을 압도한다. 서정주와 박목월에 견줄만한 시인은 김수영과 김춘수 정도에 불과하다. 김소월, 정지용, 백석, 이상, 윤동주 등은 비교적 젊은 나이에 시인으로서의 삶을 마감했다.[22] 그들의 텍스트를 둘러싸고 있는 이 비극적 삶의 아우라는 그들의 시에 강한 후광을 드리운다. 그들의 시는 그들의 때 이른 죽음과 맞물려 항상 아련한 추억과 한없는 아쉬움을 동반하게 된다.

하지만 서정주와 박목월의 텍스트는 그들의 삶과 운명을 같이 해왔다. 그들이 영욕의 세월을 살아가는 동안 그들의 텍스트도 영욕의 생을 함께 했다. 시인과 시를 또는 시인의 삶과 시를 분리할 수 있는가 하는 문제는 아직도 논란거리로 남아있다. 서정주와 박목월 역시 이 문제에서 결코 자유롭지 못하다. 서정주는 친일 경력과 전두환 찬양이 시비의 대상이 되었고, 박목월은 박정희 유신 독재 시절의 행적이 크게 문제 되었다. 이들이 소위 '순수문학'으로 자신들의 문학 행위를 정당화 했을 때, 순수하지 못한 그들의 삶과 문학 사이의 엄청난 간극을 그들은 의식하지 않았다(아니 못했다). 이것은 분명 일종의 분열증적 징후인데, 논리적으로도 윤리적으로도 정당화될 수 없는 이러한 간극을 봉합하는 유일한 방법은 현실과 문학을 엄격히 분리하는 것이다. 앞에서 분석한 서정주의 영원성과 박목월의 근원성은 이러한 현실과 문학의 엄격한

---

22) 물론 백석이 북쪽에서 한동안 생존했었다는 사실은 잘 알려져 있다. 하지만 우리가 기억하는 백석은 생활인으로서의 백석이 아니라 시인으로서의 백석이 다. 시인으로서의 백석은 오래 전에 그리고 아주 젊은 나이에 이미 지상에서 사라졌다.

분리로부터 형성되는 것이다. 세속의 삶을 경유하지 않은 영원성과
근원성은 아름답지만, 공허하고 무책임하다.[23] 다음 인용하는 서정주
와 박목월의 두 시는 이 점을 분명하게 보여준다.

> 내 연인은 잠든 지 오래다.
> 아마 한 천년쯤 전에….
> 그는 어디에서 자고 있는지.
> 그 꿈의 빛만을 나한테 보낸다.
>
> 분홍, 분홍, 연분홍, 분홍,
> 그 봄 꿈의 진달래꽃 빛깔들.
>
> 다홍, 다홍, 또 느티나무 빛,
> 짙은 여름 꿈의 소리나는 빛깔들.
>
> 그리고 인제는 눈이 오누나….
> 눈은 와서 내리 쌓이고,
> 우리는 제마다 뿔뿔이 혼자인데

---

23) 최근 서정주 시의 탐미적 성격과 파시즘적 성격, 그리고 무책임의 사상을
　　논박한 중요한 비판이 김진석과 이명원에 의해 제기되었다. 이들의 분석은
　　소위 시인과 시를 분리할 수 있느냐, 분리할 수 없느냐하는 소모적 논쟁에서
　　벗어나 있다. 그러나 김진석의 주장처럼, 서정주의 문학을 제대로 평가하기
　　위해서는 "문학 텍스트와 사회 행위 사이에 놓여 있는 내밀하고도 복잡한 관계"
　　더욱 정교하게 추적해야 할 것이다. 이에 대해서는 김진석, 「초월적 서정주의에
　　스민 파시즘적 탐미주의」, 『주례사비평을 넘어서』(한국출판마케팅연구소,
　　2002)와 이명원, 「문학의 심미성과 문인의 정치적 올바름의 관계」, 『파문』(새
　　움, 2003)을 참조.

아 내 곁에 누워 있는 여자여.
네 손톱에 떠오르는 초생달에
내 연인의 꿈은 또 한 번 비친다.
- 눈 오시는 날 전문

字劃마다
큼직하게 움이 트는
朴.木.月
- 밤에 자라나는 이름아.
가난한 뜰의
藤床기둥을 감아
하룻밤 푸근히 꿈 속에
쉬는 포도 넝쿨
- 오해를 말라

박목월은
당신이 아는 그 성명이 아닐세.
하루의 직업이 끝난
그날 밤에
잠자리에 들기 전을
가만히 혼자서 꺼내 보는
꿈의 통감증에
인쇄된 이름.
그것은 박목월 안의 박목월.
고독이 기르는 수목의 이름이다,
- 春宵 전문

문학 쪽에서 본다면, 문학과 현실의 분리는 모든 비문학적 요소에 대한 철저한 부정이라고 할 수 있지만, 현실 쪽에서 본다면, 순수한 문학 對 순수하지 못한 현실이라는 선명한 대립구도를 낳는다. 이러한 논리가 극단화되면, 순수한 문학을 위해 순수하지 못한 현실을 버리는 경우가 생길 수 있고, 반대로 순수한 문학과 순수하지 못한 현실이라는 대립 구도를 통해 순수하지 못한 현실을 긍정하는 경우도 생길 수 있다.[24] 서정주와 박목월은 분명 후자의 구도에 기울어 있었다는 사실이 위의 인용한 두 시에서 드러난다.

서정주와 박목월의 두 시는 선명한 대립 구조 위에 서있다. 서정주의 「눈 오시는 날」에는 영원한 연인 對 현재의 여인이, 박목월의 「춘소」에는 생활인으로서의 박목월 對 예술가로서의 박목월이 대립되어 있다.

서정주의 영원한 연인은 이미 '천 년 쯤 전에 잠든 지 오래'되었고, 내가 잠이 들 때마다 '꿈의 빛만을 나한테 보'내 오는 존재이다. 사실 천 년이라는 구체적인 수치는 영원을 강조하기 위한 수사적 표현에 불과하다. 여기서 잠들었다는 표현은 현생에 존재하지 않는다는 표현일 터인데, 이 점을 강조하면 영원한 연인은 어쩌면 종교적 절대자를 상징한다고 볼 수도 있을 것이다. 하지만 이러한 긍정적 해석은 마지막 연에 등장하는 현재의 여자(아마도 자신의 부인일터인데)의 손톱에 떠오르는 초생달이라는 이미지를 통해 지지받을 수 없게 된다. 물론 서정주가 즐겨 쓰는 시적 상징으로 이해할 수도 있겠지만, 현재의 여자의 이미지에서 영원한 연인의 이미지를 찾아내는 이러한 시적 상상력에는 쉽게

---

24) 순수한 문학을 위해 순수하지 못한 생활을 버린 시인들을 별반 찾을 수 없다는 것이야말로 문협 정통파들이 주장한 순수문학론의 허구성을 증거하는 것이다.

동의하기 힘든 측면이 있다. 다소 거칠게 현재의 여자를 현실로 등치시키고, 영원한 연인을 문학으로 등치시키게 되면, 현재의 현실을 대충 견디면서, 영원의 문학을 추구 한다는 시적 진술을 뽑아낼 수 있기 때문이다. 좀 더 악의적으로 텍스트를 해석해 본다면, 현재의 여자는 단순히 영원한 연인에게 다가가기 위한(그것이 비록 이미지에 불과하더라도) 도구에 불과하다. 순수하지 못한 현실은 순수한 문학을 위해 희생될 수도 있다는 이러한 미학관이 별다른 저항감 없이 서정주를 친일과 친독재 쪽으로 이끌었는지도 모른다.

박목월의 「춘소」는 현실과 예술 사이의 대립이 좀 더 내적인 반성과 성찰의 형식으로 형상화되어 있다. 박목월이 초기의 목가적인 서정에서 후기의 생활인으로서의 고뇌와 성찰 쪽으로 무게 중심을 옮겨가는 과도기에 놓여 있는 이 작품은, 시의 일상성 회복이라는 측면에서 비교적 높은 평가를 받을 만한 시이다. 하지만 이 시에도 박목월을 비롯한 소위 문협 정통파의 순수문학론의 그림자가 계속해서 어른거리고 있다. 생활인으로서의 박목월 안에는 예술가로서의 박목월이 따로 존재한다. 일종의 자아 분열 상태인데, 이러한 분열된 자아를 바라보는 시적 주체의 태도는 어찌할 수 없다는 것이다. 낮의 현실과 밤의 현실은 정확히 현실적 자아와 이상적 자아의 분열을 가리킬 뿐이다. 박목월의 시에 등장하는 일상성이라는 것이 사실은 이렇듯 표피적인 차원에서만 이루어지는 것이기에 소재적 차원을 넘어 시적 언어로 육화되었다고 평가하기는 어렵다. 현실과 예술의 대립 의식과 그로 인한 소외 의식은 시인이라면 누구나 느끼게 되는 감정일 것이다. 하지만 그 대립 의식이 단순한 소외 의식을 토로하는데 그친다면, 그것은 진정한 의미의 시적 성취에

이르지 못하게 된다. 그 대립을 넘어서는 어떤 순간을 시적으로 형상화
할 수 있을 때만이 비로소 시적 성취에 값할 만한 작품이 되는 것이기
때문이다.

5. 신화의 텍스트에서 해석의 텍스트로

지금까지 서정주와 박목월의 시를 비판적으로 읽어보았다. 제한된
영역에서 이루어진 이러한 비판적 읽기를 토대로 서정주와 박목월의
시 전체를 부정하는 것은 만용을 넘어 치기에 가까운 일일 것이다.
그럼에도 불구하고 필자가 이러한 비판적 읽기를 시도한 까닭은 그들의
시가 지나치게 신성시되거나 신화화되는 것을 경계하기 위해서이다.
서정주와 박목월의 시는 서정주와 박목월을 위해 존재하는 것이 아니라
그들의 시를 읽거나 읽을 독자들을 위해 존재하는 것이다. 이러한 진술
은 너무나 평범해서 일견 진부하게 들릴 터이지만, 실상 독자들이 정전
으로 굳어진 텍스트를 수용하는 과정은 이러한 평범한 진실을 무색하게
만든다. 특히 모든 것이 입시와 연계된 우리의 왜곡된 국어 교육 하에서
텍스트 수용의 문제는 상상을 초월할 정도로 심각하다. 이를 조금 과장
해서 표현한다면, 정전 수용의 한국적 특수성으로 명명할 수도 있을
것이다.
현재와 같은 입시제도 하에서 비판적 시 읽기란 그야말로 어불성설이
다. 학생들은 시 텍스트를 둘러싼 공식적인 해석과 가치를 거의 무비판

적으로 주입받는다. 정전으로 굳어진 텍스트를 비판적으로 수용한다는 것은 어찌 보면 불필요하고 비능률적인 일이기 때문이다. 이렇듯 제도 교육은 학생들에게 정전 목록을 제시하고 그 시들에 대한 공식적인 해석과 가치를 무비판적으로 수용할 것을 제도적으로 강제하고 있다. 그렇기 때문에 앞서 지적한 정전에 대한 신비화와 신화화는 정확히 말한다면 정전에 대한 무관심 혹은 무지의 소산일 가능성이 매우 커진 다. 정전에 대한 무관심과 무지에서 비롯되는 정전에 대한 신비화와 신화화는 정전을 산출한 문인에 대한 신비화와 신화화로 이어지기 일쑤이다. '국화 옆에서'와 '나그네'를 쓴 시인 서정주와 박목월은 한국 최고 시인으로 학생들에게 자연스럽게 각인되는 것이다.

모든 신비화와 신화화는 일정 정도의 왜곡과 기만을 수반하기 마련이 다. 그런데 문제는 그 신비화와 신화화가 계속 지속되기에는 너무나 허약한 구조 위에 서 있다는 점이다. 그 허약한 구조 위에 서 있는 구조물을 억지로 지탱하려 하기 때문에 온갖 논리의 비약과 곡예가 이루어지게 되는 것이다. 사실 서정주와 박목월의 삶이 그들의 시에 어떤 식으로든 습합되었을 가능성을 상정하는 것은 매우 자연스러운 일이다. 때문에 그들의 시를 역사와 사회와 관련해 해석하는 것은 충분 히 의미 있는 해석이다. 요는 독점권을 주장할 수 있는 유일한 해석은 존재할 수 없다는 지극히 평범한 진실을 무시하고, 철저하게 탈정치화 된 해석만을 유일한 해석으로 강요하는 독선적인 태도에 있는 것이다.

서정주 사후, 서정주의 시와 삶에 대한 해소될 수 없는 첨예한 대립이 있었다. 서정주를 비판하는 사람들은 미당을 추모하기 위해 쓰인 헌사 성격의 글조차도 참아내지 못했다. 망자에게 비교적 관대한 우리네

정서에 비추어 보아도 이는 분명 이례적인 일이다. 언필칭 한국 최고의 시인(?)의 죽음을 앞에 두고 벌어진 이러한 불경스러운 일들을 어떻게 이해해야 하는가. 그 원인을 추적해 보면 의외로 답은 너무나 간단하다. 서정주의 삶이 문제가 된 것이다. 그 문제를 해결할 수 있는 답은 두 가지이다. 좀 더 정확하게 말하면, 한 가지 답은 있었고, 나머지 한 가지 답은 있다. 있었던 답은 서정주 스스로가 자신의 삶에 대한 진정한 반성과 참회를 통해 이 문제를 해결하는 일이었다. 그러나 서정주는 이러한 해결을 스스로 거부했다. 나머지 있는 답은 서정주를 '한국 최고의 시인' 또는 '시인 부족의 족장'으로 명명하지 않는 것이다. 만약 이러한 낯 뜨거운 수사를 거둔다면, 그리고 서정주의 명백한 삶의 과오를 객관적으로 인정한다면, 그를 둘러싼 첨예한 대립은 좀 더 생산적인 방향으로 전화될 수 있으리라.

복거일은 최근 '친일파'를 적극적으로 변호하는(차라리 옹호하는) 『죽은 자들을 위한 변호』라는 책을 펴냈다. 이 책에 대해서 고종석은 "복거일의 '죽은 자들을 위한 변호'라는 표제를 지닌 이 책이 '살아 있는 자들을 위한 변호'인 것만 같고, 살아 있는 자들 가운데서도 특히 '힘센 자들을 위한 변호'인 것만 같다"고 비판했다. 고종석을 잠시 빌린다면, 내게 서정주 사후에 쓰인 많은 '죽은 서정주를 위한 변호'가 사실은 '살아 있는 서정주 추종자들을 위한 변호'인 것만 같고, 살아 있는 서정주 추종자들 가운데서 특히 '힘센 서정주 추종자들을 위한 변호'인 것만 같다. 서정주와 박목월은 이미 죽은 자들이다. 죽은 자들을 놓고 산 자들의 변호와 비판이 계속되고 있다. 이러한 싸움은 죽은 자를 변호하든 죽은 자를 비판하든 어차피 산 자들을 위한 싸움이다. 대체로 변호하는 자들은 지키려는 쪽이고 상대적으로 힘센 자들이다. 반면 비판하는 자들은 바꾸려는 쪽이고 상대적으로 약한 자들이다.

문학과 예술이 끝없는 자기 갱신과 혁신을 그 생명으로 한다는 진리를 수긍한다면, 더 이상 서정주와 박목월을 신비화하거나 신화화해서는 안 될 것이다. 문학은 어느 누구에게도 최고의 자리를 허락하지 않는다. 최고의 시인이 있는 것이 아니라, 최고의 시인들이 있는 것이다. 시와 시인에게 최상급 단수는 어울리지 않는다. 시와 시인의 최상급은 항상 복수다.

제 2 부

문학비평론

1970년대 비평 연구

1 문학사 記述에 있어 변화하는 측면과 변화하지 않는 측면은 매우 신중하게 고려되어야 한다. 그중 변화의 측면이 적극적으로 고려되어야 할 시기가 바로 문학사의 전환기일 것이다. 이러한 변화의 측면이 급격하게 파급되어 기존의 문학적 통념을 거부하게 만들고, '문학이란 무엇인가'라는 근원적인 질문을 통해 새로운 문학적 가능성을 모색하게 한다. '문학이란 무엇인가'라는 질문이 새삼 문제시된다는 것은 기존의 문학이 위기에 처해 있다는 진단을 포함하는 동시에 새로운 문학이 요청된다는 전망을 포함한다. '문학이란 무엇인가'라는 근원적 질문과 함께 강력하게 유포되는 각종 '문학 위기론'은 기존의 문학적 통념을 거부하고, 이를 전복하려는 전략적 담론이다. 따라서 '문학 위기론'은 기존의 문학적 통념을 해체하고, 새로운 문학적 징후를 예각화함으로써 문학적 관념을 재구성한다.

많은 문학사가들이 70년대 이후의 우리사회를 산업사회라는 중립적

인 용어로 설명하거나, 독점자본주의 또는 주변부 자본주의라는 적극적
인 용어로 설명하려는 것은 70년대가 경제적 토대에서부터 정치·사상
적인 측면에 이르기까지 70년대 이전과는 판이하게 구별되는 특징을
갖기 때문이다. 이러한 변화는 60년대 중반 한일회담과 월남파병으로
축적된 물적 토대를 기반으로 한 관주도의 경제개발계획이 본격적으로
추진되면서 점진적으로 이루어졌다고 할 수 있다. '잘 살아 보세'라는
구호로 대표되는 관주도의 계몽주의적 기획의 환상은 권위적 지배권력,
종속적 경제 구조, 심각한 빈부격차로 인한 계급 모순의 심화 등으로
인해 곧 환멸로 바뀌었다. 환상이 환멸로 바뀌는데는 그리 많은 시간이
필요치 않았다. 이러한 사회적 모순의 심화 과정은 60년대 '순수·참여
논쟁'에 반영되어, 문학의 사회적 기능을 본격적으로 탐구하는 계기를
마련해 주었고, 사회적 모순에 대한 심화된 현실 인식은 기존의 문학적
통념(순수문학)을 의심하게 했다. 따라서 문학의 사회적 책임이 강조되었
고, 이러한 인식은 문학에 대한 새로운 이해를 가능하게 했다.

　60년대 중반 이후 문단을 뜨겁게 달구었던 '순수·참여논쟁'은 크게
세 시기로 나누어 고찰할 수 있다. ① 1963~64년에 걸친 김우종·김병
걸과 이형기 간의 논쟁, ② 1967년 '작가와 사회'라는 주제하에 김붕구의
논문과 그것을 둘러싸고 벌어진 다양한 주장들, ③ 1968년 이어령과
김수영 간의 공방전이 바로 그것이다. 이 세 차례의 논쟁은 문학의
자율성과 순수성을 옹호하는 순수문학론과 문학의 사회적 책임과 현실
인식을 강조하는 참여문학론 사이의 첨예한 대립을 불러일으켰다. 60년
대를 뜨겁게 달군 순수·참여 논쟁은 논쟁의 구도를 벗어난 인신공격,
사상시비 등의 한계에도 불구하고, "민족의 현실에 본격적으로 눈을

돌리게 만든 단초"[1]를 제공했다는 점에서 큰 의의를 갖는다. 또한 '문학
=순수'라는 형식 논리적 공리성과 '사심 없는 문학'이라는 이데올로기적
허구성을 적절하게 지적함으로써 '순수문학'을 해체·전복하고, 문학의
사회적 기능에 대한 심도 있는 논의를 가능하게 해 주었다.

순수·참여 논쟁이 문학의 자율성과 순수성을 옹호하려는 입장과
문학의 사회적 책임과 현실 인식을 강조하는 입장 사이의 뚜렷한 대립
구도 속에서 이루어졌다면, 70년대 비평은 60년대적 순수·참여의
대립을 '가짜 문제'로 파악하고, 문학과 민족, 문학과 사회, 문학과
현실의 관계를 적극적으로 해명하는 방향으로 나아갔다. 이러한 문학적
논의의 진전은 중화학공업 위주의 본격적인 산업화가 전개되면서 심화
된 사회적 모순과 그 궤를 같이 했다. 사회적 모순의 심화와 이에
대한 문학적 응전의 양상은 리얼리즘론의 탐색으로 구체화되었다. 이러
한 문학의 사회적 기능에 대한 본격적 탐구는 1966년에 창간된 ≪창작
과 비평≫을 중심으로 강력하게 전개되었다. ≪창작과 비평≫이 제기
한 '민족', '민중', '농민문학', '리얼리즘론' 등은 가장 강력한 70년대
비평적 화두였으며, 이는 '민족문학론'으로 구체화되었다. ≪창작과
비평≫이 주장한 민족문학론은 항상 70년대의 비평의 중심에 놓여
있었고, 창비의 이념에 동의하든 동의하지 않든 간에 많은 평론가들이
≪창작과 비평≫의 민족문학론을 의식하면서 자신들의 문학론을 조율
할 수밖에 없게 만들었다. 그러므로 70년대 비평은 ≪창작과 비평≫이
라는 강력한 타자를 의식하면서 자신을 비추고 점검하는 양상으로

---

1) 염무웅, 「5,60년대 남한문학의 민족문학적 위치」, ≪창작과 비평≫(1992, 가을
호), p.141.

전개되었다고 할 수 있다.

2 ≪창작과 비평≫의 창간을 두고 김윤식은 "아무도 이 얄팍한 잡지에 70년대 문학을 부분적으로 폭파할 폭약이 장전되었음을 알아차리지 못했을 것이다"[2]고 술회한 바 있다. 김윤식의 이러한 지적처럼 ≪창작과 비평≫은 순수·참여론의 한계를 극복하고 7,80년대를 관통한 민족문학론의 전위에 서 있었다. 창비 창간호에 실린 백낙청의 논문 「새로운 창작과 비평의 자세」는 백낙청이 창비의 창간을 주도했고, 책임 편집을 맡고 있었다는 의미에서, 창비의 창간 목적과 방향에 대한 출사표로서 읽힌다. 총 4부로 구성되어 있는 이 논문은 각 장마다 순수·참여론의 쟁점들에 대한 심화된 인식을 보여주고 있다는 점에서 문제적이다. 논문에는 문학의 순수성을 어떻게 볼 것인가?, 문학의 사회기능과 목적, 한국의 문학인은 무엇을 할까, 회고와 전망이라는 소제목이 각각 달려있다. 소제목에서 선명하게 드러나고 있듯이 이 논문은 60년대 순수·참여론의 쟁점들을 차분히 분석면서 새로운 이론적 모색을 제시하고 있다. 이 논문을 통해 백낙청이 주장한 내용은 다음과 같다. 1장에서는 참여론이 순수도 하고 참여도 하자는 절충주의로 환원되지 않기 위해서는 문학의 사회기능에 대한 구체적 분석이 필요하다는 점을 역설했고, 2장에서는 문학의 오락성 문제에 대한 세밀한 검토를 통해 문학적 실험성을 부각시킨 다음 잠재적 독자

---

2) 김윤식, 「문학사 10년의 내면풍경」, ≪문예중앙≫(1988, 봄호), p.57.

를 현실적 독자로 얻어 자유에 대한 호소를 경청할 독자를 확보해야 한다고 주장했다. 3장에서는 통일의 의지가 문학하는 자세의 전제가 되어야 하며 우리의 문학하는 자세는 우리 삶의 전 국면에 걸쳐 있다고 주장했다. 이러한 내용을 토대로 그가 주장하는 '새로운 창작과 비평의 자세'를 추출해 볼 수 있겠는데, 그것은 문학의 사회적 기능을 이론적으로 따지고 현실적으로 요구되는 참여를 실험성으로 다루며, 문학하는 자세를 목숨처럼 다루어 삶의 한가운데로 끌어들이자는 주장으로 요약될 수 있다. 이 논문의 중요성은 문학적 실천을 역설함으로써 창비의 이론적 심화과정의 핵심을 이루는 억압적 현실과의 부단한 싸움의 정신적 기초를 제공했다는 점에 있다.

이러한 문학적 실천에 대한 강조는 그의 평판작 「시민문학론」으로 이어진다. 이미 「새로운 창작과 비평의 자세」에서 그 단초가 마련된 시민의식에 대한 면밀한 검토를 통해 우리 문학의 나아갈 방향을 제시하고 있는 「시민문학론」은 60년대 4·19정신의 퇴조에 대한 일종의 위기의식에 쓰여졌다. 따라서 이 논문은 4·19세대로서의 자기 확인과 4·19정신의 회복을 위한 지적 투쟁이라는 의미를 갖는다. 이와 더불어 주목되는 것은 백낙청이 문학의 사회적 기능에 대한 자신의 고민을 '시민'개념과 '시민문학'개념을 토대로 객관화하고 있다는 점이다. 이러한 분석 방법론의 모색은 민족과 현실에 대해 보다 구체적으로 인식할 수 있는 계기를 마련해 주었고, 이를 토대로 민족문학론을 구상하는 계기를 마련해 주었다. 백낙청은 민족과 현실에 대한 치열한 탐구를 통해 민족문학론—민중문학론—제 3세계 문학론 등으로 관심의 폭과 깊이를 넓혀가면서 70년대 비평사를 화려하게 장식하였다.

　이러한 백낙청의 선구적 노력은 70년대 비평의 강력한 에꼴화를 형성하는 계기로 작용하게 되는데, ≪창작과 비평≫의 이념에 적극 동조하는 일군의 평론가들과 ≪창작과 비평≫의 이념에서 이탈해 독자적인 에꼴을 구축한 ≪문학과 지성≫을 중심으로 한 일군의 평론가들은 강한 친족성을 유지하면서 비평활동을 전개하였다. 그러나 ≪창작과 비평≫초기에는 ≪창작과 비평≫그룹과 ≪문학과 지성≫그룹이 별 마찰없이 공존하는 양상을 보였다. 이러한 공존이 가능했던 것은 ≪창작과 비평≫과 ≪문학과 지성≫의 주도적 인물들의 상당수가 4·19세대들이었고, 특히 서울대 문리대 출신들이 그 주축을 이루고 있었기 때문이었다. 이들은 서울대 문리대 시절에 『문학』지를 통해 활약했고, 『산문시대』를 만들었으며, 60년대 말에 『68문학』이라는 잡지를 창간한 바 있다. 그 구체적인 이름들을 열거해 보자면, 1964년 12월에 간행된 『문학』지에는 김화영·김지하·조동일·김현 등이 글을 쓰고 있고, 김승옥이 표지장정을 맡고 있다. 그리고 『68문학』의 편집인은 김승옥·김주연·김치수·김현·박태순·염무웅·이청준이며 여기에 가세해 김화영·김병익·황동규 등이 창간호에 글을 쓰고 있다. 이러한 인적 구성은 초기의 ≪창작과 비평≫에 그대로 유지되고 있다고 할 수 있는데, 백낙청을 제외하고는 실제 활동에 있어서는 김현·서정인·김승옥 등의 활동이 더욱 두드러져 보인다.3) 이를 통해 확인할 수 있는 사실은 적어도 70년대 중반 이전까지는 양 그룹이 큰 마찰 없이 공존할 수 있었다는 점일 것이다. 이러한 공존이 가능할

---

3) 홍정선, 「70년대 비평의 정신과 80년대 비평의 양상」, 『역사, 현실 그리고 문학』(지양사, 1985), P.167.

수 있었던 근거는 그들이 4·19정신의 문학적 실천이라는 대전제를 공유하고 있었고, 문학의 사회적 책임에 대해 일정 정도 의견을 같이 하고 있었기 때문이었다. 그러나 이러한 공존 관계는 70년대 중반을 기점으로 와해되기 시작하는데 이는 사회적 모순의 심화와 이에 대한 문학적 실천에 대한 견해차이에서 비롯되었다고 할 수 있다. ≪창작과 비평≫그룹이 '민중적 실천'을 강조하는 반면, ≪문학과 지성≫그룹은 '양식화의 아름다움'을 강조한다. 문학의 사회적 기능을 양측이 공히 인정하면서도 그 강조점을 어디에 두어야 하는가에 대한 견해차이로 인해 양 그룹은 이후 날카롭게 대립하기 시작한다. 이러한 견해차는 '창비학교' 또는 '문지 학교'라는 별칭에서 확인할 수 있듯이 강력한 비평적 에꼴을 형성하게 되었다.

70년대 비평의 에꼴화는 70년대 비평의 큰 특징 중에 하나라 할 수 있다. 이러한 강력한 비평의 에꼴화는 70년대 비평을 유형화할 수 있는 근거를 제공해 준다. 필자는 70년대 가장 강력한 비평적 에꼴을 형성한 ≪창작과 비평≫과 ≪문학과 지성≫을 중심으로 활동한 비평가들과, 이와는 무관하게 자신의 독자적 영역을 구축한 비평가들을 유형화하여 살펴보도록 할 것이다. 이를 통해 70년대 비평의 지형도를 작성하고, 그 90년대적 의미를 밝혀 보는 것이 이 글의 목적이다.

3 70년대 ≪창작과 비평≫을 중심으로 비평활동을 전개한 평론가 중에서 백낙청이라는 존재는 단연 돋보인다. 60년대 말 「시민문학론」을 통해 문학의 사회적 기능을 본격적으로 탐구하기

시작한 그는 지속적으로 문제의식을 심화시켜 왔다. 민족문학론 ─ 민중문학론─제3세계 문학론 등으로 이어지는 70년대 비평적 쟁점들 거의 대부분이 그의 작품이라 해도 과언은 아닐 것이다. 김수영을 모델로 전개된 「시민문학론」에도 이미 맹아적 형태로 잠복되어 있던 민중에 대한 관심은 「민족문학 개념의 정립을 위해」에 와서는 민족문학론과 민중을 정립시키려는 보다 심화된 단계로 발전하였다. 이러한 심화된 민중개념에 대한 탐구는 서구적 인식을 극복하려는 시도와 결합되는데, 제3세계 문학론이 바로 그것이다. 백낙청의 제3세계 문학론은 리얼리즘론의 서구 편향을 지양하고, 독자적인 리얼리즘론을 탐색할 수 있는 이론적 근거가 되었다.

70년대 민족문학론은 백낙청의 선구적 작업을 성실하게 뒷받침해준 일련의 평론가들에 의해서 더욱 심화될 수 있었다. 그중 가장 대표적인 평론가들은 염무웅, 구중서, 임헌영 등이다. 1970년 ≪사상계≫ 4월호에는 「4·19혁명과 한국문학」이라는 좌담이 실려있다.4) 이 좌담은 4·19 혁명의 정신과 리얼리즘에 대한 심도 있는 논의가 진행되었는데, 좌담 참석자 중 구중서와 김현은 상당한 의견 차이를 보이고 있었다. 주된 쟁점은 리얼리즘에 대한 상반된 인식에 기초해 전개되었다. 염상섭의 문학에 대해 구중서는 '전망의 부재를 문제삼아 '자연주의 단계'에 머물렀다고 평가한다. 반면 김현은 '현실을 진실하고 성실하게 바라보는 것이 리얼리즘의 기본적 요건'이라고 전제한 후 이러한 리얼리즘론

---

4) 좌담 내용과 이후에 발표된 구중서와 김현의 논문은 최근 발행된 구중서의 『문학과 현대 사상』(문학동네, 1996) Ⅴ. 부록편에 전문이 실려있으므로 참고하기 바람.

에 비추어 아주 좋은 리얼리즘 소설이라고 평가한다. 이러한 상반된 이해를 토대로 구중서는 「한국리얼리즘문학의 형성」(≪창작과 비평≫ 1970년 여름호)을 김현은 「한국소설의 가능성－리얼리즘론 별견」(≪문학과 지성≫ 1970년 가을호)을 발표하게 된다. 양측의 견해는 70년대 비평의 두 방향을 예고하고 있는 바, 그 한 방향이 리얼리즘을 토대로 한 민족문학론으로 구체화되었다면, 다른 한 방향은 현실에 대한 개인적 상상력을 강조하는 방향으로 구체화되었다. 전자의 논리를 따라 리얼리즘론은 민족문학론의 구체적 창작방법으로 정착되었고, 후자의 논리를 따라 상상력(바슐라르)에 대한 구체적 탐구와 비판미학(아도르노)에 대한 정밀한 탐색을 병행하는 방향으로 나아가게 되었다.

구중서의 리얼리즘론을 더욱 심화시킨 평론가는 임헌영이다. 구중서의 리얼리즘론은 현실의 객관적 묘사를 미래의 전망과 기계적으로 연결하는 한계를 노출함으로써 김현의 논박을 가능하게 하였다. 좀더 정치한 리얼리즘론은 임헌영에 의해 전개되었다. 임헌영은 그의 「한국문학의 과제-민족적 리얼리즘에의 길」에서 "진리의 객관적 인식, 여기서 규정된 사회미를 형상화시켜 예술미로 승화해야 리얼리즘이 된다"라고 밝히고, 우리의 리얼리즘은 '민족적 리얼리즘'이어야 한다고 주장한다. 이러한 주장은 리얼리즘의 미적 형상화 과정을 명백히 하고, 전망의 개념을 민족의 운명에서 찾고 있다는 점에서 구중서의 추상적 리얼리즘론을 극복하고 있다고 판단된다. 구중서와 임헌영에 의해 민족문학론의 구체적 창작방법으로 정착된 리얼리즘론을 토대로 민족문학론은 더욱 심화될 수 있었고, 실제비평에 있어서도 뚜렷한 성과가 제출되었다.

구중서와 임헌영이 리얼리즘을 통해 민족문학론의 심화에 기여했다면, 염무웅은 민중이라는 역동적 개념을 민족문학론에 효과적으로 접맥함으로써 민족문학론의 심화에 기여하였다. 그의 70년대 비평집『민중시대의 문학』은 이러한 민중사관을 토대로 문학사를 검토하고 있으며, 이론비평, 실제비평에서 있어도 큰 성과를 거두었다. 백낙청이 이론비평 분야에 있어 큰 기여를 했다면, 그의 뛰어난 동료인 염무웅은 실제비평 분야에서 큰 성과를 거두었다. 70년대≪창작과 비평≫의 영광은 백낙청이라는 뛰어난 이론가와 염우웅이라는 명민한 분석가의 상호협력에 의해 지탱되었다고 평가할 수 있다.

4 ≪창작과 비평≫의 이념에 적극 동의한 평론가들이 리얼리즘론과 민중 개념을 토대로 민족문학론의 심화에 기여했다면, ≪창작과 비평≫의 이념에 대해 비판적 거리를 유지했던 ≪문학과 지성≫그룹의 평론가들은 문학과 사회의 역동적 긴장 관계에 주목하였다. 70년대 초반에 양측이 공존할 수 있었던 근거가 4·19세대로서의 정체성과 관련이 있다고 앞에서 지적한 바 있듯이 양측은 4·19정신을 시로 형상화한 김수영의 문학정신을 계승하기 위해 ≪세계의 문학≫이 제정한 '김수영 문학상'에 공동으로 참여하였다. 그러나 이 상이 제정된 시기가 이미 양측의 문학적 견해차가 상당히 예각화된 이후였으므로 계속해서 논란이 벌어졌다. 제1회 수상작인 정희성의『저문 강에 삽을 씻고』에 대해 김현이 끝까지 반대했고, 제2회 수상작인 이성복의『뒹구

는 돌은 언제 잠 깨는가』에 대해 염무웅이 끝까지 반대했다는 사실은 이러한 문학관의 차이가 이미 돌이킬 수 없을 만큼 벌어졌다는 것을 확인시켜 준다.

≪창작과 비평≫과 ≪문학과 지성≫의 문학관의 차이는 백낙청과 김현이라는 양측의 대표적 평론가의 차이에서 명백하게 드러난다. 백낙청이 당대의 문학적 쟁점을 민족문학이라는 집단적 논리로 구체화했고, 실제비평 보다는 이론비평에 주력했다면, 김현은 개인적 욕망의 구조를 분석하고, 이를 통해 문학과 사회의 역동적 긴장 관계를 해명하는 데 주력했다. 김현의 욕망에 대한 분석은 초기의 프로이트적 욕망에서 소유욕(마르크스), 권력욕(미셸 푸코), 모방욕구(르네 지라르)로 확대5)되었으며, 이러한 욕망의 분석은 텍스트에 대한 꼼꼼한 읽기를 토대로 이루어졌다. 이러한 욕망에 대한 관심은 그가 백낙청과는 달리 집단의 논리보다는 개인적 욕망의 분석을 통해 문학과 사회를 이해하고자 했다는 것을 의미한다. 이러한 그의 관심은 共感의 批評이라는 副題가 붙어 있는 『문학과 유토피아』로 집약되었다. "비평이란 두 개(작가와 비평가)의 의식의 능동적 부딪침-울림이라는 생각을 확연하게 드러내고 싶다"6)는 김현의 욕망이 텍스트 해석에 개입해 들어가는 과정을 매우 치밀하게 보여줌으로써 실제비평의 정수를 보여주고 있다. 70년대 백낙청의 민족문학론이 문학의 사회적 기능에 대한 이론 모색의 객관적 토대를 마련해 주었다면, 김현의 실제비평은 정치한 텍스트 분석과 제2창작으로서의 비평적 가능성을 제시해 주었다고 평가할 수 있다.

---

5) 남진우, 「공허한 너무도 공허한」, ≪문학동네≫(1995, 봄호), p.45.
6) 김현, 「책머리에」, 『문학과 유토피아』(문학과 지성사, 1980).

　　한편 김병익은 고전적 합리주의 사고체계를 바탕으로 한 균형잡힌 논리를 선보이고 있다. 그의 균형잡힌 논리는 정치와 종교 그리고 문화에 대한 폭넓은 관심과 깊은 사유에서 연유한다. 박혜경에 의하면 정치와 종교 그리고 문화에 대한 기본적인 관점들은 김병익의 비평적 사고의 근간을 이루는 세 개의 동심원들이다. 그러나 보다 정확히 말한다면 정치와 종교는 문화라는 커다란 원 속에 포함되는 작은 원들이다.[7] 김병익은 정치의 맹목성과 목표지향성을 지적해내고, 이러한 정치의 부정적 속성에 맞서는 방법으로 지성과 문화의 반성적 사유 가능성을 제시한다.[8] 정치의 부정적 속성에 맞서는 지성의 역할을 김병익은 정치의 자기 폐쇄적이면서 현실 지향적인 유용성의 논리를 뛰어넘는 초실용성으로서의 반성적 사유 능력에서 찾아냈던 것이다. 이러한 정치 /지성(혹은 문화, 문학)의 대립은 실용성/초실용성을 거쳐 현실적 자유/현실 초월적 자유로 나아가게 된다. 이를 토대로 그는 ≪창작과 비평≫그룹과는 다른 방향에서의 문학의 사회적 기능을 모색하게 된다. ≪창작과 비평≫그룹이 현실적 억압이 사회 변혁을 통해 해소될 수 있다고 생각했다면, 김병익은 문학의 내면적 초월성을 통해 역으로 사회 변혁에 기여할 수 있다고 생각했다. 김병익의 이러한 관점은 ≪문학과 지성≫그룹이 현실과의 긴장된 끈을 놓지 않고 문학의 사회적 기능을 독자적으로 탐구할 수 있는 근거를 제공해 주었다고 판단된다. ≪문학과 지성≫그룹이 독일 비판철학과 프랑스 문학사회학에 대한 심도

---

　7) 박혜경, 「자유와 문화적 초월, 혹은 열린 전망」, 『비평 속에서의 꿈꾸기』(문학과 지성사, 1991), P.293.
　8) 김병익의 지성과 문화 그리고 문학 개념은 거의 동궤의 의미망을 갖는다. 이에 대해서는 박혜경, 같은 책, p.293의 (각주 1)을 참조.

있는 연구를 통해 문학의 사회적 기능에 대한 심도 있는 연구를 지속할 수 있었던 것은 이러한 김병익의 관점을 그들이 공유하고 있었기 때문이었다.

김현과 김병익 외에 ≪문학과 지성≫을 중심으로 활동한 평론가들은 김주연, 김치수, 오생근 등이었다. 이들은 각기 독문학과 불문학을 전공한 일급의 외국문학 전공자들로서 선진 외국이론을 단순히 도입·소개하는 차원에 머물지 않고, 이를 구체적인 텍스트 분석·평가에 효과적으로 적용하였다. 하지만 ≪문학과 지성≫그룹의 이러한 선진적인 노력이 역사·문화·사회적으로 서구와는 판이한 성격을 갖는 우리 사회를 설명하고 이해하는데 얼마만큼 큰 도움을 주었는지는 의문의 여지가 있다. 그러나 ≪문학과 지성≫의 강점은 우수한 작가와 훌륭한 작품을 가려내고, 그 작가와 작품의 가치를 효과적으로 분석해 내는데 있었다. 섬세한 분석 정신과 유려한 문체가 결합된 ≪문학과 지성≫그룹의 실제 비평은 문학으로서의 비평의 가능성을 적극 제시해 주었다.

5 70년대 비평의 특징은 ≪창작과 비평≫과 ≪문학과 지성≫을 중심으로 한 강력한 비평적 에꼴화 현상이었다. 이러한 강력한 비평적 에꼴화에도 불구하고 자신들의 독자적인 영역을 구축한 평론가들은 ≪세계의 문학≫을 중심으로 활동한 유종호와 김우창, 국문학 연구자로서 문학사 연구를 토대로 평론활동을 전개한 김윤식, 문학 자체의 구조와 그 역사성을 함께 아우르면서 시사 영역을 개척한

김용직 등이라 할 수 있다. ≪창작과 비평≫과 ≪문학과 지성≫ 그룹이 계간지를 중심으로 자신들이 의도했든 의도하지 않았든 간에 문단의 권력을 창출하고 유지했다면, 이들 평론가들은 개별 전공영역의 연구를 토대로 독자적인 평론활동을 전개하였고, 강한 개성을 유지할 수 있었다. 이들 평론가들은 70년대 사회학적・윤리적 비평이 압도적인 상황에서 자신만의 비평적 안목과 방법론을 통해 각기 뚜렷한 비평적 업적을 남겼다.

유종호 비평의 핵심은 리얼리즘 혹은 현실주의 상상력과 문학 언어에 대한 천착으로 모아진다. 흔히 대립적으로 파악되는 리얼리즘적 전망과 문학 언어와 형식에 대한 관심을 그가 공유할 수 있었던 것은 인문주의적 가치에 대한 확고한 믿음 때문이었다. 그의 섬세하고도 유연한 정신은 경화된 이념형으로서의 리얼리즘과 도식적인 창작방법론으로서의 리얼리즘을 거부하고, 또한 문학 언어와 형식에 대한 비역사적 분석 태도를 거부하게 해 언어와 진실 혹은 민족어와 문학적 진실이라는 문제를 적극 천착할 수 있게 해주었다. 그의 이러한 중용 정신은 삶과 문학을 이해하는 소중한 관점을 제시해 주었다고 평가할 수 있다.

김우창 비평의 특징은 그의 하버드 대학원 박사학위 영역명칭이 '미국 문명사 박사'였으며, 부전공으로 철학과 경제사가 표기된 점등에서 짐작할 수 있듯이 총체적인 관점 속에서 문학을 바라보았다는 점에 있다. 그의 비평이 冒頭에 판단의 척도를 제시하고, 이를 토대로 가치를 평가하는 규범비평의 형식을 취하고 있는 것은 이에서 연유한다. 김우창 비평은 문학이라는 다소 제한된 시각을 벗어나 문학과 사회를 전체적으로 조망하는데 강점을 보였다. 이러한 김우창의 비평방법은 논의의 가능성을 상당히 제한할 수밖에 없었는데, 일단 판단의 척도를 확고하게 제시하고, 이를 구체적 텍스트 해석에 적용하기 때문이다. 따라서 김우창 비평이 현장비평에 큰 성과를 거두지 못했다는 비판은 매우 설득력 있는 평가이다. 그러나 김우창 비평은 문학이라는 제한된 시각을 벗어나 삶과 사회 전체를 조망할 수 있는 사유의 넓이와 깊이를 보여주고 있다는 점에서 70년대 비평의 큰 성과로 평가된다.

김윤식과 김용직은 각각 해박한 국문학적 지식을 토대로 문학사상사와 시사에서 독보적인 업적을 제출하였다. 김윤식은 70년대 김현과 공동으로 『한국문학사』(1973)를 출간하였으며, 단독 저서로는 『한국근대문예비평사연구』(1973), 『근대한국문학연구』(1973), 『한국문학사론고』(1973), 『한국근대작가론고』(1974), 『한국현대문학사』(1976), 『한국근대문학사상비판』(1978)을 간행하였고, 김용직은 『한국현대시연구』(1974), 『한국근대문학의 사적이해』(1977)를 출간하였다. 김윤식과 김용직은 철저한 실증작업을 토대로 자신의 문학연구를 진행하고 있다는 공통점 외에, 김윤식이 루카치의 문학이론을 비롯한 서구 문학이론 전반과 문학사에 대한 철저한 자의식을 토대로 문학사와 문학사상에 주력했다면, 김용직은 신비평이론을 실제 작품 분석에 적극 도입하여 자료의 집적 수준에 머무르는 한계를 극복했다. 문학사가로서 철저한 실증적 조사와 적극적인 가치 평가를 병행한 양자는 문학사 전반에 대한 깊은 통찰을 바탕으로 현장비평에 개입해 70년대 비평사에 큰 족적을 남기게 되었다.

이외에도 60년대부터 왕성한 활동을 펼친 정명환, 송욱, 천이두 등의 평론가들과 70년대 중반 이후부터 활동하기 시작한 김흥규, 김종철,

최원식 등의 평론가들이 나름대로 뚜렷한 비평적 성과를 제출하였다.

6 지금까지 70년대 비평의 한 특징인 비평적 에꼴을 중심으로 유형화하여 70년대 비평을 살펴보았다. 이러한 논의가 매우 제한적으로 이루어질 수밖에 없다는 한계는 있지만, 70년대 비평의 지형도를 선명하게 부각시킬 수 있었으리라 판단된다. 70년대 비평의 현상적 특징은 이미 지적했듯이 ≪창작과 비평≫, ≪문학과 지성≫이라는 계간지의 등장과 이에 따른 비평의 강력한 에꼴화이다. 이러한 비평의 에꼴화는 집중된 논의와 문학적 실천을 가능하게 해준 반면 문단의 권력을 창출함으로써 문학의 다양한 발전을 훼손했다는 한계를 동시에 갖는다. 이러한 양가적인 평가에도 불구하고 70년대 비평은 '사심 없는 문학'이라는 순수문학의 문학적 신비주의를 벗겨내고, 문학의 사회적 기능에 대해 다각적으로 모색할 수 있는 계기를 만들어 주었다고 평가할 수 있다. 이러한 문학의 탈신비화는 두 방향에서 진행되었다. 그 한 방향이 ≪창작과 비평≫의 민족문학론이라면, 다른 한 방향은 이에 반발해 다양하게 제기된 견해들이다. ≪창작과 비평≫을 중심으로 전개된 70년대 비평의 유형은, 첫째 ≪창작과 비평≫을 중심으로 전개된 민족문학론, 둘째 ≪문학과 지성≫을 중심으로 전개된 문학적 초월론, 셋째 유종호, 김우창이 보여준 중용의 정신과 합리적 비판정신, 넷째 한국문학의 실증적 연구를 통한 문학사 비판 등으로 정리될 수 있을 것이다.

　이러한 유형적 분류를 통해 60년대 비평과 구별되는 70년대 비평의 가장 큰 본질적 특징을 추출할 수 있을 있을 것이다. 그것은 첫째 70년대 비평이 60년대 인상주의 비평의 한계를 극복하고 있다는 점, 둘째 문학과 사회를 적극적으로 탐구하기 시작했다는 점, 셋째 이러한 문제의식을 토대로 민족문학론이 심화되고 있다는 점 등에서 찾을 수 있다. 이중에서 특히 둘째와 셋째 문제는 80년대 비평에 적극적으로 계승되었다. 이러한 노력은 80년대 민중적 민족문학론으로 심화되었다.

　논의의 편의를 위해 각 비평의 유형적 성격을 예리하게 부각시켰지만, 사실 각 유형들은 70년대 한국사회의 모순을 극복해야 한다는 대전제를 공유하고 있었다. 이 대전제에 대한 강조점이 달랐을 뿐이다. 70년대 비평은 문학을 둘러싸고 있는 낭만주의적 관념들을 탈신비화함으로써 엄밀한 과학으로서의 비평방법론을 심화시키는 계기를 마련해 주었다. 그것은 80년대 문학의 방향을 예고하는 것이었다. 그 하나가 문학을 둘러싸고 있는 이데올로기적 성격을 폭로하는 것이었다면, 다른 하나는 언어와 구조에 대한 정밀한 탐색이었다. 이러한 관심은 점차 양극화되었다. 민중문학론은 민중 신화에 집착하게 되었고, 언어와 구조에 대한 관심은 폐쇄된 해석에 집착하였다.

　80년대 말부터 불어오기 시작한 바흐친, 푸코, 라캉에 대한 열광은 상호대립적으로 인식되었던 형식주의, 구조주의 / 마르크수즈의, 정신분석의 결합에 대한 지적 호기심을 반영한다. 이는 민중문학의 교조화에 대한 비판과 구조와 형식에 대한 폐쇄된 해석의 한계를 인식하면서 이 양자를 동시에 극복할 수 있는 방법론을 모색하는 과정에서 적극적으로 탐색되었다. 그러나 90년대 동구사회주의권의 몰락과 민족문학론의 붕괴는 이러한 진지한 노력들을 무화시키기에 충분했다. 90년대 초 한국사회를 휩쓸고 지나간 포스트모더니즘의 열기는 진지한 성찰을 결여한 채 서구의 논리를 그대로 한국사회에 이식하려 했다. 비평의 비판적 기능은 무시되고 단지 문학에 대한 치밀한 해석에 몰두할 뿐이다.

70년대 비평은 해석보다 변화에 관심이 있었다. 맹목과 편견의 결과였다해도 그러한 노력들은 매우 소중한 문학적 자산임에 틀림없다. 초기 마르크스는 다음과 같은 지적을 상기해 보는 것만으로도 충분할 것이다.

> 철학자들은 지금까지 다양한 방식으로 오로지 세계를 해석해 왔을 뿐이다. 그러나 중요한 것은 세계를 변화시키는 것이다. 인간의 존재를 결정짓는 것은 인간의 의식이 아니다. 오히려 인간의 사회적 존재가 인간의 의식을 결정짓는다.

90년대의 중반을 넘어 21세기를 목전에 두고 있는 지금, 70년대 비평의 공과는 명백히 가려져야 할 것이다. 그것이 부정을 위한 부정, 또는 긍정을 위한 긍정을 의미해서는 안될 것이다. 한국문학의 내적 발전을 무시하는 어떠한 논의도 공허할 뿐이다. 70년대 비평의 과(過)를 지적하는 데 소홀함이 없어야 하는 것처럼 70년대 비평의 공(功)을 되살리는 데도 노력을 기울여야 할 것이다. 이러한 진지한 성찰을 통해 '문학 위기론'은 새로운 문학의 가능성과 연결될 것이다.

70년대 비평사는 문학과 현실, 문학과 사회, 문학과 민족에 대한

심화된 인식을 통해 비평의 본질적 기능인 비판적 기능을 회복한 시대
였으며, 아울러 비평의 문학으로서의 가능성을 개척한 영광의 시대로
기록될 것이다.

1980년대 비평 연구

1 우리 문학사를 10년 단위로 묶어 평가하려는 태도는 연구의 편의를 위한 것만은 아니다. 그것은 우리 문학이 문학 외적 요인에 대한 문학 내적 응전이라는 형태로 진행된 측면이 강하기 때문이다. 50년대 한국전쟁, 60년대 4·19와 5·16, 70년대 10월 유신은 우리문학을 규정하는 외연과 내포였다. 80년대 문학 또한 '광주 민중항쟁'으로부터 출발했고, '광주체험'은 80년대 문학을 규정하는 '원체험'으로 뿌리깊게 각인 되었다. 아무도 80년대 '광주 체험'으로부터 자유롭지 못했다. 80년대 문학은 '광주 체험'에 대한 다채로운 문학적 응전의 양상을 보여주었다. 그 응전의 양상은 민중주의를 강조하는 민족문학론에서부터 문학의 상대적 자율성을 강조하는 자유주의 문학론에 이르기까지 다양하게 전개되었다. 80년대 비평의 다양성은 '광주체험'과 70년대 '민족문학론'에 대한 진지한 답변의 형식이었다.

80년대 비평은 '광주 체험'이라는 현실적 규정력과 70년대 '민족문학이라는 문학적 규정력을 의식하면서 형성되었고, 이에 대한 문학적 응전의 형태는 각종 무크지의 출현에 힘입어 다양하게 표출되었다. 그것은 민족문학에 적극적으로 동의하는 민족문학론 내부의 다양한 입장, 민족문학의 배타성을 경계하면서도 '민족문학'의 당위성을 긍정하는 비판적 입장, 그리고 문학의 상대적 자율성을 강조해 민족문학을 적극적으로 비판하는 입장 등으로 나타났다. 80년대 비평은 '광주체험'과 '민족문학론'이라는 이중적 규정 속에서 자신의 비평적 입지를 구축할 수밖에 없었고, 그 한 축이 '민중문학론'으로 구체화되었다면, 다른 한 축은 민중문학론에 대한 비판을 통해 구체화되었다.

70년대가 ≪창작과 비평≫, ≪문학과 지성≫을 대립구도로 설정하고 이를 바탕으로 세부적 논의를 끌어낼 수 있었던 시기라면 80년대는 양 계간지의 폐간과 더불어 비평의 다양화라는 측면에서 논의가 가능한 시기이다. 80년대 신군부의 등장은 양 계간지의 폐간이라는 파쇼적 억압의 칼날을 들이댔지만, 문학은 나름의 응전력으로 이를 다양성의 계기로 삼았다. 80년대 비평의 다양성은 70년대 비평의 중심(≪창작과 비평≫, ≪문학과 지성≫)이 구축한 비평적 '에꼴'이 해체되면서 이미 어느 정도 예고된 것이었다. 80년대 비평의 다양성은 '광주 체험'과 70년대 민족문학론에 대한 다양한 입장차이의 구체화란 측면과 더불어 양 계간지가 구축한 비평적 '에꼴'의 파괴란 측면이 동시적으로 개입한 결과이다. 비평적 측면이 강한 무크지를 중심으로 살펴볼 때, 『우리 세대의 문학』, 『언어의 세계』가 『문학과 지성』쪽과 정신적 유대를 맺고 있었다면, 『한국문학의 현단계』, 『실천문학』, 『민중』, 『공동체 문화』등은 『창작과 비평』쪽과 정신적 유대감을 가지고 있었다.[1] 그러

나 세대론적 관점에서 살펴보면, 그들은 전대의 대가들을 의식하면서
자기 세대의 비평적 정체성을 견지했다고 할 수 있다. 그들은 전대의
문학적 성과를 적극적으로 수용하면서, 동시에 70년대 문학의 한계들
은 의식적으로 극복하고자 했다.

구체적인 예로 정과리는『우리 세대의 문학』제1집에서 ≪창작과
비평≫과 ≪문학과 지성≫의 차이점보다는 공통점을 힘주어 강조함으
로써 대립보다는 상호 보완과 '길트기'를 시도하고 있다.

> 이 두 문학운동은 전자가 제도의 거짓 논리를 비판적으로 해부하는
> 일에, 후자가 제도로부터 소외당한 직접 생산자의 의지·힘의 확인·
> 개발에 더 큰 의의를 부여한다는 차이는 있지만, 둘 다 '문학과 생활은
> 동궤의 것이다'라는 공통된 인식에 뒷받침되어 있다.[2]

정과리에 의하면 '70년대에 지나치게 격렬한 싸움으로 보였던 순수
문학/참여문학의 대립은 허구일 뿐'이다. 실제 대립은 '개별 문학을
정립하려는 노력과 두 방향의 이식된 문화 사이의 대립이었고 그 이식
된 문화의 두 방향은 우리의 역사적 현실에 대한 의식을 잠재우는
소비문학[3] 이다. 정과리는 70년대 ≪창작과비평≫과 ≪문학과 지성≫
을 대립적으로 파악하는 것을 지양하고 상호보완적으로 인식하고자
했다. 그의 이러한 인식은 80년대 비평이 '문학과 생활은 동궤의 것이다'

---

1) 홍정선,「70년대 비평정신과 80년대 비평의 전개 양상」,『역사, 현실 그리고
   문학』(지양사, 1985), pp.179～180.
2) 정과리,「자기 정립의 노력과 그 전망」, 같은 책, p.150.
3) 같은 책, p.160.

라는 합의된 인식을 공유면서 출발하고 있음을 보여준다. 그러나 그 '문학과 생활은 동궤의 것이다'라는 대전제에 동의하는 수준이 문제적이었다. 정과리의 낙관론은 세계관의 차이에서 비롯된 다양한 편차를 뛰어넘을 수가 없었다. 80년대 일부 젊은 비평가들이 시도한 '길트기'는 선언적 의미 이상이 되지 못했고 이후 비평은 매우 다양하게 전개되었다. 다양한 80년대 비평의 흐름을 파악하기 위해 필자는 80년대 민족문학론의 전개 과정을 한 축으로 설정해 살펴보도록 하겠다. 이 과정에서 민족문학론을 둘러싼 다양한 80년대 비평의 양상이 드러날 것이다. 80년대가 '비평의 시대'로 불릴 만큼 다양한 논리들의 각축장이었다는 사실을 염두에 둘 때, 80년대에 뚜렷한 비평적 성과를 거둔 평론가들이 또 다른 한 축을 이룰 것이다. 이 두 개의 축은 80년대 민족문학론의 심화와 쇠퇴라는 종합적 틀에 의해 설명될 것이다. 이를 통해 80년대 비평의 특징을 거시적으로 파악할 수 있을 것이다.

2 민족문학론은 70,80년대 우리문학을 규정하는 거대 이론이었다. 특히 80년대 비평은 이 거대 이론에서 결코 자유로울 수 없었다. 이는 '민족문학'이라는 당위를 전면적으로 거부할 수 없었다는 점에서 그렇고, '광주체험'이 민족문학론에 밀접히 반영되었다는 점에서 그렇다. 전자의 규정력은 민족문학론을 주창하는 논자들은 물론, 비판적 지지론자, 적극적 비판론자 역시 자신의 논리를 민족문학론에 기대 전개할 수밖에 없었다는 점에서 명백히 드러난다. 후자의 규정

력은 사회과학적 인식을 토대로 한 과학적 변혁론을 토대로 한 민중문학의 논리에, 독일 프랑크푸르트학파 그 중에서도 아도르노의 미학을 적극적으로 수용해 비판적 지성의 역할을 강조한 비판적 지지론자(특히 문지계열의 평론가들)들의 논리에, 그리고 문학의 억압/초월 구도를 설정하고 문학은 현실적 억압을 문학적 초월로 극복한다고 주장한 적극적 비판논자들의 논리에 직·간접적으로 투영되었다. 80년대 초반이 민족문학론의 심화기이었다면, 80년대 중반은 민족문학론의 분화기, 80년대 후반은 민족문학론의 쇠퇴기로 파악할 수 있다. 80년대 비평은 민족문학론을 둘러싼 다양한 논리의 각축장이었다. 이제 구체적으로 민족문학론의 전개과정을 살펴보도록 하겠다.

70년대 민중 및 민중문학론 대두의 사회경제적 민족사적 배경은 크게 세 가지 측면에서 고찰될 수 있다. 첫째, 60년대부터 진행된 근대화로 인해 노동자 계급이 급격히 증대되고, 특히 70년대에는 자본 집중에 따른 경제 규모의 확대가 빠른 속도로 진행되어 가는 과정에서 노동 계급의 실질임금 상승은 같은 기간의 노동 생산성의 증가율에 크게 못 미침으로써 소득 분배의 불균형이라는 중대한 문제를 야기했다. 이러한 사실은 사회경제적 모순의 극복을 위한 주체 세력으로서의 '민중' 대두의 조건이 된다. 둘째, 10월 유신 독재 체제가 성립되면서 '보수대연합'이 해체되고 일종의 '시민대연합'이 대두되면서 첨예화된 사회적 갈등은 유신독재 타도의 주체로서의 민중에 대한 논의를 불러일으켰다. 셋째, 1972년의 7·4 남북공동성명을 기점으로 분단 극복과 제국주의적 지배 관계의 해소를 위한 민족 해방의 주체로서의 민중에 대한 인식이 대두되었다.[4] 민중 개념의 대두는 불구적 근대화과정의 모순을 극복하려는 적극적인 노력의 구체적 성과였다. 초기 민중 개념은 상당히 유동적인데, 그것은 '민중의 구성은 역사적인 발전단계에 따라 달라질 수밖에 없도록 되어 있다.'[5]라는 주장에 잘 나타나 있다. 민중 개념의 유동성은 이후 민중문학을 둘러싼 논란의 불씨가 되었다.

> 민중은 고대노예제사회에서는 기본적으로 노예이면서 중산시민·자유하층민 등 빈민들이었으며 중세 봉건사회에서는 기본적으로 농노로서의 농민이고 그밖에 장인·도제·일용인부·몰락 수공업자들로 된다. 이에 대하여 근대 자본주의사회에서는 민중은 노동자계급을 기본구성으로 하면서 노동자 이외의 농민, 소상공업자, 지식인 그리고 도시빈민을 주요 구성원으로 하기에 이른다.[6]

박현채의 앞의 논문에서 구체적으로 드러나듯이 민중 개념은 ①항상 다수이며, ②직접생산을 담당하고 있으며, ③그럼에도 불구하고 항상 피역압인 동시에 문화적 소외자로서 파악된다. 이러한 민중 개념은 80년대 이후 급진적 민중문학론의 집중적인 비판을 받는다. 그 비판의 초점은 민중의 외연을 지나치게 확대하면 민중을 추상화하게 되고 따라서 모든 것을 포용하되 실제로는 아무것도 의미하지 않는 개념이 된다는 사실(급진적 민중문학론자들의 입장)에 맞추어졌다. 반면 그 개념을 지나치게 축소하게 되면 계급 관념으로 치환되게 된다. 전자가 70년대 백낙청을 중심으로 ≪창작과 비평≫이 내세운 민족문학론의 한계라면,

---

4) 황광수, 「80년대 민중 문학론의 지향」, 『민족문학주체논쟁』(청하, 1989), p.76.
5) 박현채, 「문학과 경제」, 『역사, 현실 그리고 문학』(지양사, 1985), p.62.
6) 같은 책, p.62.

후자는 채광석을 시초로 이루어진 계급론적 민중문학론의 한계라고 할 수 있을 것이다. 80년대 후반의 민중문학론이 계급적 급진성으로 나아가는 단초는 민중 개념 속에 이미 내재되어 있었다고 할 수 있다. 그 구체적 발현이 80년대 비평계를 떠들썩하게 흔들었던 '민족문학 주체 논쟁'이었다.

민중문학론의 획기적 전환은 채광석에 의해 이루어진다. 그는 균형 잡힌 논리와 직관력으로 70년대 민족문학론의 자산을 흡수하면서 자신의 논리를 세운다.

> 다음으로 이러한 민족문학은 민중에 기초한 민중문학에 의해 구체화되는 것이다.
>
> 그 생활상 대외종속적이고 불균형한 분단의 사회구조와 외세의 가장 직접적이고 집약적인 피해자로서 그것에 대해 가장 대립적일 수밖에 없고 그런 만큼 가장 민족적인 존재라는 맥락에서 민중이야말로 민족 해방의 주체가 되기 때문이다. 부연하자면 민족 구성원들의 인간다운 삶에의 요구와 이를 저지하는 외세와 파행적 사회구조간의 대립·갈등이 민중의 패배로 귀결되면서 가장 직접적·집약적으로 드러나고 있는 삶의 현실이야말로 오늘의 가장 전형적인 민족적 삶의 형식이며, 그 현실 속에서 인간다운 삶을 속박 내지 박탈당하고 있는 민중들이야말로 오늘의 가장 전형적인 존재이므로 민족문학은 주어진 사회적 틀 속에서 비인간적인 삶을 강요당하는 민중들의 삶의 현실을 토대로 그러한 삶의 한복판에 응어리진 민중들의 고통과 요구를 형상화해 내는 민중문학으로 구체화될 때 참 민족문학으로 설 수 있다는 것이다.[7]

---

7) 채광석, 「민족문학과 민중문학」, 『민족, 민중 그리고 문학』(지양사, 1985),

채광석의 위와 같은 진술은 민족문학의 주체가 민중이어야 한다는 명시적 선언으로 읽힌다. 백낙청의 민족문학론이 시민문학론의 연장선에서 시민(그 중에서도 지식인 주도의)의 주도권을 포기하지 못했다고 한다면, 채광석의 민중문학론은 이후 민중문학론 급진화의 도화선이 되었다. 채광석은 '다양하고 창발적으로 구체화하는 문학을 일부 전문 문인들의 독점 아래 두지 않고 창조와 수용 모든 측면에 걸쳐 범민중적으로 향유할 수 있는 형식, 매체, 문체를 형성하는 데 문학 지식인들이 매개역할을 수행하고 그 과정에서 진정한 민중의 일원으로 전화될 것을 오늘의 우리 현실은 요구하고 있다'[8]라고 주장하며 민중문학의 나아갈 방향을 명시적으로 제시한다. 특히 '매개역할'이라는 용어에 주의를 기울일 필요가 있다. 채광석의 민중문학론은 지식인의 역할을 일정부분 인정하고 있다. 반면 87년 발표된 김명인의 「지식인 문학의 위기와 새로운 민족문학의 구상」은 민족문학론의 정점인 동시에 민족문학의 쇠퇴를 상징한다. 그의 급진적인 주장은 이후 집중적인 비판의 표적이 되었다. 김명인의 논문을 정점으로 민족문학론은 대항 논리로서의 의미를 상실하고, 강력한 문학적 지배체계로 군림하게 된다.[9] 김명인이 주장한 민중적 민족문학론의 핵심은 아래의 인용문에 잘 드러나 있다.

---

pp.88~89.

8) 같은 책, p.105.

9) 이 주장은 다음과 같은 비판에 직면할 수 있다. 정치적 억압을 문학적 억압으로 교묘하게 치환한 것은 아닌가라는 비판이 그것이다. 그러나 논의를 문학에 한정했을 때, 문중문학론이 자체 논리의 가속도에 편승해 여타의 문학적 담론체계를 억누르는 억압 체계로서 군림했었다는 것은 사실이다.

소시민 계급의 박탈감과 위기 의식은 70년대 후반을 거쳐 80년대를 지나는 동안 그들의 계급적 몰락이 마무리됨에 따라 거의 소멸해 버린다. 그들은 한편으로 독점 자본에 기생하여 이른바 '성장의 과실'을 나누어 먹는 데 만족하거나(상향 분배), 다른 한편으로 몰락하여 기층 민중의 범주 속으로 편입되어 갔다(하향 분배). 물론 이에 따라 그들의 세계관도 분열되고 말았다. 이들은 이제 더 이상 혁명적 추진력을 지닌 계급으로서는 존재하지 않게 되었다. 남은 것은 신중산층이나 하청 자본가로 전락한 그중 일부가 늘 입에 올리는 '사회적 완충'이라는 기회주의적 언어 유희뿐이다. 이런 맥락에서 기존의 지식인 문학이 갈 길도 마찬가지로 휘청거릴 수밖에 없는 것이다.(이탤릭 필자 강조)[10]

김명인의 논리는 매우 명료하다. 반면 매우 단순한 도식에 근거하고 있다. 그의 논리에 의하면, 소시민 계급은 70년대 후반을 거쳐 80년대에 완전히 몰락해 버렸다. 따라서 그에 기반한 지식인 문학 역시 존재 기반을 상실하고 '휘청거릴 수밖에 없'으며 소시민 계급이 상향, 하향 분배된 것과 마찬가지로 지식인 문학 역시 '존재론적 결단'을 통해 기층민중 중심의 민중문학에 복무할 것인지, 아니면 매판적 지식인으로 기생할 것인지를 결정해야 한다. 김명인에 와서 민족과 민중의 개념은 민중이 민족을 포함하는 관계로 역전된다. 즉 민중을 경유하는 민족문학만이 그 의미를 갖게 된다. 김명인이 주장하는 민중은 기층민중 중심의 민중문학론이다. 따라서 그의 논리는 계급론적 급진성을 유감없이 발휘한다. 앞에서 필자가 김명인의 논문이 민족문학론의 정점인 동시에

---

10) 김명인, 「지식인 문학의 위기와 새로운 민족 문학의 구상」, 『민족문학 주체논쟁』(청하, 1989), pp.118~119.

그 한계를 상징한다라고 한 이유는 바로 이 점에 있다. 민중문학론이 민족문학론을 포함하는 상위 범주로 역전되는 순간 민족문학의 당위에 동의하던 일부 자유주의 문학론들이 급속하게 이탈하게 되었고, 민족문학론의 배타성에서 벗어나 다채롭게 자신의 논리를 민족문학론을 의식하지 않고 추구할 수 있게 되었다. 따라서 80년대 비평은 80년대 초반을 민중문학론이라는 중심에 수렴되는 시기로 80년대 중반을 거쳐 후반을 이탈기로 설정할 수 있을 것이다. 그 이탈 과정은 민족문학 내부의 분화와 이에 대한 반발로 특징 지울 수 있을 것이다. 이제 80년대 비평의 구체적 성과들을 개별 평론가들의 비평세계를 중심으로 고찰해 보겠다.

3 80년대 비평은 민족문학론이라는 거대 이론의 부침과 밀접히 연관되어 있었다. 80년대 초 신진 평론가들은 70년대 '창비'와 '문지'의 대립 구도를 지양하고자 했다. 성민엽은 참비/문지의 대립을 시민적/민중적[11]으로 파악했고 남진우는 이를 '지식인 중심/기층 민중 중심'[12]으로 파악했다. 이러한 인식의 지평은 창비/문지의 성과를 종합하고자 하는 욕망인 동시에, 70년대 창비/문지의 대립이 80년대까지 지속적으로 유지되고 있다는 사실의 인정이었다. 이와 관

---

11) 성민엽, 「민중문학의 논리」, 『민족, 민중 그리고 문학』(지양사, 1985), pp. 108~111.
12) 남진우, 「문학・실천・주체」, 『바벨탑의 언어』(문학과 지성사, 1989), p.344.

련해 80년대 문학을 정리하고자 하는 시점에서 80년대 문학을 평가하는 매우 상반된 시각이 존재한다. 한쪽에서 80년대 문학을 '혼란'으로 파악한다면, 다른 한 쪽은 '다양성'으로 파악한다. 부정적으로 보는 시각은 문학적 혼란을 정치·사회적 혼란 내지 갈등으로 파악하고 이 혼란을 발전적으로 극복·통합할 수 있다는 믿음을 문학적으로 논리화했다. 이는 70년대 '민족문학론'을 계승한 민중문학론의 관점이었다. 긍정적으로 보는 시각은 80년대 문학이 외면적으로 혼란스러워 보이는 것은 시대적 혼란의 반영이란 측면도 없지 않겠지만, 보다 정확히는 이를 전체적으로 설명해 줄 수 있는 논리적 체계가 부재한 데서 기인했다고 보고, 적절한 이론적 준거틀을 구축하려 노력했다. 이는 민중문학론의 배타성을 비판하고 80년대 산출된 구체적 작품을 통해 현실에 접근하려는 방향으로 나아갔다. 이런 이중적 시각 중에서 전자의 논리를 따라 전개된 민족문학의 심화과정을 살펴보았으므로, 다음에는 후자의 논리에 따라 80년대 비평을 검토해 보도록 하겠다.

80년대 민중문학론에 대한 다양한 비판들은 민족문학론의 심화에 적절히 반영되지 못했다. 그중 특히 중요한 비판들은 정과리의 「민중문학론의 인식구조」, 남진우의 「각의 시학」이었다. 정과리의 논문은 민중문학의 인식구조를 '지배 체계가 자신의 상징적 질서를 계급적 위계 질서로 세워 놓았다면, 민중 문학론의 상징적 질서는 집단 구성의 차원에서는 그것과 반대 방향으로, 그러나 역시 특별한 위계 질서를 이루면서, 거꾸로 선 피라밋을 구성한다'고 파악했다. 또한 '민중 개념이 상징이면서 실체인 모순의 개념'임을 날카롭게 지적하고 있다. 민중 개념이 실현되지 않은 유토피아 개념임에도 불구하고, 이미 동시에 선취된 실체 개념이라는 민중론의 이중성을 적절히 지적하고 있다. 결국 민중문학론은 그 민중이라는 유토피아를 찾아가는 과정임에도 불구하고 이미 선취된 실체로 간주하는 한 인식적 추상성을 면하기 힘들다는 지적은 민중문학론의 한계를 매우 적절히 간파한 것이었다. 남진우의 「각의 시학」은 황지우와 김정환의 시를 면밀히 분석하면서 왜 같은 세계관을 가진 시인들의 작품이 그토록 큰 편차를 가질 수밖에 없었는지를 추적한다. 이를 통해 상상력의 중요성을 강조한다. 남진우의 「각의 시학」은 민족문학의 대표주자들을 실제비평을 통해 분석하고 있다는 점에서 매우 뜻깊은 민중문학 비판론으로 평가된다.

80년대 비평의 다양한 성과는 민족문학론을 의식하면서 다양하게 전개되었다. ≪창작과비평≫과 ≪문학과 지성≫의 폐간은 70년대 비평적 에꼴이 해체되면서 다양한 논리의 전개를 가능하게 하였다. 실로 다양하게 전개된 80년대 비평의 전모를 파악한다는 것은 아마 불가능할 것이다. 그러나 그 흐름의 윤곽은 파악해 볼 수 있을 것이라 판단된다. 이 글의 한계는 비교적 명확하지만 그럼에도 불구하고 80년대 뚜렷한 성과를 제출한 평론가들의 비평 세계를 통해 당대 비평의 흐름의 특징을 추출해 보도록 하겠다.

먼저 이미 대가의 반열에 오른 백낙청, 김병익을 거론해 볼 수 있겠다. 이들은 각기 70년대 창비와 문지를 대표하는 평론가로서 80년대에도 왕성하게 평론활동을 전개했다. 백낙청은 민족문학 내부에서 민중적 민중문학론에 끊임없이 의의를 제기하면서 자신의 민족문학론을 고수했다. 민중문학론자들이 계급모순에 근거해 민중론을 전개하고, 민중을 경유하지 않는 민족모순이란 허위일 뿐이라는 입장을 견지하고 있었던 반면, 백낙청은 분단이라는 민족적 체험을 중시하고 계속해서 민족개념을 고수하고 있다는 점에서 70년대 자신의 논리를 나름대로 심화하고 있다고 할 수 있다. 김병익은 민족문학 밖에서 민족문학론을 검토하고 있는데 그의 논리는 균형 잡힌 논리와 비판적 지성을 토대로 전개된다. 그의 관심은 80년대 문학 전반에 걸쳐 있는데, 노동문학에서부터 지식인 문학에까지 그 다양한 가능성을 인정하고 있다.13) 백낙청과 김병익은 당대의 역사적·사회적 현실에 맞서 자신의 논리를 심화·확장하고 있다. 그들은 80년대 비평가들에게 있어 극복의 대상인 동시에 동경의 대상이었다. 그들의 비평은 다양한 80년대 논리를 창출하는 계기를 제공했다.

다음으로 우리는 대학에 적을 두고 해박한 국문학 지식을 토대로 자신의 논리를 전개하고 있는 국문학 전공의 평론가들을 만날 수 있다. 권영민, 조남현, 김재홍, 최동호 등이 그들이다. 이들은 동시대의 문학작품을 분석하기보다는 현대문학의 고전을 재해석·평가하는데 주력했다. 이들은 우리문학에 대한 깊은 통찰을 토대로 우리 비평의 깊이와 전문성을 마련해 주는 계기가 되었다.14)

80년대 비평의 다양성은 이 시기에 등단한 신인들을 중심으로 논의되어야 할 것이다. 특히 이들은 70년대 민족문학론을 강하게 의식하면서, 창비와 문지라는 거대한 비평적 에꼴을 창조적으로 극복하고자 했다. 이들을 일일이 열거할 수는 없지만, 앞에서 논의한 정과리를

---

13) 백낙청의 80년대 민족문학론은 『민족문학과 세계문학』을, 김병익의 80년대 비평은 『열림과 일굼』을 참조.

14) 이들에 대해서는 고형진, 「화려하고 풍성한 비평의 시대」, 『한국현대문학사』(현대문학, 1995), pp.537~539을 참조.

위시로 성민엽, 홍정선, 진형준 등이 강한 친족성을 보이고 있다면, 김명인, 백진기, 조정환, 김사인, 김재용 등은 또다른 친족성을 강하게 보여주고 있다. 전자가 후에 문지 2세대라고 불리울 만큼 문지의 논리에 많은 빚을 지고 있다면, 후자는 70년대 창비의 민족문학론을 기반으로 자신의 논리를 구축한다. 이들의 비평은 민족문학론과 맞물려 있으면서도 미세한 차이를 보이고 있다고 할 수 있다. 전자가 민중적 의식의 문학적 실천을 강조했다면, 후자는 민중적 의식의 정치적 실천을 강조했다.

정과리를 위시한 문지 2세대 평론가들과 민중문학론자들이 강한 친족성을 드러내고 있는 반면, 매우 강한 개성으로 80년대 비평사의 페이지를 장식한 평론가들을 거론할 수 있다. 이윤택, 남진우, 박덕규, 이남호, 이동하가 그들이다. 이윤택, 남진우, 박덕규는 시인 겸업 평론가라는 공통점을 갖고 있다. 또한 이들은 시비평에 있어 뛰어난 성과들을 제출한 바 있다. 이들의 강점은 이론적 선입관을 배제하고 시인의 섬세한 감수성으로 작품의 내면을 풍부하게 확장한다는 데에 있었다. 반면 이남호는 꼼꼼한 텍스트 읽기와 전통적인 문학관을 바탕으로 작품의 의미를 참신하게 풀어내는 데 재능을 보였다. 80년대 비평이 메타비평의 열풍(민중문학론을 둘러싼 이론비평)에 휘말려 있을 때, 당대의 문학을 해석·평가하는데 큰 성과를 거두었다. 이동하는 풍부한 인문학적 지식과 사회과학적 지식을 토대로 합리적인 비평을 전개하는 동시에 문학과 사회의 종교적 의미에 대해 지속적인 관심을 표명하였다. 이밖에도 정효구, 서준섭, 김훈, 장석주, 구모룡, 황국명, 남송우 등이 개성적인 비평활동을 통해 80년대를 비평의 시대로 만드는 데 기여했다.

4 지금까지 민족문학론의 심화와 다양한 비평적 논리의 전개라는 측면에서 80년대 비평을 고찰해 보았다. 그렇기 때문에 80년대 비평의 쟁점이 뚜렷이 부각되지는 못했다. 그러므로 이에 대해서 간단히 언급해 봄으로써 80년대 비평의 특징을 제시해 보도록 하겠다.

첫째 민족문학 내부에서는 제 3세계문학론, 장르확산론, 노동문학론 등이 평단의 쟁점으로 집중 거론되었다. 제3세계문학론은 우리 문학이 서구의 패권주의적 문학론에서 벗어나 제3세계적 시각을 통해 진정한 민족적인 것을 발견할 때 문학적 보편성을 획득할 수 있다는 논리를 보여 주었다. 장르확산론은 김도연에 의해 구체적으로 제시[15]되었다. 기층 민중중심의 민중문학론은 노동자 계급의 선진적 의식을 강조한다. 따라서 민중문학 내부에서 노동문학이 중요하게 부각된 것은 자연스러운 일이라 하겠다.

둘째 80년대 비평의 특징은 메타비평이 성행했다는 점이다. 메타비평의 양상은 민족문학론 내부의 쟁점을 둘러싼 다른 세계관을 가진 평론가들의 논쟁의 형태, 80년대 신진비평가들이 자신들의 비평적 입지를 구축하기 위해 전대의 비평가들의 논리를 체계적으로 검토하는 형태, 지방문단의 평론가들의 서울중심주의를 비판하는 형태 등 다양하게 전개되었다. 메타비평의 성행은 다양한 비평적 목소리들이 존재했다

---

15) 김도연, 「장르 확산을 위하여」, 『민족, 민중, 그리고 문학』(지양사, 1985), pp.248~260. 특히 시의 기동성과 소설의 보수성을 중심으로 시는 서사성과 음악성을 회복해야 하고 소설은 부분적 해체를 실험해 기동성을 살려야 한다는 주장에 주목할 필요가 있다. 운동으로서의 문학의 범주에 호소문, 선언문, 성명서 등을 덧붙인 개념으로서의 '전단문학'을 중요한 장르로 제시하고 있는 점에도 주목할 필요가 있다. 공히 문학의 운동성을 강조하고 있기 때문이다.

는 사실의 구체적 증거이다.

결론적으로 80년대 비평은 '광주 체험'과 '민족문학'이라는 이중적 규정 속에서 전개되었다고 할 수 있으며, 실로 다양한 비평적 논의들이 이를 중심으로 전개되었다. 다양한 논리들의 각축을 통해 80년대 비평은 과학적 엄밀성과 비평적 자의식에 대한 성찰을 가져왔고, 80년대 이전의 비평적 성과들을 극복할 수 있는 계기로 작용하게 되었다고 평가할 수 있을 것이다.

1980년대 말 급진적 민족문학론 연구

조정환과 김명인을 중심으로

1. 머리말

80년대 비평 논쟁은 다양하게 전개되었다. 6, 70년대 문학논쟁이 세계관(또는 문학관) 차이에서 비롯된 명징한 대립구도를 취했다면, 80년대 논쟁은 같은 세계관(또는 문학관)을 지닌 논자들 내부의 편차를 드러내는 방식으로 진행되었다. 이러한 논쟁의 양상은 당대 문학을 해석하고 평가하는 실제비평에서부터 우리 文學史 記述 방법론, 문학일반론 등에 이르기까지 폭넓게 이루어졌다. 80년대를 '비평의 시대'로 명명할 수 있다면, 그 근거는 이러한 다양한 논쟁을 통한 풍성한 문학적 성과 때문이다.

주지하다시피 90년대 문학은 동구사회주의권의 몰락과 이에 따른 민족문학론의 전반적 침체와 맞물려 있다. 90년대 등장한 신세대 평론가들이 80년대 문학을 '거대서사'로 규정하고, 민족문학론의 전횡(?)을 폭로하는데 열중하는 사이 80년대를 뜨겁게 달구었던 중요한 논점들은 모조리 증발해 버리고 말았다. 90년대를 80년대와 단절적으로 파악하려는 이러한 시도에 대한 의문은 올바로 쟁점화 되지 못했다. 우리는 이러한 80년대와 90년대 문학을 분할하는 결정적 징후를 소위 '김영현 논쟁'으로 알려진 권성우와 정남영 간의 논쟁[1]을 통해 확인해 볼 수 있다.

권성우와 정남영 간의 논쟁은 상대주의자 대 절대주의자 또는 자유주의문학비평가 대 노동해방문학비평가의 세계관과 문학관의 차이를 뚜렷이 보여주었다. 그리고 이러한 대립구도는 김영현 소설에 대한 해석과 평가에 정확히 반영되었다. 특히 권성우의 입장과 태도는 급진적 민족문학론 전반에 대한 불신과 불만에 기초한 것이었다. 이 논쟁에서 무엇보다 흥미로운 대목은 권성우가 정남영을 비판하는 방식이었다. 권성우의 정남영 비판은 초기 민족문학론자들이 비민족문학론자들에게, 이후 급진적 민족문학론자들이 소시민적 민족문학론자들에게 행했던 방식과 닮아 있었다. 초기 민족문학론자들과 이후 급진적 민족문학론자들이 각각 비민족문학론자들과 소시민적 민족문학론자들에게 공

---

[1] 권성우와 정남영 간의 대표적인 논쟁은 다음의 글을 참조하기 바람.
정남영, 「김영현 소설은 남한 문예 운동의 미래인가, 과거인가」, ≪노동해방문학≫(1990. 6월호)
권성우, 「김영현의 소설과 정남영의 비평문에 대한 열네 가지의 단상」, 『비평의 매혹』(문학과 지성사, 1993)
정남영, 「김영현 논쟁의 결론」, ≪노동해방문학≫(1991. 1월호)
권성우, 「젊음의 문학, 문학의 젊음」, 『비평의 매혹』(문학과 지성사, 1993)

세적인 입장과 태도를 취할 수 있었던 이면에는 전자의 후자에 대한 도덕적 우월 의식이 작용하고 있었다. 권성우와 정남영 간에 벌어졌던 논쟁의 비평사적 의의는 민족문학론자들이 갖고 있었던 도덕적 우월감 내지는 엄숙주의가 전면적으로 의심받기 시작했다는 점이다.

정남영은 김영현 소설이 진보적 지식인의 '전형'을 창출하고 리얼리 즘적 '전망'을 제시하는 데 실패했다고 비판했다. 하지만 권성우는 정남 영이 적용한 '전형'과 '전망'개념 이 모든 소설에 무소불위로 쓰일 수 있는 것이 아님을 지적했다. 권성우에 의하면 김영현 소설의 진정한 성과는 "진보적 지식인의 내면풍경"2)을 섬세하게 묘사한 데 있는 것이 다. 우리는 권성우의 김영현 소설에 대한 이러한 평가가 김영현 소설의 새로운 형식과 내용에 대한 정당한 평가임을 인정할 수 있다.

그러나 더욱 중요한 점은 이 논쟁이 단순히 한 작가에 대한 해석과 평가에만 국한되지 않았다는 것이다. 이 논쟁을 통해 정남영의 논리는 민족문학론 전체의 논리와 동일시되어 '목적론적 거대서사'라는 이름으 로 비판받게 되었다. 물론 이러한 획일적인 비판에 대한 반론이 없었던 바는 아니었지만, 대부분의 민족문학론자들이 그 비판에 침묵으로 대응 함으로써 결과적으로 그 비판을 암암리에 승인한 것으로 간주되었다는 점이다.

권성우를 비롯한 90년대 신진 비평가들이 민족문학론을 '목적론적 거대서사'로 규정하고, 민족문학론과 손쉽게 결별할 수 있었던 가장 큰 원인은, 민족문학론이 실천론(또는 문학운동론)과 밀접하게 연동되어

---

2) 권성우, 「김영현 소설과 정남영의 비평문에 대한 열네 가지의 단상」, 『비평의 매혹』(문학과 지성사, 1993), p.173.

있었기 때문이다. 80년대 민족문학론은 민중 개념을 토대로 사회변혁의 주체를 설정하고, 사회변혁의 주체에 기반 한(주체를 위한, 또는 주체에 의한) 문학을 기획하는 방향으로 심화되었다. 이러한 80년대 민족문학론의 심화 과정은 사회적 모순에 적극적으로 대응하는 과정에서 형성된 것이다. 하지만 이러한 민족문학론의 심화 과정은 문학적 논리가 사회학적 논리에 일방적으로 종속되는 결과를 가져옴으로써 문학의 자율성을 크게 위축시키고 말았다.

이 글의 목적은 조정환과 김명인의 논리를 중심으로 급진적 민족문학론3)의 전개과정을 살펴보고, 그 의의와 한계를 밝히는 데 있다. 이 글이 조정환과 김명인의 논리를 주목하는 까닭은, 그들의 논리가 민족문학론의 논리적 정점인 동시에 그 한계를 정확히 보여주고 있다고 판단하기 때문이다.

2. 급진적 민족문학론의 형성과 전개

80년대 급진적 민족문학론은 80년 '광주 체험'이라는 현실적 규정력과 기존의'민족문학'이라는 담론적 규정력을 배경으로 형성·전개되었다. 특히 80년'광주체험'은 기존 민족문학론의 한계를 인식하게 하는

---

3) 급진적 민족문학이라는 용어는 김명인의 '민중적 민족문학론'과 조정환의 '민주주의 민족문학론'과 이후의 '노동해방문학론'을 기존의 민족문학론(김명인과 조정환에 의하면 소시민적 민족문학론)과 구별하기 위해 필자가 명명한 것이다.

계기로 작용하였으며, 기존 민족문학론의 한계를 극복하려는 민족문학
론 내부의 다양한 입장들의 형성을 가능하게 하였다. 이렇듯 80년대
급진적 민족문학론은 80년의'광주체험'과 기존의 '민족문학론'이라는
이중적 규정 속에서 자신의 비평적 입지를 구축하였으며, 그 한 축이
김명인의 '민중적 민중문학론'으로 구체화되었다면, 다른 한 축은 조정
환의 '민주주의 민족문학론'과 이후의 '노동해방문학론'으로 구체화되
었다.

　민족문학론은 70,80년대 우리문학을 규정하는 거대 이론이었다. 특
히 80년대 우리문학은 이 거대 이론에서 결코 자유로울 수 없었다.
그 누구도 '민족문학'이라는 시대적 요청과 당위를 전면적으로 거부할
수는 없었다. 이 점은 민족문학론을 적극적으로 주창하는 논자들은
물론 비판적 지지론자, 적극적 비판론자 역시 자신의 논리를 민족문학
론에 기대 전개할 수밖에 없었다는 사실에서 명백히 드러난다. 민족문
학론의 영향력은, 사회과학적 인식을 토대로 한 과학적 변혁론을 토대
로 한 민중문학의 논리에, 독일 프랑크푸르트학파 그 중에서도 아도르
노의 미학을 적극적으로 수용해 비판적 지성의 역할을 강조한 비판적
지지론자(특히 문지계열의 평론가들)들의 논리에, 그리고 문학의 억압/초월
구도를 설정하고 문학은 현실적 억압을 문학적 초월로 극복한다고
주장한 적극적 비판논자들의 논리에 직·간접적으로 투영되어 있었다.

　이러한 경쟁적 문학론 중에서 급진적 민족문학론자들은 민중 개념을
토대로 기존 민족문학론의 한계를 넘어서고자 했다. 민중문학에 대한
논의는 이미 70년대부터 꾸준히 진행되어 왔다. 70년대 민중론이 형성
된 사회·역사적 배경은 크게 세 가지 측면에서 고찰될 수 있다. 첫째,

60년대부터 진행된 근대화로 노동자 계급이 급격히 증대되었다는 점이다. 70년대 우리 사회는 자본 집중에 따른 경제 규모 확대가 빠른 속도로 진행되었지만 노동 계급의 실질임금 상승은 노동 생산성 증가에 크게 못 미쳐 엄청난 소득 분배 불균형 현상이 초래되었다. 이러한 경제적 모순이 경제적 모순의 극복 주체로서의 민중에 대한 논의를 촉진시켰다. 둘째, 10월 유신 독재 체제가 성립하면서 '보수대연합'이 해체되고 '시민대연합'이 형성되면서 유신독재 타도 주체로서의 민중에 대한 요구가 나타났다. 셋째, 1972년 7·4 남북공동성명을 기점으로 분단 극복과 제국주의적 지배 관계 해소를 위한 민족 해방의 주체로서의 민중에 대한 관심이 대두되었다.[4]

이렇듯 민중 개념은 불구적 근대화 과정에서 나타난 다양한 모순을 극복하려는 적극적인 노력의 산물이었다. 하지만 70년대 초반에 제기된 민중 개념은 상당히 모호하고 유동적인데, 그것은 '민중의 구성은 역사적인 발전단계에 따라 달라질 수밖에 없도록 되어 있다.'[5]라는 주장에 잘 나타나 있다. 민중 개념의 모호성과 유동성은 이후 민중문학을 둘러싼 논란의 지속적인 불씨가 되었다.

> 민중은 고대노예제사회에서는 기본적으로 노예이면서 중산시민·자유하층민 등 빈민들이었으며 중세 봉건사회에서는 기본적으로 농노로서의 농민이고 그밖에 장인·도제·일용인부·몰락 수공업자들로 된다. 이에 대하여 근대 자본주의사회에서는 민중은 노동자 계급을 기본구성으로 하면서 노동자 이외의 농민, 소상공업자, 지식

---

4) 황광수, 「80년대 민중 문학론의 지향」, 『민족문학주체논쟁』(청하, 1989), p.76.
5) 박현채, 「문학과 경제」, 『역사, 현실 그리고 문학』(지양사, 1985), p.62.

인 그리고 도시빈민을 주요 구성원으로 하기에 이른다.6)

박현채의 논문에서 구체적으로 드러나듯이 민중은 ①항상 다수이며, ②직접생산을 담당하고 있으며, ③그럼에도 불구하고 항상 피억압인 동시에 문화적 소외자로서 파악된다. 이러한 민중 개념은 80년대 이후 급진적 민족문학론자들의 집중적인 비판을 받는다. 그 비판의 초점은 민중의 외연을 지나치게 확대하면 민중을 추상화하게 만들어 모든 것을 포용하되 실제로는 아무 것도 의미하지 않는 개념이 된다는 사실(급진적 민족문학론자들의 입장)에 맞추어졌다. 반면 그 개념을 지나치게 축소하면 계급관념으로 치환되기 마련이다. 전자가 70년대 백낙청을 중심으로 ≪창작과 비평≫이 내세운 민족문학론의 한계라면, 후자는 채광석을 시초로 이루어진 급진적 민족문학론의 한계라고 할 수 있을 것이다. 80년대 후반의 민중문학론이 계급적 급진성으로 나아가는 단초는 민중 개념 속에 이미 내재되어 있었다고 할 수 있다.

다음으로 이러한 민족문학은 민중에 기초한 민중문학에 의해 구체화되는 것이다. 그 생활상 대외 종속적이고 불균형한 분단의 사회구조와 외세의 가장 직접적이고 집약적인 피해자로서 그것에 대해 가장 대립적일 수밖에 없고 그런 만큼 가장 민족적인 존재라는 맥락에서 민중이야말로 민족 해방의 주체가 되기 때문이다. 부연하자면 민족 구성원들의 인간다운 삶에의 요구와 이를 저지하는 외세와 파행적 사회구조간의 대립·갈등이 민중의 패배로 귀결되면서 가장 직접적·집약적으로 드러나고 있는 삶의 현실이야말로 오늘의 가장 전형

---

6) 같은 곳.

적인 민족적 삶의 형식이며, 그 현실 속에서 인간다운 삶을 속박
내지 박탈당하고 있는 민중들이야말로 오늘의 가장 전형적인 존재이
므로 민족문학은 주어진 사회적 틀 속에서 비인간적인 삶을 강요당하
는 민중들의 삶의 현실을 토대로 그러한 삶의 한복판에 응어리진
민중들의 고통과 요구를 형상화해 내는 민중문학으로 구체화될 때
참 민족문학으로 설 수 있다는 것이다.[7]

채광석의 위와 같은 진술은 민족문학의 주체가 민중이어야 한다는
명시적 선언으로 읽힌다. 백낙청의 민족문학론이 시민문학론의 연장선
에서 시민(그 중에서도 지식인 주도의)의 주도권을 포기하지 못했다면, 채광
석의 민중문학론은 이후 민중문학론 급진화의 도화선이 되었다. 채광석
은 "다양하고 창발적으로 구체화하는 문학을 일부 전문 문인들의 독점
아래 두지 않고 창조와 수용 모든 측면에 걸쳐 범민중적으로 향유할
수 있는 형식, 매체, 문체를 형성하는 데 문학 지식인들이 매개역할을
수행하고 그 과정에서 진정한 민중의 일원으로 전화될 것을 오늘의
우리 현실은 요구하고 있다"[8]라고 주장하며 민중문학의 나아갈 방향을
명시적으로 제시했다. 이러한 채광석의 논리는 김명인과 조정환에 의해
더욱 심화·정교해지게 되는데, 그들의 논리를 대표적인 문학론을 중
심으로 구체적으로 확인해 보도록 하겠다.

---

7) 채광석, 「민족문학과 민중문학」, 『민족, 민중 그리고 문학』(지양사, 1985),
   pp.88~89.
8) 같은 책, p.105.

3. 급진적 민족문학론의 두 양상, '민중적 민족문학론'과 '노동해방문학론'

노동자 계급을 저항과 변혁, 문학의 주체로 선언한 문학론이 채광석에 의해 등장한 이후, '민족문학론'은 역사 변혁의 주체인 노동자 계급이 민족문학의 주체가 되어야 한다는 전제를 공유하면서 '민중적 민족문학론'(채광석의 논리를 정교하게 가다듬은 김명인의 논리)과 '노동해방문학론'('전선'과 '조직' 문제를 제기한 조정환의 논리)으로 발전하게 되었다.

민족문학 내부에서 발전한 김명인의 논리와 조정환의 논리는 '민족문학 주체론'이라는 제한된 영역을 떠나 본격적인 문예운동론의 새로운 국면으로 나아갔다. 이들의 담론은 상대방을 적극적으로 배제하는 방식으로 진행되었는데, 이들의 담론은 타자를 적극적으로 배제함으로써 주체의 자기동일성을 확고하게 유지하는 동시에 자신의 주장을 타자에게 일방적으로 강요하는 계몽적 담론의 형식을 띠고 있었다.

김명인의 「지식인 문학의 위기와 새로운 민족문학의 구상」은 발표 당시 문단에 큰 충격과 논란을 가져왔다. 앞서 채광석의 입론이 소박한 수준이었다면, 김명인의 이 평론은 당시 신식민지 국가독점자본론과 식민지 반봉건론으로 분화되기 시작하던 사회구성체논쟁, 혹은 NL과 CA로 대립되기 시작한 학생운동권의 양상을 부분적으로 흡수한 보다 '과학'에 근접한 것[9])으로 보였다. 김명인은 「지식인 문학의 위기와 새로운 민족문학의 구상」에서 기존의 민족문학론을 지식인문학으로

---

9) 김용락, 「민족문학 논쟁사 연구」(실천문학사, 1997), p.175.

규정하고, 지식인 중심 민족문학론의 한계를 면밀히 분석하고 있다. 김명인의 글에 일관적인 논리를 부여하는 것은 아래의 가설이다.

> "소시민계급(김명인의 분류에 의하면 지식인 역시 소시민이다 - 인용자)의 박탈감과 위기의식은 1970년대 후반을 거쳐 1980년대를 지나는 동안 그들의 계급적 몰락이 마무리됨에 따라 거의 소멸해버린다. 그들은 한편으로는 독점 자본에 기생하여 이른바 '성장의 과실'을 나누어먹는데 만족하거나(상향분배), 다른 한편으로 몰락하여 기층민중의 범주 속으로 편입되어 갔다(하향분배). 그들 이제 더 이상 혁명적 추진력을 지닌 계급으로서는 존재하지 않게 되었다.[10]

이러한 가설을 바탕으로 김명인은 80년대 문학이 걸어온 길을 구체적으로 분석하고 있는데, 그가 80년대 문학에서 확인한 것은 "1980년대 문학의 길은 지식인문학의 퇴조와 위기로 얼룩진 길"이었다는 것이고, 결국 지식인문학은 "자기분열하고 자기위안하며, 민중에 대해 소극적인 지지와 감상적 공감을 보내면서도 한편으로는 불안과 의혹의 눈초리를 거두지 못하고 절뚝이면서 힘겨운 길을 걸어"[11]왔을 뿐이라는 것이다.

김명인은 이러한 '위기'와 '곤경'에 빠진 지식인문학인들은 이제 "존재론적 결단을 통해 기존의 소시민적 준거를 포기하고 새로운 준거집단을 찾아나서야"[12]한다고 주장했다. 여기서 김명인이 말하는 '새로운

---

10) 김명인, 「지식인문학의 위기와 새로운 민족문학의 구상」, 『희망의 문학』(풀빛, 1990), p.14.
11) 같은 책, p.32.
12) 같은 책, p.51.

준거집단'이란 "노동하는 생산대중"이다. 지식인문학인들은 이제 새로운 준거집단을 바탕으로 "노동하는 생산대중의 세계관을 받아들여 그 전망 아래 세계인식의 질서를 재편성해"야 하고, '생산대중의 세계관'의 획득을 위해 "역사의 주체로 성장하는 생산대중에 대한 단순한 의존이나 신뢰의 표현과는 본질적으로 성격이 다른, 노동하는 생산대중의 고통 속에서 획득한 **세계관을 비타협적**(강조-필자)으로 스스로에 내화시키는 뼈를 깎는 작업"13)이 필요하다고 김명인은 주장했다.

김명인의 이와 같은 선명한 논리는 맑스의 소위 '쁘띠부르주아지의 분해'라는 일반론을 7,80년대 상황에 아무런 매개 없이 직접적으로 대입함으로써 얻어진 것이다. 정과리가 날카롭게 지적하고 있듯이, 김명인은 80년대 소시민을 '구중간 계급(소생산자)'과 '신중간 계급(화이트 칼라)'로 나누어 살피지 않고 있다.14) 이러한 김명인의 빈약한 계급분석에 대한 비판을 바탕으로 정과리는 민중문학론의 인식체계 전체를 문제 삼게 되는데, 그에 의하면 민중문학의 인식구조는 "지배 체계가 자신의 상징적 질서를 계급적 위계 질서로 세워 놓았다면, 민중 문학론의 상징적 질서는 집단 구성의 차원에서는 그것과 반대 방향으로, 그러나 역시 특별한 위계 질서를 이루면서, 거꾸로 선 피라밋을 구성"한다. 이러한 분석을 토대로 정과리는 "민중 개념이 상징이면서 실체인 모순의 개념"임을 밝혀내고, 나아가 이러한 민중 개념이 실현되지 않은 유토피아 개념임에도 불구하고 이미 동시에 선취된 실체 개념이라는

---

13) 같은 곳.

14) 이에 대한 자세한 분석은, 정과리, 「민중문학론의 인식 구조」, 『스밈과 짜임』(문학과 지성사, 1988), pp.243~256을 참조.

민중론의 이중성을 지적한다. 결국 민중문학론은 민중이라는 유토피아를 찾아가는 과정임에도 불구하고 이미 선취된 실체로 간주하는 한 인식적 추상성을 면하기 힘들다는 것이다.

7,80년대 사회구성체에 대한 단선적 이해를 통해 김명인은 매우 선명하게 노동자 중심의 문학론으로 곧장 나아가게 된다. 김명인에 의하면 민족의 현실적 과제에 복무할 수 있는 문학만이 진정한 민족문학이며 이런 점에서 80년대는 역사의 주체가 되는 '생산하는 노동자' 중심의 민중을 위한 문학이 진실한 민족문학이 된다.15) 그러므로 여기서는 필연적으로 문학의 실천이 문제가 되며 그 구체화 작업이 뒤따르게 된다. 그런데 문제가 되는 것은 김명인이 주장하는 실천이 비단 문학적 실천만을 의미하지 않는다는 것이다. 김명인은 지식인 문학의 한계를 조목조목 비판하면서도 같은 지식인문학인 김용택과 김진경의 시는 긍정적으로 평가한다. 이러한 긍정적 평가의 기준으로 김명인은 이들이 "농촌과 학교라는 동시대의 모순이 특히 과도하게 집약된 현장에 자기 존재기반을 두고 그로부터 늘 생생한 문제의식을 깨침으로써 지식인 특유의 자의식 과잉이나 그로 인한 갖가지 주관적 편향에서 벗어나 자기 존재 문제와 자기가 몸담은 현장의 문제를 곧바로 민족문제로 직결시키는 총체적 시각을 확보할 수가 있"16)었다는 점을 꼽고 있다. 여기서 우리는 김명인이 작품 평가의 기준으로 작가의 실제 삶과 분리되지 않은 현장체험을 중시하고 있음을 확인할 수 있다. 또한 같은 기준으로 김명인은 지식인문학인들과 구분되는 노동자시인들의 작품

---

15) 남송우, 「민중적 민중문학에의 고집」, ≪현대비평과 이론≫(1992, 봄호), p.121.
16) 김명인, 앞의 책, p.20.

을 긍정적으로 평가하게 된다. 김명인에 의하면 박노해, 김해화, 정명자, 최명자, 김영안의 작품은 지식인 시인들의 추상적 관념성이 배제되어 있고, 그래서 자기 삶의 본질적 진보성과 건강성을 확보하고 있다. 이러한 평가는 지식인 문학=반진보성=불건상성, 민중문학=진보성= 건강성이라는 선명한 이원론을 바탕으로 전개되고 있으며, 실천 개념 역시 지식인 문학=비실천적, 민중문학=실천적이라는 이원론을 토대로 전개되고 있다. 단선적 계급 분석을 토대로 지식인문학 대 민중문학이라는 이원론에 입각해 전개된 김명인의 이러한 민중적 민중문학론은 진정한 당파성을 견지하지 못했으며 결국 민중주의[17]에 흐르고 말았다는 조정환의 비판에 직면하게 된다.

조정환은 김명인의 민중적 민족문학의 민중주의적 편향을 지적하고, 이를 극복하기 위해 민주주의민족문학론을 제기하게 된다. 조정환에 의하면 자신의 민주주의민족문학론은 "문학에 부과되는 역사적 과제(투쟁과제)를 중심으로 문학운동의 이념을 설정한 것으로 주체중심의 문학관과는 관점을 달리하는 것"[18]이다. 조정환은 민중문학론자들이 주장

---

17) 조정환, 「민족문학건설에 있어서 문학연구활동의 임무와 방향」, 『민주주의민족문학론과 자기비판』(연구사, 1989), p.267.

조정환이 김명인을 비판하기 위해 제시한 민중주의란 "역사의 법칙적 발전과정 속에서 피지배민중의 해방투쟁 내부에 관철되고 있는 주도계급의 정당한 영도력에 대한 과학적 인식과 이를 조장할 의지와 노력이 결여된 상태에서 발생하는 민중 일반의 역량에 대한 추상적 신비화나 맹신, 그리고 목적 없는 추수주의"를 말한다.

민중주의에 대한 개념 규정은 김명인, 「현단계 문학운동의 방향감각 조정을 위하여」, 『희망의 문학』(풀빛, 1990), p.74를 참조.

18) 조정환, 「민주주의민족학론에 대한 자기비판과 <노동해방문학론>의 제창」, 『노동해방문학론』(노동문학사, 1990), p.21.

하는 노동문학론이 "민족문학에 있어서 노동문학의 전위적" 역할을 강조하면서도 "노동문학이 진정한 전위문학이 되려면 노동문학가들의 독자적 조직을 획득해야 하는 것은 말할 것도 없고 조직원리와 조직적 실천에 있어서도 민주주의집중제의 높은 수준을 구현하고 있지 않으면 안 된다"[19]는 사실을 사상하고 있었다고 비판하면서, '조직원리'와 '조직적 실천'을 담보할 수 있는 구체적 조직의 필요성을 주장하게 된다.

곧이어 조정환은 자신의 민주주의민족문학론이 노동자계급의 당파성을 사상적으로 선취하고 있었으면서도 실천에 있어서는 민주주의민족문학론에 머무르고 말았음을 자기 비판하면서 노동해방문학론을 주장하게 된다. 아래의 인용은 조정환의 노동해방문학론의 핵심을 압축적으로 보여주고 있다.

> 노동자대중은 이제 구태의연한 민족문학, 목적의식이 결여된 민중문학에 더 이상 만족하지 못한다. 이들은 얽히고설킨 모순의 똥거름 속에서 노동해방의 이상이 약동하는 문학, 원대한 인류공동체의 이상이 번득이는 현실주의 문학, 민중의 황폐해진 영혼을 축여 줄 생명의 문학을 갈망하고 있다. 따라서 노동해방문학은 무계급적 민족문하고과 다를 뿐만 아니라 무당파적 노동문학과도 달라야 한다. 노동해방문학은 노동문학의 최고 형태로서 민족문학의 구심이 되고 영도자가 되어야 한다. 이러한 노동해방문학은 무엇보다도 노동자계급 당파성을 분명히 하고 노동해방사상을 견지하며 노동자계급 현실주의 방법에 의거하지 않으면 안 된다.[20]

---

19) 같은 책, p.20.
20) 같은 책, p.23.

조정환은 "신동엽의 '민족성'도, 김지하의 '풍자'와 '해학'도, 백낙청의 '민중성'도 노동자계급 당파성 사상에 이를 수 있는 다리를 놓고 그것에 접근하는 길을 뚫는 데는 기여하였으나 노동자계급 당파성[21]의 사상을 대체할 수 있는 것은 못 된다"라고 평가한다. 그의 주장은 노동자계급 당파성이 이전의 모든 민족문학 논리의 최종 종착점인 동시에 미학적 정점이라는 것을 천명한 것이다.

조정환에 의하면 노동자계급 당파성이 문학운동에 대하여 갖는 의미는 다음과 같다. 첫째, 문학가가 노동자계급의 정치적 당과 조직적으로 결부되어 있어야 한다는 것이다. 둘째, 노동자계급의 정치적 당과의 이데올로기적 결부, 수미일관한 노동자계급의식의 체현이다.[22] 이러한 노동자계급 당파성에 입각한 문학운동과 올바로 결합되지 못했기 때문에 대부분의 지식인 작가와 노동자 출신 작가는 "온갖 혼란과 방황과 무정견"에 빠질 수밖에 없었고, 그리하여 "사상과 실천에 있어서 노동자계급과 유리됨으로써 당파성의 획득에 실패"[23]하고 말았는 것이다.

조정환은 노동자계급 당파성 개념을 토대로 정과리와 성민엽으로 대표되는 자유주의자들과 백낙청의 민족문학론 그리고 김명인의 민중적 민족문학론에 대해 각각 비판을 가하게 된다. 이러한 조정환의 글쓰기 전략은 '노동자계급 당파성'이 '민족성', '풍자와 해학', '민중성'을

---

21) 레닌은 「당조직과 당문학」이라는 글에서 '당파성'이라는 개념을 "작가의 노동자계급의 당에 대한 이데올로기적 결속"이라는 의미로 사용했다. 그리고 이러한 공산주의적 '당파성'은 "예술가의 사회적 책임의 최고 형태"이다. 조정환의 '노동해방문학론'은 레닌의 이 글을 창조적으로 수용한 것으로 보인다. 당파성에 대해서는 까간, 진중권역, 『미학강의 Ⅱ』(새길, 1991), pp.231~238을 참조
22) 조정환, 앞의 책, pp.23~24.
23) 같은 책, p.24.

지양 극복한 미학적 정점이라는 주장과 동일한 방식으로 진행되고 있다. 먼저 자유주의 문학론자들의 논리는 관념론자들의 의식혁명으로 전락하였으며, 위대한 현실주의를 거부하고 모더니즘에 의탁하고자 했다고 비판된다. 다음으로 백낙청의 민족문학론은 변혁과정에서 각 계급의 지위와 역할의 차이를 간과함으로써 모호한 변혁 주체관을 제시하였다고 비판된다. 마지막으로 민중적 민족문학론은 민중주체의 이념을 획득한 반면 민족문학론이 가지고 있는 현실주의적 전망과 총체성의 이념을 상실하고 말았다고 비판된다. 조정환에 의하면 개개의 문학론이 결정적인 한계에 직면하게 된 것은 그들의 문학론이 노동자계급 당파성을 획득하지 못했기 때문이다. 결국 조정환의 논리는 노동자계급 당파성에 입각한 '노동해방문학론'만이 올바른 민족문학을 구현할 수 있다는 것으로 귀결된다.

4. 결론

80년대 급진적 민족문학론은 주체와 타자의 대립을 토대로 타자를 적극적으로 배제하거나 타자를 주체에 복속시키려는 전략적 글쓰기에 기반하고 있었다. 이러한 전략적인 글쓰기를 통해 급진적 민족문학론자들은 자기 성찰을 동반하지 않은 맹목적인 자기동일성을 확보할 수 있었고, 이를 토대로 노동자계급의 세계관을 배타적으로 강조하는 문학론을 제출할 수 있었다.

채광석의 논리를 받아들인 김명인은 기존의 지식인문학이 위기에 처해있다고 진단하면서, 이제 지식인문학들은 '존재론적 결단'을 통해 '노동하는 생산대중'의 세계관을 받아들이고 그 전망을 공유해야 한다고 주장하였다. 한편 조정환은 김명인의 민중적 민족문학론을 민중주의로 비판하고, 이러한 민중주의를 극복하기 위해서는 노동자계급 당파성을 획득하여야 한다고 주장하면서 노동해방문학론을 제창하였다.

김명인과 조정환의 논리는 민족문학론의 논리적 정점인 동시에 그 한계를 동시에 보여주고 있다. 70년대 민족문학론이 제기된 때부터 민족문학론은 줄곧 사회변혁에 기초한 문학운동론과 밀접하게 연동되어 있었다. 민중 개념이 본격적으로 논의되기 시작한 70년대 초기에 민중 개념은 다소 막연하게 "항상 다수이며. 직접생산을 담당하고 있으며, 그럼에도 불구하고 항상 피억압인 동시에 문화적 소외자"로 정의되었지만, 이후의 민족문학론은 민중을 올바르게 선도할 전위적 계급(노동자계급)을 중심으로 전개되었다. 이러한 맥락에서 김명인과 조정환의 논리는 이러한 문학운동으로서의 민족문학론의 필연적인 귀결점으로 판단된다. 특히 조정환의 논리는 민족문학론이 계급론에 입각해 전개될 때 발생할 수 있는 배타성을 전형적으로 보여주었다. 권성우와 김영현 논쟁을 벌였던 정남영의 논리 역시 조정환의 논리와 맥[24]을 같이 하는데, 권성우가 정남영과의 논쟁 과정 속에서 정남영과 조정환을 '교조주의자'라고 비난할 수 있었던 근거도 그들의 이러한 배타적 문학론에서 비롯되었다.

---

24) 정남영은 조정환과 함께 ≪노동해방문학≫의 편집위원을 역임했다.

　　최근 근대성 개념을 토대로 리얼리즘과 모더니즘의 해묵은 진영론적 대립에서 벗어나 새로운 안목으로 민족문학론을 모색하려는 노력이 구체화되고 있다. 7,80년대 민족문학론이 리얼리즘 대 모더니즘의 대립 구도에 입각해 후자를 철저히 배제하는 방식으로 전개되었다면, 90년대 민족문학론은 리얼리즘과 모더니즘의 민족문학적 가능성을 적극적으로 포용하는 방식으로 전재될 것임을 예고하는 것이다. 민족문학 진영의 이러한 새로운 모색이 민족문학의 외연과 내포를 확장할 수 있기를 기대해 본다.

제 3 부

노동소설, 리얼리즘시, 북한시, 가족주의

1930년대 이후 노동소설의 전개와 새로운 노동소설의 전망
1930년대 후반기 리얼리즘시 연구
90년대 북한 시
가족주의는 폭력이다

1930년대 이후 노동소설의 전개와 새로운 노동소설의 전망

1. 서론

이 글은 1930년대부터 1990년대까지 산출된 노동소설의 대표작을 중심으로 그 구체적인 성과와 한계를 밝혀내고, 노동자 계급의식의 형상화라는 배타적 규정에서 벗어나 계급과 인간을 동시에 아우르는 노동소설의 개념을 정립하려는 목적으로 쓰인다.

돌이켜보면 우리들에게 80년대는 열광과 연대를 의미했으며, 그러한 열광과 연대에서 비켜선 자에게는 좌절과 죄책을 의미했다. 우리는 필요 이상으로 민감했으며, 또한 필요 이상으로 둔감하기도 했다. 우리가 필요 이상으로 민감했던 부분은 나와 너의 대립이었고, 우리가 필요 이상으로 둔감했던 부분은 나와 너의 대립이 필연적으로 동반할 배제와 분할의 한계였다. 열광과 연대에 대한 열정은 충분했으나, 열광과 연대에서 비켜선 자를 추동할 사랑과 이해는 턱없이 부족하기만 했다. 또한 우리들에게 80년대는 나와 너의 대립에 근거한 너의 해체만이 문제되던 시기였다. 그 해체의 주 대상은 독재 권력, 독점 재벌과 같은 정치 경제적 틀이었으며, 나아가 해체되어야 할 너(독재 권력, 독점 재벌)에 대해 변혁의 목표와 방법을 달리하는 작은 너(다양한 변혁 논리들)조차도 이러한 해체의 대상으로 간주되었다. 이를 달리 표현하자면 자기동일성에 대한 과도한 집착이 타자를 극복하고 복종시켜야만 할 대상으로 전락시킴으로써 결국엔 자기 자신마저 소외당하는 형국에 직면하게 된 것이다. 결국 해체의 대상은 너뿐만이 아니라 나 역시 예외일 수 없음을 깨닫지 못했던 것이다.

따라서 열광과 연대가 환멸과 소외로 전환된 원인은 외부에서 주어진 것이라기보다는 내부에서 자생한 것이라는 표현이 더욱 온당할 것이다. 자기 성찰이 포함되지 않은 자기동일성에 대한 과도한 집착은 필연적으로 맹목과 편견으로부터 자유로울 수 없었기 때문이다. 그 맹목과 편견에서 노동자 개념 역시 자유롭지 못했나. 노동자 계급을 '순결' 또는 '무죄'의 은유 개념[1]으로 상정함으로써 현실의 외부적 총체성을 왜곡하고 예정된 결론으로 나아가는 노동소설의 한계는 이러한 맹목과 편견의 비근한 예이다. 그러나 비록 이전의 노동소설들이 맹목과 편견에서 자유롭지는 못했지만, 그러한 맹목과 편견이 또 다른 맹목과 편견과의 투쟁을 통해 그것을 해체하려는 의도에서 쓰여졌다는 점은 충분히 부각될 필요가 있을 것이다. 그리고 이와 관련하여 새로운 세기의 노동소설이 그러한 맹목과 편견에서 벗어날 수 있는 길을 제시하는 것

---

1) 양진오, 「새로운 연대의 노동소설 읽기」『비평의 시대2』(문학과 지성사, 1993), p.193.

또한 분명 의미 있을 것이다.

한국근대문학사에서 1920년대 중반부터 30년대 중반에 이르는 십여 년은 프로문학이 주도권을 행사하던 시기였다. 이러한 프로문학의 형성과 발전은 카프에 의해 주도되었으며, 카프는 두 차례의 방향전환을 통하여 확고한 자기동일성을 획득하게 된다. 그것은 이념상으로는 아나키즘과의 투쟁을 거쳐 마르크스주의의 확립으로, 개량주의적 관점과의 투쟁을 거쳐 레닌주의적 관점을 확립함으로써 가능했으며, 창작방법론상으로는 일차방향전환 이후 제 2기 작품논쟁을 거쳐 프롤레타리아리얼리즘의 도입으로, 이차방향전환 이후에는 사회주의 리얼리즘의 승인을 통해 가능했다. 이러한 과정을 거쳐 카프는 당대 변혁 운동의 주체를 농민과 노동자로 설정하게 되었으며, 이들을 문학적으로 형상화하는데 주력하였다. 이러한 전통은 이후의 한국문학사에서도 적극적으로 수용되었으며, 창작과 비평의 양 측면에서 비중 있게 다루어졌다. 즉, 농민과 노동자가 중요한 창작 소재로 다루어짐은 물론이거니와 소설장르의 하위 분류인 농민소설과 노동소설로 분류되어 창작과 비평 양 측면에서 뚜렷한 성과물들이 산출되고 있는 것이다.

1920년대 노동소설의 등장은 한국이 비록 왜곡된 형태이긴 하지만 자본주의화가 이루어지고, 근대적 의미의 임노동자가 등장했다는 데서 그 원인을 찾을 수 있다. 근대적 의미의 임노동자의 등장은 필연적으로 소외(Alienation)를 야기하는데, 마르크스는 노동자와 노동의 소외 관계를 두 측면에서 고찰한 바 있다.

우리는 실제적인 인간 활동(노동)의 소외 원인을 두 가지 측면에서 고찰하고자 한다. (1) 그(노동자)를 지배하고 있는 소외된 객체로서의 노동생산과 노동자와의 관계. 이러한 관계는 소외되고 적대적인 세계로서의 감각적인 외부 세계(즉, 자연적 대상물)와 노동자와의 관계와 동일한 것이다. (2) 노동과정 속에서의 생산행위와 노동자의 관계. 이것은 노동자가 자신의 생산행위를 소외된 것, 자신에게 속하지 않는 것으로 간주하는 것이고, 나아가 자신의 생산행위를 고통스러운 것, 무기력한 것, 그리고 자신의 육체적이고 정신적인 에너지를 거세하는 것으로 간주하는 것이며, 자기 자신에 반(against)하고, 독립적이며, 자신에게 속하지 않은 것으로 간주하는 것이다. 앞서 언급한 사물의 소외와 견주어 본다면, 이것은 자기 소외적이다.[2]

위의 인용에서 볼 수 있는 것처럼 마르크스는 인간의 노동으로부터의 소외가 사물의 소외를 거쳐 필연적으로 자기 소외와 관련된다는 점을 명백히 밝히고 있다. 대부분의 노동소설이 주목하는 점도 바로 이러한 소외의 문제와 관련이 깊다. 이러한 의미에서 노동자의 소외에 대한 인식과 이를 극복하고자 하는 노동자계급의 의식성은 노동소설의 범주를 설정하는데 있어 중요한 참조사항이 될 수 있을 것이다.

대체로 노동문학을 규정하는 방법은 크게 세 가지로 나눌 수 있다. 첫째 사회적 방법(작가의 계급적 토대를 기준으로 하는 방법), 둘째 제재선택을 기준으로 하는 방법, 셋째 이데올로기적, 정치적 기준을 중심으로 규정하는 방법이 그것이다.[3]

첫 번째 방법은 노동자출신의 작가가 쓴 소설을 노동문학이라고

---

2) Karl Marx, "*Alienated Labor*", Richard Schmitt & Thomas E. Moody ed., Alienation and Social Criticism (Humanities Press, 1994), p.25.
3) 조현일, 「1920~30년대 노동소설 연구」(서울대 석사논문, 1991), p.2.

규정하는 방식이다. 이는 미학적으로 볼 때 미적 주체성을 창작주체의 직접적인 계급적 출신으로 환원하는 오류를 범하는 것이다. 두 번째 방법은 노동자의 삶, 노동 세계라는 제재를 형상화한 문학을 노동문학이라고 규정하는 것이다. 이는 첫 번째 방법의 오류를 일정 정도 극복하고는 있으나. 소재주의에 함몰해 버릴 위험성을 노출하고 있다. 세 번째 방법은 작품이 가지고 있는 이데올로기적 성격, 즉 노동자계급의 계급의식을 표현하는 작품을 노동문학으로 규정하는 방법이다. 이는 첫 번째, 두 번째 방법의 오류를 일정 정도 극복하고는 있으나, 범주 설정의 어려움[4]을 동반하게 된다.

이러한 노동소설 규정의 세 가지 방법은 여러 논자들에 의해 다양하게 변주되곤 하는데, 다음의 인용은 이러한 관점의 차이를 예각적으로 보여주고 있다.

> 그 표현양식이 무엇이든간에 이들은 노동하는 사람들 스스로가 자신들의 처지를 개선하고 보다 더 나은 삶의 조건을 주체적으로 이루려는 노동자들의 싸움의 기록, 즉 노동운동의 산물로서, 그 대상화로서 얻어진 것[5]

> 민중문학의 한 구체적인 형태로서 노동현장을 그렸거나 근로자의 어두운 감정세계, 이를테면 소외감·절망감·박탈감을 표출하는 데

---

4) 가령 노동자의 눈으로 지식인의 문제를 형상화한 소설이나 노동자의 눈으로 농민의 삶을 형상화한 소설의 경우 노동소설이라는 범주 설정이 계급의식이라는 일방적 규정으로 설정되기는 어렵다.
5) 현준만, 「노동문학의 현재적 의미」『민중, 노동 그리고 문학』(지양사, 1985), p.186.

초점을 두었거나 아니면 노동문제를 제기한 작품[6]

먼저 현준만의 노동문학에 대한 규정은 주체의 측면에서 '노동하는 사람들 스스로'에 강조점을 둠으로써 지식인 노동자의 세계를 그린 작품을 배제하고 있다. 반면 조남현의 규정은 주체의 측면에서 제한을 두지 않고 있기 때문에 노동문제를 다룬 작품은 모두가 노동문학으로 간주하고 있다. 다음으로 노동문학의 내용에 관해서는 전자가 '노동자들이 자신들의 처지를 개선하기 위해 벌이는 주체적 싸움의 기록'이라는 것을 강조하고 있다면, 후자는 노동자의 '어두운 감정세계'를 그린 작품이라는 것을 강조하고 있다. 이러한 관점의 차이는 논자들이 서 있는 세계관과 미학관의 차이에서 연유한 것이지만, 양자 모두 일정한 한계를 보여주고 있다. 현준만의 논리가 문학적 형상화를 운동론과 기계적으로 연결시키고 있다면, 조남현의 논리는 노동문학의 범주 설정을 애매하게 만들고 있다고 평가할 수 있나.

이러한 상반된 시각과 논란을 피하기 위해서는 노동소설에 대한 개념을 정초할 필요가 있다고 판단된다. 앞에서 필자는 마르크스의 소외 문제를 언급한 바 있는데, 이는 노동자의 소외에 대한 인식과 이를 극복하고자 하는 소설적 전망을 보여주는 작품을 노동소설 개념 규정의 거멀못으로 삼고자 한 까닭이다. 따라서 본고에서 수용하고 있는 노동소설의 범주는 소외를 극복하기 위한 노동자계급의 계급의식의 표현이라는 첫 번째 방법을 수용하는 동시에 노동자계급의 소외의 형상화라는 두 번째 방법을 수용하여 각 소설들이 보여주고 있는 소외

---

6) 조남현, 「노동문학, 어떻게 볼 것인가」, ≪신동아≫(1985, 7월호), p.528.

에 대한 인식과 이를 극복하려는 소설적 전망을 중심으로 논의를 전개하고자 한다. 이러한 노동소설의 개념 규정을 통해 필자는 노동소설들의 사적 전개 양상을 1930년대 강경애의 「인간문제」, 1970년대 조세희의 「난쟁이가 쏘아 올린 작은 공」그리고 1990년대 정화진의 「철강지대」를 중심으로 고찰해 보고자 한다.

2. 농민분해과정과 역사적 주체의 확인 - 『인간문제』

강경애의 『인간문제』는 이기영의 『고향』과 한설야의 『황혼』과 함께 해방전 프로레타리아문학의 대표작의 하나이며 우리 나라에서 사회주의적 사실주의 문학발전면모를 보여주는 의의 있는 작품이다.[7] 또한 이 소설은 노동문제를 본격적으로 다룬 장편소설이라는 문학사적 의의를 획득하고 있는 작품이기도 하다. 『인간문제』에는 다양한 인물들이 등장하지만, 작품을 통해 풀고자하는 주된 문제는 역사의 주체가 과연 누구인가라는 문제이다. 『인간문제』의 마지막 장면은 이점을 의문의 형태로 제기하고 있긴 하지만, 주동 인물들의 체험을 통해 형상화되었기에 깊은 울림을 동반하게 된다,

이 시커먼 뭉치! 이 뭉치는 점점 크게 확대되어 가지고 그의 앞을

---

7) 류만, 『조선문학사』(과학백과종합출판사, 1995), p.145.

캄캄하게 하였다. 아니, 인간이 걸어가는 앞길에 가로질리는 이 뭉치. 시커먼 뭉치, 이 뭉치야말로 인간문제가 아니고 무엇일까?
이 인간 문제! 무엇보다도 이 문제를 해결하지 않으면 안 될 것이다. 인간은 이 문제를 풀기 위하여 몇 천만 년을 두고 싸워 왔다. 그러나 아직 이 문제는 풀리지 않고 있지 않은가! 그러면 앞으로 이 당면한 문제를 풀어 나갈 인간이 누굴까?8)

시커먼 뭉치란 선비의 주검을 의미하는 것이므로 결국 선비의 죽음은 노동의 착취에 의한 것이다. 따라서 노동자와 자본가의 모순, 착취와 피착취의 관계가 '인간문제'를 야기하는 주된 원인이며, 이러한 보편적인 '인간문제'를 해결해야 할 책임이 '첫째'(노동자)에게 주어져 있음을 깨닫고 있는 것이다. 역사의 주체에 대한 명확한 인식이 노동자에게 각인 되는 순간이 선비의 죽음을 통해 비장하게 그려지고 있다.

역사적 주체에 대한 확인 과정은 두 단계로 형상화되고 있는데, 전반부가 농민분해과정과 임노동자의 창출을 그리고 있다면, 후반부는 노동운동을 통한 계급의식의 성숙을 그리고 있다. 전반부는 용연동네라는 농촌을 중심으로 원시적 축적과정에서 토지에 관한 모든 권리를 잃어버린 빈농이 농촌을 이탈하는 과정을 형상화하고 있다. 현실적으로 농민분해과정은 빈농화과정과 탈농화과정으로 구성되는데, 특히『인간문제』는 후자의 형상화에 집중하여 더 이상 참을 수 없는 지주의 횡포를 제시함으로써 탈농의 필연성을 형상화하고 있다.9) 이를 토대로 후반부는 농촌에서 이탈한 '첫째'와 '선비'가 각성된 노동자로 성장하는 과정이

---

8) 강경애, 『인간문제』, 『한국소설문학대계17』(동아출판사, 1995), p.305.
9) 조현일, 앞의 논문, p.108.

형상화되고 있으며, 그들의 성장은 실천을 통해 매개되고 있으므로 현실적인 구체성을 획득하게 된다.

이 소설의 특징은 소설의 앞머리에 '용연 동네'에 있는 '원소'(怨沼)라는 못의 전설을 에필로그 형식으로 제시하고 있다는 점이다. 이러한 전설의 도입10)은 전반부와 후반부의 괴리를 극복하게 해 주고 있다. 즉, 마을 사람들의 눈물이 장자첨지네 기와집을 잠기게 하는 것처럼 억압받는 노동자가 억압과 착취를 뚫고 끝내는 승리로 이어지라는 믿음이 소설의 구조에 일관성을 부여하고 있는 것이다. 소설의 표면적 내용은 '선비'의 죽음이라는 비극으로 처리되고 있지만, 표면적 내용 이면에는 선비의 죽음을 통해 '첫째'가 각성된 노동자로 성장하고, 나아가 지배와 착취라는 모순을 해결할 수 있는 역사적 주체로 성장할 것임을 원소(怨沼) 전설은 이미 암시하고 있는 것이다.

---

10) 김윤식에 의하면 원소(怨沼) 설화는 소위 장자못 전설류에 드는 것이고, 그 원형은 다음과 같다. 인색한 부자 장자가 있었다. 동냥온 중을 쫓아낸다. 며느리가 장자 모르게 시주한다. 중은 모일 모시에 집을 떠나 뒤도 돌아보지 말라고 한다. 과연 그날 며느리가 집을 나서자 뒤에서 뇌성 벽력이 쳤다. 뒤돌아본 며느리는 그 자리에서 돌이 되고 장자의 집은 연못이 되었다.
이러한 원형 설화는 강경애의 『인간문제』에서 다소 변형되어 인용되고 있다. 원형 설화와 변형 설화의 가장 큰 차이점은 연못은 공통적으로 등장하지만 변형 설화에서는 돌의 문제가 개재되지 않고 있다는 점이다. 김윤식은 이점을 이 소설의 가장 큰 맹점으로 파악하고 있는데, 돌의 문제가 개재되지 않기 때문에 원한과 눈물만이 『인간문제』에 일관되게 된다고 파악하고 있는 것이다. 김윤식의 분석은 상당히 흥미로우며, 신철의 경우 원형 설화의 며느리와 같은 인물로 설정될 수 있음에도 불구하고 희생자로 설정된 선비와 첫째를 배신하는 인물로 그려지고 있다는 점에서 이전의 노동소설의 자본가와 노동자라는 이분법적 구도에서 그리 멀리 나아가지는 못한 것으로 보인다.
김윤식의 설화 분석에 대해서는 김윤식, 「강경애론」, 『(속)한국근대작가론고』 (일지사, 1981), pp.244~245을 참조.

이러한 전설의 도입과 더불어 이 소설의 가장 큰 특징은 자본가와 노동자의 대립이라는 단순한 이분법적 틀 속에서 지식인 작가의 관념을 일방적으로 노동자 인물에게 투영하는 기존의 노동소설에서 벗어나 신철과 간난이라는 영향자(influencer)를 매개로 첫째와 선비가 수동자(patient)의 위치에서 개선자(improver)로 전환되는 과정을 비극적으로 제시하면서도 동시에 미래에 대한 전망을 획득할 수 있도록 한다는 점에 있다.11) 이러한 수동자에서 개선자로의 전환은 노동자의 계급의식 획득을 통해 이루어지고 있음은 물론이다.

『인간문제』가 기존의 노동가와 자본가의 이분법적 대립이라는 틀에서 벗어날 수 있었던 것은 첫째를 노동운동으로 이끄는 신철이라는 지식인 계급의 역할과 한계를 구체적으로 형상화함으로써 가능한 것이었다. 이러한 신철의 지식인 계급으로서의 이중적 성격은 선비를 두고 벌이는 '정덕호'와 '신철' 그리고 '첫째'의 욕망과 사랑을 매개로 구체화되고 있다.

먼저, 정덕호의 탐욕은 소작인의 딸인 간난이와 선비를 유린하는

---

11) 클로르 브레몽은 『이야기의 논리』에서 서사 구조에 나타난 극적인 힘들, 즉 두 가지 기본적인 역할(role)을 중시하는 분류를 시도한 바 있다. 그가 분류한 두 가지 역할들의 기본 유형은 행위자(agent)와 수동자(patient)이다. 행위자는 행동 혹은 행위를 수행하는 인간 혹은 인간화된 존재이며, 행위를 하고 사건의 과정에 영향을 끼치는 등장인물이다. 이에 비해 수동자는 사건의 경과에 의해서 영향을 받는 희생자나 수혜자 같은 존재이다. 행위자는 수동자에게 영향을 끼치는 영향자(influencer), 상황을 개선시키거나 악화시키는 변경자(modifier), 상황을 좋은 방향이나 나쁜 쪽으로 유지하는 유지자(maintainer)로 분류된다. 행위자는 각각의 기능에 의해 다시 세분화된 역할을 수행하게 되는 그중 변경자의 하위 유형에는 개량, 개선, 향상시키는 개선자(improver)와 품성을 떨어뜨리거나, 타락시키는 타락자(degrader)가 있다. 이에 대해서는 유영윤, 『근대소설의 형식과 사회 현실』(박이정, 1998), pp.13~21을 참조.

성적 방종으로 제시되고 있으며, 이러한 정덕호의 만족할 줄 모르는 성욕에 대한 집착은 소작인에 대한 착취가 영구적일 수밖에 없음을 보여준다. 이는 간난이와 선비의 탈농이 정덕호의 성적 유린에 의한 것이고, 첫째의 탈농이 정덕호의 끝없는 착취에 의한 것이라는 다시 말해 그의 성적 탐욕과 소작인 착취가 지주 계급의 탐욕에 뿌리를 두고 있음을 단적으로 보여주고 있다.

둘째, 신철은 선비에게 연민과 흠모를 가지고 서울로 유학시킬 방법을 궁리하지만, 현실적으로 아무런 힘도 발휘하지 못하는 인물로 제시되고 있다. 이러한 지식인 계급의 무기력함은 신철 자신의 반성처럼 '봉건적 영웅심리에서 나온 야욕과 가면을 몇 겹씩 쓰고 회색적 행동을 하고 앉은, 그야말로 고리타분하고 얄미운 소부르주아지의 근성'12)때문이다. 그러나 신철의 자기 반성은 철저하지 못했으며, 반성의 불철저함은 결국 자신의 양심을 저버리고 전향하는 것으로 귀결되고 만다.

셋째, '첫째'는 가장 순수하게 선비를 사랑하였으며, 마지막 죽음의 순간을 지키는 인물로 제시되고 있다. 선비는 현실의 고통을 이겨낼 아무런 힘도 갖지 못한 나약하고 불행한 존재였지만, 죽음의 순간에 첫째에게 '인간문제'를 해결할 주체가 바로 노동자 자신임을 일깨워주는 존재이다. 결국 선비에 대한 첫째의 한없는 사랑과 그 순결한 사랑의 방법은 노동자 계급의 도덕성과 운명을 역설적으로 일깨워주는 긍정적인 역할을 담당하고 있는 것이다.

이러한 노동자 계급의 역사적 주체로서의 확인이라는 긍정적 평가에

---

12) 강경애, 앞의 책, p.214.

도 불구하고, 이 소설 역시 신철이라는 지식인 계급의 전향과 배신이라는 예정된 결론 속에서 노동자 의식을 도출하고 있다는 점에서 기존의 노동소설의 맹목과 편견에서 그리 멀리 나아가지 못했다고 판단된다.

3. 노동자계급의 소외와 절망의 확인
―「난쟁이가 쏘아올린 작은공」

강경애의 『인간문제』가 역사적 주체로서의 노동자의 존재를 확인하고 있다면, 조세희의 『난장이가 쏘아 올린 작은 공』은 이러한 역사적 주체의 소외와 절망을 확인하고 있다. 물론 이러한 역사적 주체의 소외와 절망의 확인은 소위 '반성하는 중산층의 세계관'13)을 통해서 이루어지고 있는 것이고, 필지가 노동소설 개념 규정에 사용한 노농자 계급의 의식성이라는 측면에는 부합하지 않지만, 노동자의 소외와 절망을 비극적으로 그리고 있다는 점에서 노동자 삶의 형상화라는 측면에는 부합하는 것이므로 범주 설정에 큰 무리가 없을 것으로 생각된다.

조세희의 『난장이가 쏘아 올린 작은 공』은 70년대의 사회 변화와 관련하여 노동계급이 직면하였던 생존의 전형적인 상황이 갖는 인간적, 사회적 의미를 질서정연한 논리적 구조에서 파악할 수 있게 해준다. 난쟁이의 아버지가 변두리의 자유노동자로 되었고, 그의 자식들이 공장

---

13) 정홍수, 「두 가지 인간학」≪한국문학평론≫(1998, 여름호), p.70.

노동자로서 노동현실에 직면하고 있는 것은 우리 사회의 노동계급의 변화에 정확하게 대응하는 것이다.[14)

난쟁이 연작의 맨 첫 작품인「뫼비우스의 띠」와 맨 끝의 작품인 「에필로그」에는 학생들이 신뢰하는 수학교사가 학생들에게 강의가 소개되고 있으며, 그의 강의 내용은 작품 전체를 상징적으로 구조화한다.

끝으로 내부와 외부가 따로 없는 입체는 없는지 생각해 보자. 내부와 외부를 경계지을 수 없는 입체, 즉 뫼비우스의 입체를 상상해 보라. 우주는 무한하고 끝이 없어 내부와 외부를 구분할 수 없을 것 같다. 간단한 뫼비우스의 띠에 많은 진리가 숨어 있는 것이다. 내가 마지막 시간에 왜 굴뚝 이야기나 하고 띠 이야기를 하는지 제군은 생각해주기 바란다. 차차 알게 되겠지만 인간의 지식은 터무 니없이 간사한 역할을 맡을 때가 많다. 제군은 결코 제군의 지식을 입을 이익에 맞추어 쓰여지는 일이 없도록 하라. 나는 제군을 정상적 인 학교교육을 받은 사람, 사물을 옳게 이해할 줄 아는 사람으로 가르치려고 노력했다. 이제 나의 노력이 어떠했나 테스트해 볼 기회 가 온 것 같다.[15)

나는 우리 모두가 공감할 수 있는 무엇을 글로 써서 제군에게 읽어 주고 싶었다. 그러나 한 줄도 제대로 쓸 수가 없었다. 물론 나는 실망했다. 수학을 빼앗긴 것이 나에게는 너무 큰 슬픔이어서 한 문장도 바로 끝낼 수 없었다. 나는 나무에서 내려온 최초의 인류의

---

14) 김선건,「1970년대 이후 노동소설에 나타난 계급의식에 관한 연구」(연세대 박사논문, 1992), p.64.
15) 조세희,『난쟁이가 쏘아 올린 작은 공』,『한국소설문학대계51』(동아출판사, 1995), p.26.

이야기와 식물처럼 무기물에서 유기물을 합성하는 능력이 없기 때문에 식물이나 다른 동물을 먹어 영양하는 동물의 이야기를 쓰고 싶었다. 그래도 시간이 남으면 제군의 창조력을 억제하거나 아예 없애버리려는 사람들의 이야기를 쓰려고 했다. 그들은 우리의 부분적인 실태가 폭로되는 것도, 어떤 개혁이 이뤄지는 것도 바라지 않는다. 한 주전자의 커피와 한 말의 술을 마시면서 좋은 글을 못 쓰고 울기만 한 나를 이해하라. 그러나 나를 동정해서는 안 된다. 나는 제군이 아직 모르는 작은 혹성으로 우주여행을 떠나기로 했다.16)

위의 인용한 수학 선생의 강의 내용은 조세희의 『난쟁이가 쏘아 올린 작은 공』을 구성하고 있는 많은 대립적인 개념들의 관계를 상징적으로 드러내 주고 있다. 먼저 이 작품의 프롤로그에 해당하는 「뫼비우스의 띠」에 등장하는 '뫼비우스의 띠'는 이러한 대립적 개념들의 상징성을 잘 보여주고 있다. "평면인 종이를 길쭉한 직사각형으로 오려서 그 양끝을 맞붙이면 역시 안과 겉 양면이 있게 된다. 그런데 이것을 한번 꼬아 양끝을 붙이면 안과 겉을 구별할 수 없는, 즉 한쪽 면만 갖는 곡면이 된다."17) 두 개의 평면이 뫼비우스의 띠인 하나의 면으로 재구성되는 것이다. 그러므로 이 띠는 평면이면서 입체의 공간을 구성한다. 그러나 이것은 "상상의 세계에서만 그 존재가 가능"18)한 것이다.

결국 대립물들의 화해는 상상 속에서만 존재한다는 도저한 비관으로부터 이 작품은 시작되고 있는 것이다. 이같은 추상과 현실, 꿈과 사실간의 단절과 대립은 조세희의 근원적인 세계인식이며, 이러한 세계인식은

---

16) 같은 책, p.270.
17) 같은 책, p.14.
18) 같은 책, p.221.

그의 작품 전체를 소외와 절망이라는 비극적 전망으로 끌고 가는 원동력이 되고 있다. 조세희 소설의 모티브가 되고 있는 '난쟁이' 자체가 이미 정상인과의 대립을 전제로 하고 있는 것이고, 이러한 대립은 난쟁이 일가가 살고 있는 동네와 윤호가 살고 있는 동네가 '전혀 다른 세계'라는 인식을 토대로 공간적 단절로 확대되어 나타나고 있다.

이러한 단절을 넘어 '뫼뷔우스띠'로 상징되는 '안이면서 밖'인 세계를 구축한다는 것은, 다시 말해 대립이 소멸하는 입체적 공간을 구축한다는 것은 '상상의 세계에서만 그 존재가 가능'하다는 비극적 세계관을 이미 드러내고 있는 것이며, 이러한 비극적 세계관은 난쟁이가 꿈꾸는 세상을 묘사하는 다음과 같은 문장에도 확인된다.

> 아버지가 꿈꾼 세상에서 강요되는 것은 사랑이다. 사랑으로 일하고 사랑으로 자식을 키운다. 사랑으로 비를 내리게 하고, 사랑으로 평형을 이루고, 사랑으로 바람을 불러 작은 미나리아재비 꽃줄기에까지 머물게 한다. 그러나 아버지가 그린 세상도 이상 사회는 아니었다. 사랑을 갖는 않은 사람을 벌하기 위해 법을 제정해야 한다는 것이 문제였다. 법을 가져야 한다면 이 세계와 다를 것이 없다. 내가 그린 세상에서는 누구나 자유로운 이성에 의해 살아갈 수 있다. 나는 아버지가 꿈꾼 세상에서 법률제정이라는 공식을 빼버렸다. 교육의 수단을 이용해 누구나 고귀한 사랑을 갖도록 한다는 것이 나의 생각이었다.[19]

이러한 세계가 지극히 아름다운 세계라는 점을 부정할 사람은 없을

---

19) 같은 책, p.208.

것이다. 성민엽의 지적처럼 이러한 세계는 언뜻 보면 아나키즘의 이상 사회 설계와도 흡사해 보인다.[20] 그러나 이러한 세계에 이르는 길은 사랑이라는 추상적 세계로 드러나고 있을 뿐이며, 또한 자본가의 시혜적 '사랑'을 필요로 한다는 점에서 비현실적인 것이다. 이러한 비현실적 전망은 '난쟁이'와 '선생'의 우주로 도피하려는 퇴행 심리와 맞물려 작품을 환상적으로 만들고 있다. 홍희담의 「깃발」 중의 한 인물이 "우리의 이야기를 이상하게 그리고 있다"라고 표현하는 것도 무리는 아니다.

조세희의 『난장이가 쏘아 올린 작은 공』의 세계는 그 간결한 문체와 서정적 묘사를 통하여 당대 노동자계급의 소외와 절망을 상징적으로 드러내고 있다. 그러나 이러한 문학적 성과에도 불구하고 이 작품에 등장하고 있는 인물들은 역사적 깊이를 가진 살아있는 구체적 인물이 되지 못하고 있으며, 따라서 당대 현실의 부정성을 상징적 기호의 세계로 제한하고 있다는 한계를 보여주고 있다고 하겠다.

이러한 상징적 기호의 제한성은 사랑의 형식으로 제시된 노동자계급의 소외와 절망의 극복이라는 작품의 메시지를 허위적인 것으로 만들 위험성을 안고 있다. 조세희가 가진 자 쪽의 사랑의 결핍을 문제삼는 것은 타당한 것이었지만, 그것이 가진 자의 윤리적 결단으로 해결될 수 있는 것은 아니다. 물화된 사회에서 자본가는 자본의 자기 증식의 원리에 지배되고 있기 때문이다.[21] 결정적 요소는 자본가라는 인간이 아니라 자본 자체인 것이다. 자본은 더 많은 이윤을 찾아 끊임없이

---

20) 성민엽, 「異次元의 展望」, 『지성과 실천』(문학과 지성사, 1985), p.169.
21) 같은 책, p.164.

움직이기 때문이다. 조세희가 꿈의 형태로 제시한 이상적인 사회는 자본의 운동법칙을 이해하고, 자본의 운동법칙을 제어하는 실천적인 노력들이 없이는 불가능한 것이다. 80년대 노동소설들이 실천적인 노력들의 소설적 형상화에 주력하게 된 것은 이러한 인식의 소산이다.

4. 노동자계급의 연대와 전망의 확인
─ 정화진의 「철강지대」

　강경애의 『인간문제』가 역사적 주체로서의 노동자의 존재를 확인하고 있고, 조세희의 『난쟁이가 쏘아 올린 작은 공』이 역사적 주체의 소외와 절망을 확인하고 있다면, 정화진의 『철강지대』는 이러한 역사적 주체의 구체적인 소외와 절망을 넘어서려는 연대와 전망을 확인하고 있다. 이 작품은 다음과 같은 두 가지 점에서 문학사적 의의를 획득하고 있다. 첫째 이 작품이 노동자에 의해 쓰여진 작품이라는 점이 그것이고, 둘째 종래의 노동소설이 보여준 작가의 과도한 개입과 이념적 서술이 작품 속에 녹아들지 못한 점을 극복하고 장편소설의 양식적 특성을 충분히 구현하고 있다는 점이 그것이다.

　또한 이 소설은 한 사업장 내에서 벌어지는 파업 투쟁의 현장성에만 집중하던 기존의 노동소설들에서 벗어나 민주노조를 건설하기 위한 과정과 노동자의 의식 성장 과정을 그리고 있다는 특징을 보여주고 있다. 특히 이 소설은 대단위 사업장을 중심으로 한 중공업노동자의 삶을 다루고 있는 동시에 평범한 여공에서부터 재벌총수까지의 일상적 삶을 세심하게 추적하고 있다는 점에서, 노동소설의 소재와 인물 묘사의 폭을 확대하는데 결정적으로 기여하였다. 특히 노동자 내부의 분화에 대한 새로운 인식(대공장의 어용노조 위원장인 김병만을 단지 구사대 역할만으로 만족하는 인물로 그리는 것이 아니라 위원장을 사직하고 '지자체'에 출마하려는 야욕을 지닌 구체적인 인물로 그리고 있다는 점에서 발견할 수 있듯이)은 이 소설의 가장 큰 특징이라 할 수 있으며, 노동자를 '순결' 또는 '무죄'의 은유 개념으로 상정하는 기존의 노동소설의 이항 대립적 인식틀을 해체하고 있다고 할 수 있다.

대규모 중공업 사업장에서 일하는 제2세대 노동자들의 의식세계의 변모과정을 중심으로 전개되는 이 소설의 주요 등장인물은 백상중기 노조민주화의 핵심세력인 상록회의 회원들이다. 그들의 구성을 보면, 젊은 축인 상철, 중철, 홍만, 철규, 현태, 동주, 학생출신 활동가인 승혁, 고참노동자인 장씨, 권씨 등이다. 그리고 이들을 중심으로 백상그룹의 회장인 윤관석, 그의 사위이자 백상중기 사장인 백준희, 이사인 김덕배, 어용노조 위원장 김병만과의 갈등과 대립 양상이 치열하게 그려지고 있다. 그리고 이와 같은 다양한 인물들의 갈등과 대립의 양상은 일상생활 속의 정서를 통해 형상화되고 있기 때문에 세부묘사의 진실성과 인물의 전형성을 동시에 획득하게 된다.

조세희의 『난쟁이가 쏘아 올린 작은 공』이 자본의 운동법칙을 간과하고 있다면. 중철이 사람 좋은 백조장을 평가하는 다음과 같은 부분은 정화진이 자본의 법칙을 과학적으로 인식하고 있으며, 이러한 인식을 토대로 구체적인 노동자의 의식세계를 그리고 있다는 점을 확인할 수 있다.

> 저 사람도 그날 칠규와 승혁을 끌고 나가는 데 한몫 했을까?
> 웃음이 나온다. 너무도 뻔한 것 아닌가. 백 조장의 인간 됨됨이와는
> 별개의 문제임을 중철 스스로도 잘 알고 있기 때문이었다. 그는 할
> 수밖에 없었을 것이고 최소한 거드는 시늉이라도 해야만 했었으리라.
> 그것은 대상이 누구이냐가 중요할 수가 없었다. 만일 칠규나 승혁
> 이 아니라 중철 자신이었다 하더라도 백 조장은 똑같은 행동을 취할
> 수밖에 없지 않느냐 하는, 말하자면 삼척동자라도 알아맞출 문제였던
> 것이다.[22]

위의 중철의 인식은 그가 노동자 내부에도 자본가의 이데올로기가
관철되는 질서가 존재하고 있으며, 이러한 질서는 사람 됨됨이를 불문
하고 철저하게 자본가의 이해득실에 따라 관철되고 있다는 것을 깨닫고
있음을 보여주고 있다. 그것은 조세희가 제시한 '사랑'이라는 추상적
이상화로 도달할 수 없는 노동자와 자본가의 존재론적 이질감의 확인이
다. 이러한 확인을 통해 정화진이 전달하고자 하는 궁극적인 메시지는
노동자 계급의 연대와 전망의 확인이다.

그러나 노동자 계급의 연대와 전망의 확인은 민주노조 쟁취를 위한
투쟁의 박진감 넘치는 장면 묘사에도 불구하고, 너무나 갑작스런 비약
이라는 인상을 주고 있다. 소설 전체에서 그러한 절정을 예비하는 사건
의 전개가 취약하기 때문이다. 이러한 사건 전개의 취약성은 자본가와
노동자의 대립을 어용노조와 민주노조, 다시 말해 어용노조 위원장

---

22) 정화진, 『철강지대』(풀빛, 1991), p.232.

김병만과 상록회 회원들 간의 대립으로 축소시킬 위험성마저 내포하고 있는 것이다.

물론 어용노조를 움직이는 실질적인 배후가 백상중기 사장 백준기라는 사실이 자세히 묘사되어 있고, 어용노조를 몰아내고 민주노조를 건설한 이후 노조가 어용화 되는 길을 조직적으로 견제할 대안까지 제시하고는 있지만, 이러한 민주노조건설에 대한 구체적 대안은 작중인물의 짧은 대사 속에 편린으로만 드러나고 있을 뿐이다.

> "집행부를 교체하고 난 다음에도 언제든지 다시 약해지거나 어용화될 가능성은 있는 법이죠. 그래서 집행부는 다른 별도의 모임을 둬서 집행부를 견제할 수 있도록 하는 겁니더. 말하자면 실질적으로는 가장 큰 지도력을 갖는 조직체인 셈이지요. 물론 일단 민주노조를 성공적으로 만든 다음에나, 그리고 그 모임을 채울 수 있을 만한 인자들이 확보되어야만 가능한 얘기라서 좀 쑥스럽긴 합니다만…….[23]

이러한 진단에는 큰 문제점이 있다. 그것은 이러한 진단을 통해 이 소설 전체가 낮은 차원의 전망(민주노조 쟁취를 위한 노동자들의 연대)으로 제한되고 있기 때문이다. 이 소설이 이러한 낮은 차원의 전망으로 제한되고 있는 가장 큰 이유는 민주노조 건설을 위해서는 인자가 확보되어야 한다는 전제를 충족시킬 수 있는 상록수 회원들의 실천이 부재하기 때문이다. 이점은 이 소설을 구상한 작가의 의도와는 상관없이 이 소설 전체를 노동자들의 자연발생적인 쟁의로 축소시킬 위험이

---

23) 같은 책, p.307.

있다. "바늘 끝만 닿아도 터질 것 같은 상태"24)라는 표현은 이러한 인식의 한계를 단적으로 보여준다고 하겠다. 선진노동자들의 구체적 실천과 의식화 작업이 선행되지 않을 때, 이러한 자연발생적 쟁의를 통한 노조의 건설은 상록수회원들의 구상과는 반대로 결국 자본의 논리에 무력해질 수밖에 없을 것이다.

결국 정화진의 『철강지대』는 기존의 노동소설이 갖는 도식화된 인물 설정 방식에서 벗어나 있으며, 또한 인물들의 다양한 일상생활 속의 삶을 통해 인물의 전형성을 창조하고 있다는 긍정적인 평가에도 불구하고, 주동 인물(상록수회원들)들의 내적 갈등과 회의 그리고 이것을 극복하는 과정이 전체 서사와 긴밀하게 관련되지 못했다는 점에서 낮은 차원의 전망을 제시하는 수준에 머물고 말았다.

5. 결론

지금까지 강경애의 『인간문제』, 조세희의 『난쟁이가 쏘아 올린 작은 공』 그리고 정화진의 『철강지대』를 중심으로 노동소설의 구체적 성과와 그 한계를 살펴보았다. 이를 위해 필자는 노동자의 소외와 이를 극복하고자 하는 소설적 전망이라는 개념을 분석의 도구로 이용하였다. 그 결과로 필자는 강경애의 『인간조건』이 농민분해과정에 의한 노동자

---

24) 같은 책, p.306.

의 발생과 이러한 노동자가 역사적 주체임을 드러내고 있다면, 조세희의 『난쟁이가 쏘아 올린 작은 공』은 난쟁이로 대표되는 도시 변두리의 자유노동자와 난쟁이의 아들 세대로 대표되는 공장노동자의 소외와 절망을 확인하고 있으며, 정화진의 『철강지대』는 중공업노동자들의 조직적인 연대와 그들의 승리에 대한 전망을 드러내고 있음을 확인할 수 있었다. 소설에 나타난 이러한 차이는 각각의 소설들이 서있는 역사적 현실과 노동운동의 수준과 일정하게 관련되어 있으며, 그것은 구체적으로 1930년대, 1970년대 그리고 1980년대의 역사적 현실과 노동운동의 수준이다.

이러한 역사적 제약은 각각의 소설들이 드러내고 있는 전망의 의의와 한계를 동시에 규정한다. 강경애의 『인간조건』은 탈농화된 인물이 노동자로 전환되는 과정과 노동자 계급 의식을 획득하는 과정을 선비의 죽음을 통해 형상화하고 있기는 하지만 그러한 형상화의 수준은 역사적 주체로서의 노동자를 확인하는 수준에 머물고 있으며, 조세희의 『난쟁이가 쏘아 올린 작은 공』은 이러한 역사적 주체의 소외와 절망 그리고 이것의 극복의 가능성으로서의 '사랑'의 필요성을 확인하고 있으나 이러한 '사랑'은 가진 자의 윤리적 결단을 전제한다는 점에서 비현실적인 것으로 상징화될 수밖에 없었다. 이들에 비해 정화진의 『철강지대』는 역사적 주체의 연대와 이를 통한 전망을 제시하고 있다는 점에서 주제 차원에서는 이전의 노동소설들의 한계를 극복하고 있다고 평가할 수 있다. 그러나 이 소설 역시 각 계급을 대표하는 전형적 인물의 형상화에는 성공하고 있으나, 이들의 갈등과 대립을 매개로 한 서사의 완결된 총체성에는 도달하지 못하고 있다. 노동자의 승리에 대한 낙관적 전망에도 불구하고, 이러한 전망으로 나아가는 사건 전개가 단선적이기 때문이다.

노동자와 자본가라는 이분법적 대립에서 벗어나, 이들 사이에 기생하는 귀족노동자 김병만을 설정하고 있음에도 불구하고 이 소설의 전개가 단선적으로 흐를 수밖에 없었던 가장 큰 이유는 선진노동가와 일반노동자 사이의 갈등과 대립이 형상화되지 않고 있기 때문이다. 다양한 전형적 인물들의 각기 다양한 욕망이 분출하고 있는 이 소설에서 일반노동자에서 선진노동자로 변화하는 인물이 주요 인물로 등장하지 않고 있는 것은 이상한 일이다. 이러한 노동자의 성장 과정이 선진노동자와의 갈등 속에서 구체적으로 제시되었다면, 결말 부분이 비약이라는 부정적 평가를 피할 수 있었을 것이다.

그러나 정화진의 『철강지대』가 다양한 인물들의 일상과 욕망을 구체적으로 형상화하고 있다는 점은 충분히 부각될 필요가 있다. 대부분의 노동소설이 도식적인 인물을 통해 비현실적인 인물을 창조하고 있었던 한계를 이 소설은 극복하고 있는 것이다. 이는 우리의 노동소설이 계급적인 존재만으로 그려지는 인물이 아닌 일상의 삶 속에 뿌리박은 구체적 인물을 창조할 수 있는 가능성을 발견했다는 것을 의미한다. 이러한 인간의 발견은 노동자 주체를 주인공으로 설정해야 한다는 강박에서 벗어나, 지식인이나 중산층을 주인공으로 설정해 그들의 눈으로 바라본 노동자의 삶을 그릴 수 있는 가능성으로도 확대되어야 할 것이다. 다시 말해 기존의 노동소설이 분할과 배제의 원칙에 입각해 노동자와 자본가의 이분법 속에서 이러한 중간층의 가능성을 배제하고 있다면, 새로운 세대의 노동소설은 노동자계급의 소외와 절망을 확인하고, 이를 극복하는 길에 동참할 수 있는 다양한 계급들의 가능성을 확인하는 방향으로 나아갈 필요가 있는 것이다. 이러한 새로운 가능성이 열려있음에도 불구하고, 우리의 문학계는 노동문학 또는 노동소설을 과거의 것으로 간주하는 경향이 있다. 그러나 새로움은 항상 낡은 것을 뒤집는 전복적 상상력을 통해 이루어지는 것이다. 노동소설 역시 이러한 낡은 것을 뒤집는 전복적 상상력의 출현을 기다리고 있다.

1930년대 후반기
리얼리즘시 연구

임화, 이용악 시의 서사성 수용 양상을 중심으로

1. 서론

1930년대를 우리 문학사는 '전형기(轉形期)'로 기록하고 있다. 이러한 문학사적 평가는 카프의 와해 이후 맑스주의 비평이 그 주도권을 상실하고 단지 하나의 문예학적 단위로 전락하자 이를 대신할 만한 새로운 문학사상을 모색해야 했던 당대 비평의 전환기적 성격을 지적한 것이다.[1]

일본 군국 파시즘이 유화정책을 버리고 강력한 무단정책을 시행하기 시작한 바로 그 시점에 이러한 방향 전환이 모색되었다는 사실은, 객관적 현실의 열악함에도 불구하고 이를 주관과 객관의 변증법적 통일

---

1) 김윤식, 『한국근대문예비평사연구』(일지사, 1984), pp.202~203.

과정 속에서 극복하고자 했던 일군의 작가, 시인들이 존재하고 있었음을 증명한다. 그리고 이러한 시인들의 시적 경향을 설명하기 위해 80년대 말부터 리얼리즘시라는 범주가 도입되었다.

이러한 문학사적 전형기에 자기 갱신의 과정을 온몸으로 증거하고 있는 시인들로 우리는 임화와 이용악의 이름을 거론할 수 있다. 이들의 등단 시기는 임화가 1926년, 이용악이 1935년으로 대략 10년이라는 시차가 존재한다. 카프의 2차 검거가 행해진 1934년부터 시작하여 시작(詩作)을 중단하기에 이른 1939년까지 임화의 시를 1935년 이후의 이용악의 시와 비교하여 리얼리즘 시의 성취를 논의하는 것은 의미 있는 일일 것이다. 그것은 한 조직의 전위적 이론가이자 시인이었던 임화가 파시즘의 폭압을 견뎌내는 방식과 이용악의 그것이 큰 편차를 보이고 있기 때문이다.

임화의 경우에는 타자와의 대결을 통해 형성한 문학론을 자신의 시와 일치하려는 경향을 보였다. 이러한 임화의 시적 모색은 1930년대 중반기 이후에 낭만주의로 표출되었고, 결과적으로 '서사성'의 약화를 가져왔다. 반면 이용악의 경우에는 모더니즘에서 출발하여 시에 '서사성'을 적극적으로 도입함으로써 식민지 지배 하의 민족적 전형(流民)을 발견하는 데까지 나아가게 되었다.

필자는 당대의 식민지 파시즘 속에서 시작활동을 했던 1930년대 대표적 시인들인 임화와 이용악의 시들을 서사성의 약화와 수용이라는 측면에서 검토함으로써 그들 사이에 존재하는 시적 변별성을 추출하여, 1930년대 후반기 리얼리즘 시의 문학사적 의미를 규명해 보고자 한다. 따라서 이 글은 기존의 리얼리즘시의 서사성에 대한 논의들을 비판적으로 검토하고, 이를 토대로 임화와 이용악의 1930년대 후반기의 대표작 몇 편을 리얼리즘적 성취라는 측면에서 분석하는 것을 그 목표로 한다.

2. 서사성 개념에 대한 비판적 검토와 문제 제기

과연 시와 리얼리즘이라는 개념이 결합될 수 있을 것인가. 시가 주관적인 장르이고 따라서 시적 성취 여부는 시인의 주관에 좌우될 수밖에 없다는 것은 장르론의 상식에 속하는 것으로 인정되고 있다. 주관과 객관의 상호 변증법적인 통일 과정이 서사에 의해 매개되는 소설과 극과는 달리 고양된 한 순간의 정서에 집중하는 시에 있어서 주관과 객관의 변증법적 통일이 획득될 수 있다는 논의 자체가 불가능하다고 전제하는 연구자들도 있다.[2]

리얼리즘 시에 대한 논의에도 이러한 전제는 뿌리 깊게 남아있는데, 오성호가 시적 성취 여부를 시인의 주관에 종속시키고 있는 것도 이러한 전제를 수용하고 있기 때문이다. 그는 리얼리즘을 세계관의 차원과 창작방법의 차원이 동시적으로 개입되어 성취될 수 있다는 사실을 간과하고 있는 듯 보인다. 리얼리즘의 범주는 실로 다양하지만, 그것이 세계관과 창작방법을 동시에 규율하는 원리로 작용한다는 것은 주지의

---

2) 이러한 생각들은 널리 일반화되어 있는데, 최근의 한 연구자는 시에 리얼리즘을 적용할 수 있다는 개념 자체를 부정하고 있다. 김승구, 「백석 시의 낭만성 연구」(서울대 석사논문, 1997), p.8.

사실이다. 초기 엥겔스의 논의에서는 창작방법이 세계관에 우선되기까지 한다. 따라서 우리는 리얼리즘 시에 대한 논의가 풍문만 무성했지 큰 성과를 거두지 못한 이유를 시 창작방법으로서의 리얼리즘에 세심한 주의를 기울이지 못했기 때문이 아닌가 의심해 볼 수도 있다.[3]

대다수 연구자들이 최두석의 '이야기 시'를 서정시의 하위 장르가 아닌 새로운 장르를 설정한 것이라고 비난하는 것 또한 그들이 리얼리즘시를 단순히 '현실을 충실히 재현해 내고 그 모순을 직시하는 것' 정도로, 다시 말해 단순한 반영론의 차원에서 이해하고 있다는 혐의를 품게 만든다. 물론 이은봉의 지적처럼 리얼리즘시라는 개념이 모더니즘시 또는 순수서정시에 대한 대타 의식에 의해 상대적으로 설정된 개념임을 부인할 수는 없을 것이다.[4] 그러나 그럼에도 불구하고 창작방법으로서의 리얼리즘시에 대한 올바른 논의가 정립되지 않는다면 모든 것을 포용하면서도 결국 아무 것도 의미하지 못하는 추상적 차원의 리얼리즘으로 전락할 수 있다는 사실 또한 명심할 필요가 있을 것이다.

이러한 점에서 주관과 객관의 변증법적 통일을 위한 서사성의 도입은

---

3) 이은봉의 경우에는 기존의 리얼리즘에 대한 논의들이 창작방법론의 차원에서만 이루어졌기 때문에 한계에 부딪치게 되었다고 진단하는데, 이는 잘못된 판단이다. 세계관으로서의 리얼리즘과 창작방법으로서의 리얼리즘이 기계적으로 분리될 수 있는 성질의 것도 아니며, 이렇게 리얼리즘의 외연을 넓혀버리면 현실지향성을 갖고 있는 모더니즘시와 변별될 수도 없는 애매한 개념이 될 수 있기 때문이다. 예를 들어 김수영의 초기 시가 일정 정도 리얼리즘의 시정신을 보여주고 있지만, 그의 창작방법이 모더니즘으로 기울어 있다는 점에서 모더니즘시로 분류하는 것이 더욱 타당한 것도 이 때문이다. 이은봉의 논의에 대해서는 이은봉, 「리얼리즘시 논쟁의 주요 쟁점에 대하여」, 『진실의 시학』(태학사, 1998), p.104.
4) 같은 책, p.105.

시의 리얼리즘적 성취를 설명할 수 있는 유용한 개념이다. 필자가 오성호를 포함한 대다수의 연구자들에게 불만을 품게 되는 것은 그들이 리얼리즘시의 전형성을 포기하지 않으면서도 교묘하게 이를 시인의 주관에 종속시키고 있다는 점 때문이다.

모든 문학 작품이 일정 정도 장르의 제약에 묶여 있다는 것은 사실이지만, 이러한 장르의 제약이 리얼리즘시의 시적 성취를 시인의 주관에 종속시키는 것으로 일반화될 수는 없다. 리얼리즘시를 논의하면서 장르의 제약성을 필요 이상으로 강조하는 태도는 생성, 소멸하는 역사적 장르의 가변성을 간과한 것이다. 주관과 객관을 상호 대립시켜 한 쪽의 일방적인 우위를 주장하기보다는 주관과 객관의 상호 변증법적 지양이라는 측면에서 접근할 필요가 있는 것도 이 때문이다. 그러므로 최두석이 주장한 서사의 적극적인 시적 도입(소위 '이야기시')에 대한 논자들의 과민한 반응은 분명 문제가 있다. 그들은 다음과 같은 최두석의 주장을 반박의 근거로 삼고 있다.

> 우리의 근대시 혹은 현대시에서 리얼리즘의 성취를 보인 많은 시들이 서사성을 지닌다는 사실은 우연이 아니라고 생각된다. 이용악의 「낡은 집」이나 백석의 「여승」, 박노해의 「손무덤」 등은 객관적 현실의 반영이라는 점에서 돋보이는 예들인데 모두 서사성을 강하게 드러내고 있다. 물론 서정적 요소를 무시하자는 건 아니지만 서사성이 강한 시를 두고 서정시라고 하는 것은 일방적인 뿐 아니라 그 시의 속성을 왜곡하는 곳이기도 하다. 필자가 서사성에 주목하고 서정시에 한정하지 않고 시에서 리얼리즘을 논하는 이유가 바로 여기에 있다. 또한 서사성이 강화되어 이야기의 전개가 한 편의 시를

구성하는 경우 이야기시라 부르는 이유도 여기에 있다.[5]

문제가 되는 부분은 '서사성에 주목하고 서정시에 한정하지 않고'라는 대목인데, 이를 대부분의 논자들은 독립된 장르로서의 '이야기시'의 설정으로 이해하고 있다. 물론 최두석의 표현이 그러한 오해를 불러일으킬 만한 소지를 안고 있기는 하지만, 그가 말하는 '서정시'가 시인의 주관에 전적으로 의존하고 있는 기존의 서정시 일반을 가리키고 있다는 점은 분명하다. 따라서 최두석이 말하고 있는 '이야기시'는 기존의 서정시가 포섭하지 못하고 있는 새로운 창작방법으로서의 '이야기성'을 강조하고 있는 시를 가리키는 것이고, 서정시와 독립된 장르로서의 '이야기시'를 주장하는 것은 아니라고 판단된다. 최두석이 '이야기시'라는 범주를 제안한 것은 시적 주체의 주관과 시적 대상으로서의 객관의 상호 변증법적 지양을 통한 리얼리즘적 성취를 강조하기 위해서이다. 이러한 문제의식을 장르에 대한 닫힌 인식으로 재단하려는 논자들의 태도는 수정되어야 할 것이다.

물론 최두석이 말하는 '이야기성'(서사성)의 강화가 곧 리얼리즘적 성취를 가져오는 것은 아니다.[6] 그러나 서사성의 강화가 리얼리즘적 성취와 밀접하게 관련되어 있다는 것 또한 의심할 수 없는 사실이다.

---

5) 최두석, 「리얼리즘 시론」, 『리얼리즘의 시정신』(실천문학사, 1992), p.54.
6) 김형수의 반론은 최두석의 의견을 '서상성의 강화=리얼리즘적 성취'라는 식으로 도식화시켜 이해하고 있음을 보여준다. 서사성의 강화가 리얼리즘적 성취와 밀접하게 관련되어 있다는 것과 리얼리즘적 성취를 보장한다라는 것과의 차이를 의도적으로 무시하고 있는 것이다. 김형수의 반론에 대해서는 김형수, 「서정시의 운명을 밝히는 사실주의」, 『다시 문제는 리얼리즘이다』(실천문학사, 1992), pp.298~305을 참조.

임화의 '단편서사시'의 경우 기존의 편내용주의에 빠져 있던 카프시에 활력을 불어넣기에 충분했으며, 이는 서사성의 강화가 시적 주체의 주관적 관념주의를 극복할 수 있는 계기로 이미 창작방법론 속에 내재되어 있기 때문이었다.

따라서 최두석의 견해를 장르론적 범주로 추상화해 논의하는 것은 별 의미가 없다고 생각한다. 이야기시가 서정시와 독립된 장르냐 아니냐하는 문제는 실은 가짜 문제이기 때문이다. 최두석의 논의가 리얼리즘적 성취와 관련된 전형성의 문제와 관련된다는 점을 유의할 필요가 있다는 것이다. 시의 리얼리즘적 성취가 '이야기성' 또는 '서사성'의 도입과 무관하지 않다는 사실을 '이야기성' 또는 '서사성'만이 리얼리즘적 성취를 담보하는 것으로 이해해서는 안될 것이다. 시의 리얼리즘적 성취는 다양한 형태로 성취될 수 있으며, 개별 시에 있어서 리얼리즘적 성취가 서사성의 도입이라는 측면에서 해명될 수도 있고, 시적 주체, 시적 화자, 시적 대상[7)의 측면에서도 해명될 수 있는 것이며, 이러한 다양한 측면서의 접근은 종국에 전형화 개념과 연결되는 것이다.

개별 시들에 적용될 수 있는 다양한 창작방법과 이를 통한 리얼리즘적 성취를 시인의 주관에 전적으로 종속된다는 식으로 미리 한계를 규정하는 것은 올바른 태도가 아니다. 시에 구현된 리얼리즘은 세계관으로서의 측면과 그 창작방법으로서의 측면에서, 다시 말해 내용과

---

7) 시적 주체란 일반적으로 시인이라고 칭하는 사람이다. 따라서 시적 주체란 시속에서 시상을 전개해 나가는 역할을 하는 화자와 동일시될 수도 있고, 동일시되지 않을 수도 있다. 시적 화자란 시를 창작하기 위해서 쓰는 일종의 가면이라고 볼 수 있으며, 시적 대상은 인물, 사건, 정서를 포함하는 시적 형상화의 제재를 일컫는 개념이다.

형식의 측면에서 동시에 규명할 수 있을 때, 그 올바른 논의가 가능한 것이다.

이러한 점에서 필자는 임화, 이용악의 시를 '서사성'과 세계관의 측면에서 검토해 보고자 한다. 그들의 리얼리즘적 성취를 가능하게 한 창작 방법은 여러 측면이 있겠지만, '서사성'의 약화와 강화라는 측면이 이들의 시를 변별할 수 중요한 특징을 이루고 있고, 이러한 대조를 통해 그들의 시적 전략과 세계관이 구체적으로 명시화될 수 있을 것이기 때문이다. 그리고 이러한 특징을 추출해 냄으로써 1930년대 후반기 리얼리즘시의 전반적인 위상과 문학사적인 의의를 해명할 수 있기를 기대해 본다.

3. 임화의 경우─서사성의 약화와 낭만주의

김명인은 임화의 시세계를 크게 다섯 묶음으로 나누고 있다. 그 첫째 묶음은 「무엇 찾니」(1926)~「젊은 순라의 편지」(1928)로 카프 가입 이후 제대로 된 시 형식을 찾지 못해 어설펐던 시기이고, 둘째 묶음은 1929년에서 1933년까지 두해 동안 쓴 이른바 '단편서사시'들을 포함한 11편으로 자신을 전투적 프롤레타리아트의 일원으로 조정한 임화가 민중의 삶과 투쟁에 자신을 개방하고 사적 요소의 틈입을 허용하지 않고자 노력한 시기이고, 셋째 묶음은 카프 2차 검거가 행해진 1934년부터 시작을 중단하기 이른 1939년까지의 6년의 고난기 동안 발표된

53편의 시들 중, 밀려오는 군국파시즘의 폭압을, 어떠한 조직적 연관도 미래에의 과학적 전망도 없이 오로지 하나의 개별자로서 감당해야 했던 거의 자학적이 할 수 있는 실존적 고투와 흔들림이 시에 나타난 시기이고, 넷째 묶음은 같은 시기에 씌어졌지만 현실의 중압에 대한 인식을 약간 비켜나 식민지 지식의 왜곡된 세계와의 운명적 대결의 필연성을 낭만적 어조와 영웅주의적 고양감에 실어 미화한 방법적 우회의 소산들이 시에 나타난 시기이며, 다섯 묶음은 1945년에서 1951년까지의 24편의 시들로 일개 서정적 자아의 주관적 정성의 표백이 곧 인민 전체의 원망의 표백이 되는 독특한 역사공간이 해방전쟁기에서 이제까지 감상적·주관적 한계를 넘지 못했던 임화의 시의 낭만주의가 혁명적 낭만주의로 승화되는 독특한 경지를 보여주고 있는 시기이다.[8]

이러한 김명인의 구분에 필자는 대부분 동의하고 있는데, 문제는 이 글이 다루고자 하는 시기인 셋째와 넷째 묶음을 따로 설정해서 시대 구분할 수 있는가 하는 것이다. 이러한 그의 시대 구분은 임화의 시를 낭만주의라는 개념을 통해 올바르게 파악하고 있으면서도, 낭만주의의 이원적 세계인식의 특징을 간과한 것이 아닌가 하는 의문을 남긴다. 주지하다시피 낭만주의란 현실과 이상, 선과 악, 현상과 본질 등과 같은 이원적 세계관을 그 근거로 삼고 있다. 따라서 임화 시가 보여주는 '실존적 고투와 흔들림' 그리고 '세계와의 운명적 대결의 필연성'은 이미 낭만주의 자체에 존재하고 있는 이원론에 근거하고 있는 것이다. 다음의 상반된 경향을 보여주고 있는 두 시를 통해 이를 확인해 보도록

---

8) 김명인, 「1930년대 중후반 임화 시의 양상과 성격」, ≪민족문학사연구≫ 5호 (민족문학사학회, 1994), pp.145~146.

하겠다.

1)
죽는 게
살기보다도
쉽다면
누구가
벗도 없는
깊은 밤을 ……

참말 그대들은 얼마나 갔는가
발자국을
눈이 덮는다
소리를 하면서
말소리를 듣재도
자꾸만
바람이 분다

오 밤길을 걷는 마음 ……
―「밤 길」중에서

2)
모든 것이 과거로 돌아간
폐허의 거칠고 큰 비석 위
새벽별이 그대들의 이름을 비칠 때
현해탄의 물결은
우리들이 어려서

고기떼를 쫓던 실내처럼
그대들의 일생을
아름다운 전설 가운데 속삭이리라.

그러나 우리는 아직도
이 바다 높은 물결 위에 있다.
―「현해탄」중에서

임화는 '프로문학에 있어서의 낭만적 정신은 과거 문학에 보든 바와 같이 사실적인 것과 모순하는 것이 아니라 오히려 사실적인 것의 完實한 理想이다'[9]라고 주장하면서 시적 주체의 낭만적 정신이 사실주의를 완성하는 것으로 보았다. 이러한 임화의 생각은 올바른 사실주의는 시적 주체의 주관과 객관적 세계의 통일 상태를 의미하는 것으로, 역사주의적 입장에서 인류 사회를 광대한 미래로 인도하는 정신인 낭만적 정신이 없으면 올바른 사실주의를 획득하기란 불가능하다[10]는 인식으로 발전한다.

이러한 임화의 생각은 주체와 객체의 상호 관련 속에서 진정한 당파성이 나오는 것임을 천명한 올바른 지적이다. 그러나 그의 문학론이 창작에 반영되어 리얼리즘적 성취와 이어지는 것은 아니다. 이는 그가 주장한 '사실주의의 완성으로서의 낭만주의'라는 당위와 실제 창작에서의 낭만주의가 충돌하고 있기 때문인데, 인용한 1)과 2)의 시는 이점을

---

9) 임화, 「문단인의 자기고백 : 나의 문학에 대한 태도-진실과 당파성」(동아일보, 1933. 10. 13. 5면), 여기서는 김정훈, 「임화시 연구」(한양대 박사논문, 1996), p.114에서 재인용.
10) 같은 논문, p.116.

잘 보여주고 있다.

우선 1)의 경우에는 내적 대화의 형식을 취하고 있는데, 시속에 등장하지 않는 청자에게 묻고 답하는 형식으로 이루어져 있다. 이러한 청자의 설정은 임화의 '단편서사시'에서도 사용된 기법이다. 그러나 '단편서사시'의 경우 구체적인 사건과 세부 묘사를 통해 시적 화자와 청자간의 공감대가 독자에게까지 확산되는 구조를 갖고 있다면, 1)의 시의 경우 시적 화자의 관념적 진술로 일관하고 있다는 점에서 차이가 있다. 시적 주체의 측면에서도 식민지 지식인의 실존적 고뇌가 드러나 있기는 하지만, 노동자 계급의 당파성이라는 명제에서는 다분히 멀어져 가고 있음을 확인할 수 있다. 2)의 경우에도 우리라는 집단 화자가 등장하고 있지만, 과거(傳說)로의 퇴행 욕구와 영웅적 낭만주의자의 출발에의 열정과 고난('우리는 아직도 이 바다 높은 물결 위에 있다')만이 정서적 과잉 속에서 넘실대고 있음을 확인할 수 있다.

이러한 분석을 토대로 『현해탄』으로 대표되는 이 시기의 임화 문학이 식민지 군국 파시즘이라는 상황 속에서 주체의 재건과 맞물린 낭만주의의 수용이라는 정당한 인식을 포함하고 있음에도 불구하고, 시의 리얼리즘적 성취라는 측면에서는 일정 정도 한계를 노출하고 있음을 확인할 수 있다. 이는 임화의 초기 '단편서사시'가 '서사성'을 매개로 당대의 현실을 객관적으로 형상화함으로써 시적 리얼리티를 획득했었다는 점과 극명하게 대비된다. 이 시기 임화의 시는 '청년'으로 대표되는 식민지 지식인의 전형을 시적 주체로 등장시킴으로써 당대 지식인의 실존적 고뇌와 세계와의 운명적 대결을 격정적으로 형상화하고 있지만, 부정적 현실에 압도된 시적 주체의 주관적 정서만이 전경화 되어 당대 현실에 대한 객관적 인식과 전망의 형상화에는 이르지 못하고 말았다.

4. 이용악의 경우 — 서사성의 도입과 현실주의

　모더니즘 문학과 리얼리즘 문학이라는 이분법적 구도 속에서 전개된 1930년대 문학은 1930년대 후반기에 이르러 새로운 양상을 보이기 시작한다. 주지주의적 모더니즘 문학과 카프계열의 리얼리즘 문학이 쇠퇴하고 생명파로 불리는 일군의 시인들이 시단에 등장하였디. 이러한 문단의 변화 속에서 이용악은 서정주, 오장환과 함께 우리 시단의 三才로 평가[11]되었을 정도로 시단의 주목을 받았다.

　그러나 이용악의 초기 시편들은 이러한 주목에 값할 성취를 보여주지는 못했다. 대부분의 시들이 설익은 관념의 주관적 토로에 머물고 있기 때문이다. 예를 들어 「패배자의 소원」과 「임금원의 오후」같은 시들이 이러한 경향들을 단적으로 보여주고 있다. 이들 시에는 시적 주체의 '비애'와 '울분'이 시적 공감대를 형성하지 못하고 직접적으로 표출되고 있을 뿐이었다. 이용악이 이러한 초기 시의 주관주의를 극복하는 계기는 1937년에 발표된 「북쪽」을 통해서이다.

---

11) 유정, 「암울한 시대를 비춘 외로운 詩魂」, 『이용악 전집』(창작과비평사, 1988), p.189.

> 북쪽은 고향
> 그 북쪽은 女人이 팔려간 나라
> 머언 山脈에 바람이 얼어붙을 때
> 다시 풀릴 때
> 시름 많은 북쪽 하늘에
> 마음은 눈 감을 줄 모르다.
> ―「北 쪽」전문

　고향에 대한 그리움을 형상화하고 있는 이 시가 환기하는 정서는 초기 시편들에 나타난 시적 주체의 주관주의에 침윤되어 있지 않다. 그 정서는 '북 쪽'이라는 단어가 지칭하는 당대 현실의 구체성과 맞물려 시적 공감대를 형성하고 있는 것이다. 이때 그리움이라는 시적 주제는 서사성('女人이 팔려간 나라')의 도입으로 추상성을 극복하게 된다.

　그러나 이 시에 나타난 이용악의 현실 인식도 당대적 모순의 핵심에 도달하고 있지는 못하고 있다. 이 시가 초기 시의 주관주의를 극복하려는 지향성을 보여주고 있는 것은 사실이지만, 이 시가 환기하는 북방 정서가 '머언 산맥에 바람이 얼어붙을때'라는 추상적 묘사와 '시름 많은 북쪽 하늘에/마음은 눈감을 줄 모른다'라는 시구를 토대로 개인의 비애로 수렴되는 한계를 보이는 것도 사실이다. 또한 이숭원 지적처럼 이 시가 "고향에 대한 그리움을 드러내는 배면에는 고향을 떠나려는 탈출에의 욕구, 혹은 유랑의 심리가 상당한 비중으로 자리잡고 있음"[12]을 부정할 수 없다. 이렇듯 이용악의 초기 시편들은 낭만주의적 정서를

---

12) 이숭원, 「이용악 시의 현실성과 민중성」, 『20세기 한국시인론』(국학자료원, 1997), p.215.

토대로 형상화되고 있다. 이러한 낭만적 충동과 동경은 구체적 현실과 접합되면서 좀 더 심화된 현실 인식으로 발전하게 된다.

1930년대 후반에 등단한 이용악과 백석은 서사성을 시에 적극 도입함으로써 식민지 현실을 구체적으로 형상화할 수 있었다는 공통점을 갖는다. 그러나 두 시인의 시에서 식민지 현실은 백석의 경우 유년 화자의 시점을 통해 제한적으로 형상화되고 있는 반면, 이용악의 경우 성년 화자의 시점을 통해 핍진하게 형상화되고 있다. 이러한 차이점은 앞에서 지적한 대로, 이용악의 초기 시를 지배하고 있던 낭만적 동경이 구체적 현실과 만나게 됨으로써 심화된 현실주의로 이월되면서 가능한 것이었다. 다음의 시는 이러한 심화된 현실인식을 구체적으로 보여주고 있다.

우리집도 아니고
일가집도 아닌 집
고향은 더욱 아닌 곳에서
아버지의 寢床 없는 최후 最後의 밤은
폽버렛소리 가득차 있었다

露領을 다니면서까지
애써 자래운 아들과 딸에게
한마디 남겨두는 말도 없었고
아무을灣의 파선도
설룽한 니코리스크의 밤도 완전히 잊으셨다
목침을 반듯이 벤 채

> 다시 뜨시잖는 두 눈에
> 피지 못한 꿈의 꽃봉우리가 깔앉고
> 얼 장에 누우신 듯 손발은 식어갈 뿐
> 입술은 심장의 영원한 停止를 가르쳤다
> 때늦은 醫員이 아모 말 없이 돌아간 뒤
> 이웃 늙은이 손으로
> 문빛 미명은 고요히
> 낯을 덮었다.
> ─「풀버렛소리 가득차 있었다」중에서

위의 「풀버렛소리 가득차 있었다」는 아버지의 삶과 죽음에 관한 시이다. 우선 이 시에 나타난 아버지의 죽음은 '우리집도 아니고/일가집도 아닌 집/고향은 더욱 아닌 곳'에서의 죽음이다. 또한 아버지의 삶은 '露領', '아무을灣', '니코리스크'라는 이국적 지명과 관련되면서 당대 식민지 민족의 유민적 삶의 전형13)을 보여주게 된다. 이 시의 정서는 「북 쪽」의 한계로 지적된 개인적 비애의 차원을 넘어서고 있다.

이 시에서 이용악의 시가 개인적 비애의 차원을 넘어서 민족의 보편적 정서로 확대되는 전환점은 시적 문맥 속에 서사가 적극적으로 개입되는 순간이다. 이 시에서 당대의 식민지 현실은 아버지의 삶과 죽음이라는 서사와 맞물리면서 사회적이고 추상적인 식민지 경험과 개인적이고 구체적인 개인적 경험이 통합된 형태로 드러나게 된다.

---

13) 이용악 시를 당대 식민지 현실의 流移民 문제와 관련시킨 대표적인 연구는 윤영천에 의해 이루어졌다. 이에 대해서는 윤영천, 『한국의 유민시』(실천문학사, 1987)과 윤영천, 「민족시의 전진과 좌절」, 『이용악시 전집』(창작과 비평사, 1988)을 참조하기 바람.

그러나 이 시에 구현된 사회적인 경험과 개인적인 경험은 이정애의 지적처럼 "父의 亡失은 뜻밖의 부자연스런 것이기에 새로운 것의 가능성은 희박"[14]하다고 할 수 있다. 따라서 이 시에 구현된 시적 리얼리즘은 제한적일 수밖에 없는데, 그것은 이 시가 식민지 현실을 구체적으로 드러내고 있지만, 이를 극복할 수 있는 전망을 보여주고 있지는 못하고 있기 때문이다. 이러한 이용악 시의 전반적인 성격은 오성호의 지적처럼, "기본적인 생존권을 박탈당했을 뿐 아니라 미래마저도 박탈당한, 그리하여 미래에 대해서 털끝만한 전망도 발견하기 어려웠던 1930년대 말 식민지 조선인의 내적 상황을 압축적으로 표현"[15]하고 있다고 할 수 있다.

6. 결론

일반적으로 프로시는 1930년대 후반에 들어서면서 내면화 또는 내성화의 길을 걸었다고 평가되고 있다. 이러한 경향의 근본적인 원인은 파시즘의 전면적인 대두라는 현실에 대하여, 시인이 주관적으로 시대적 암흑을 확대한 데에서 찾을 수 있으며, 여기에는 새로운 창작방법으로 제시된 사회주의 리얼리즘과 이에 계기로 작용하는 혁명적 낭만주의가

---

14) 이정애, 「이용악 시 연구」(서울대 석사논문, 1990), p.45.
15) 오성호, 「파시즘의 강화와 민족문학의 위기」, 『한국근대민족문학사』(한길사, 1993), p.753.

일정한 영향을 끼친 것이다.16)

임화는 '프로문학에 있어서의 낭만적 정신은 과거 문학에 보든 바와 같이 사실적인 것과 모순하는 것이 아니라 오히려 사실적인 것의 完實한 理想이다'라고 주장하면서 시적 주체의 낭만적 정신이 사실주의를 완성하는 것으로 보았다. 이러한 임화의 생각은 올바른 사실주의는 시적 주체의 주관과 객관적 세계의 통일 상태를 의미하는 것으로, 역사주의적 입장에서 인류 사회를 광대한 미래로 인도하는 정신인 낭만적 정신이 없으면 올바른 사실주의를 획득하기란 불가능하다는 인식으로 발전하고 있다.

그러나 우리는 임화가 그 시기에 발표한 작품들이 이러한 임화의 문학론을 여실히 반영하지 못하고 있음을 확인할 수 있었다. 객관적인 상황이 악화될수록 임화의 시는 주관적인 측면에 몰입하여 '단편서사시'를 통해 보여주었던 객관적인 현실의 구체성에서 멀어지고 있으며, 시적 주체의 과도한 주관성에 함몰되고 있기 때문이다.

임화가 초기의 서사성과 멀어지면서 낭만주의적 주관성에 함몰되어 버리고 있다면, 용악은 초기의 낭만주의적 주관성을 서사성을 도입하면서 극복하고 있다. 이러한 이용악 시의 서사적 특징은 시적 주체의 개인적인 정서를 시적 문맥 속에서 민족의 보편적 정서로 확장시키는 역할을 하게 된다. 즉, 당대 식민지 현실의 전형이라 할 수 있는 流移民의 삶은 민족의 보편적 삶으로 확대되고, 시적 주체의 개인사 역시 민족사 전체로 확산된다. 그러나 이용악 시에 구현된 시적 리얼리즘도

---

16) 윤여탁, 「파시즘의 진군 앞에 선 시문학」, 『민족문학사 강좌 하』(창작과 비평사, 1995), p.143.

제한적이라고 평가할 수밖에 없는데, 그것은 이용악의 시가 식민지 현실을 구체적으로 드러내고 있지만, 이를 극복할 수 있는 전망을 보여주고 있지 못하기 때문이다.

결과적으로 우리는 1930년대 후반의 임화와 이용악의 시들이 주체와 객체의 상호 변증법적 지양을 통한 리얼리즘의 성취라는 측면에서 여전히 만족할만한 성과를 보이고 있지는 못하고 있다는 평가에 도달할 수밖에 없을 것 같다. 그러나 당시의 상황 자체가 이러한 시의 리얼리즘적 성취를 용인할 수 없었다는 점과 당시의 리얼리즘론 자체가 시의 특수성과 리얼리즘의 보편성을 결합할 수 있을 만큼 성숙해 있지 못했다는 점을 우리는 충분히 고려할 필요가 있다. 이러한 관점에 설 때, 우리는 임화의 시가 주체의 자기 쇄신을 시적 주체의 주관성을 통해 강화하고자 했다는 점과 이용악의 시가 서사성을 통해 민족적 삶의 전형을 창출하고 있다는 점을 근거로 이들의 시가 1930년대 후반기 詩史가 도달한 한 정점임을 인정할 수 있을 것이다.

이러한 임화와 이용악 시에 대한 평가는 진정한 시의 리얼리즘적 성취가 세계관과 창작방법의 올바른 결합을 통해 성취될 수 있음을 강하게 암시한다. 임화의 시가 세계관으로서의 리얼리즘적 성과와 관련된다면, 이용악의 시는 창작방법으로서의 리얼리즘적 성과와 관련된다고 할 수 있기 때문이다. 따라서 앞으로 진행될 리얼리즘시에 대한 논의는 세계관으로서의 리얼리즘과 창작방법으로서의 리얼리즘을 동시에 충족할 수 있는 방향으로 나아갈 필요가 있다. 세계관에 우선권을 주어 리얼리즘의 외연을 넓히는 것도 중요하지만, 창작방법에 대한 엄격한 고찰을 통해 리얼리즘시에 대한 범주와 개념을 확정하는 것이 더욱 시급하기 때문이다. 이러한 창작방법에 대한 고찰은 리얼리즘시의 창작 활성화와 비평의 객관적 기준을 제시하는 데도 중요하다는 의견을 피력하면서 결론에 대신하고자 한다.

90년대 북한 시
- 도식성 극복과 그 가능성

1. 북한문학의 올바른 이해를 위하여

김윤식에 의하면 북한 문학 연구자가 부딪히게 되는 가장 큰 난관은 다음의 세 가지이다. 첫 번째 문제는 북한의 문학작품을 직접적으로 접하기 어렵다는 점에 있으며, 두 번째 문제는 첫 번째 문제에서 자연스럽게 파생되는 것인데, 북한의 문학작품을 직접적으로 접할 수 없는 북한 문학 연구자들에게 북한의 공적 기관에서 간행된 문학사가 일방적인 강요사항으로 군림할 수 있다는 점에 있다. 따라서 첫 번째, 두 번째 문제는 남한의 연구자들이 북한의 작품들을 자유롭게 접할 수 있다면 어느 정도 극복이 가능한 문제라고 할 수 있겠다. 그러나 세 번째 문제는 그리 간단하게 해결될 수 없는데, 그것은 주체사상에 대한 이해의 문제와 직결돼 있기 때문이다.[1] 그러므로 북한의 주체사상과

---

1) 김윤식, 「북한 문학 50년의 비평사적 검토」, 『북한문학사론』(새미, 1996),

이에 기반한 주체 문예를 이해·평가하는 문제는 북한 문학 연구자의 가장 큰 숙제라 할 수 있다.

북한의 문학은 기본적으로 당의 문예정책을 바탕으로 전개되며, 당의 문예 정책은 북한의 유일 사상 체계인 주체사상을 통해 성립한다. 주체 사상은 '인간 중심의 새로운 철학사상'이라고 정의되고 있는데, 이는 '인간이 만물의 주인이며 모든 것을 결정한다'는 철학사상과 '인간이 세계와 자기 운명을 개척하는데 있어 결정적인 역할을 한다'는 실천윤 리를 처음으로 밝힌 것이다.2) 따라서 인간의 주체성이 전면적으로 부각되는데, 인간이란 '자연성', '창조성', '의식성' 등의 3가지 특성을 가진 '사회적 존재'이기 때문에 인간의 주체성은 전 부분으로 확대되어 정치에서 자주, 경제에서 자립, 국방에서 자위의 노력으로 나타나게 되고, 이같은 대내외 정책의 근간은 문학에 그대로 반영되게 된다. 이런 당의 문예 정책은 당성, 노동계급성, 인민성의 원칙으로 구현되는 데 이들은 상호 유기적으로 연관되어 통일적으로 구현되어야 하고 그 유기적 연관의 최고 표현은 수령에 대한 충실성으로 나타나게 된다.3)

따라서 남한의 부르조아 미학관으로 주체사상에 기반한 북한의 주체 문예관을 올바르게 평가할 수 있을 것인가라는 문제제기는 북한 문학 연구자가 우선적으로 선결해야할 근본적인 질문일 수밖에 없다. 그러나 이러한 문제 의식은 북한 문학이 소개된 80년대 중반 이후의 연구를 파행적으로 이끌어 가는 계기로 작용하기도 하였는데, 이같은 파행적

---

pp.83~85.

2) 이명재, 『북한문학사전』(국학자료원, 1995), p.975.

3) 윤동재, 「도식성과 산문화 경향 극복을 위한 모색」, 『남북한현대문학사』(나남출 판, 1995), p.427.

연구경향은 크게 다음의 두 가지로 대별될 수 있을 것이다. 그 첫 번째 경향은 반제민족해방문학론자들의 적극적인 북한문학 수용이고, 그 두 번째 경향은 임화 등 남로당과 연결된 문인들을 비판하는 자리에서 해방 후의 한설야 계열을 부각시켰던 몇몇 연구자들의 문학사 정리 작업이다. 전자의 경우는 문예 운동의 실천적 입장 강화를 위해 도입되었다고 할 수 있는데, 북한의 입장만을 일방적으로 강조함으로써 계속적인 비판에 직면하게 되었다. 반제민족해방문학론자들은 북한문학 및 주체문학론을 남한 사회에서 꾸준히 진행된 자생적 변혁론과 구체적으로 연계시키지 못했기 때문에 자신들의 연구성과를 집체창작이라는 창작수법과 긍정적 인물을 형상화하는 창작방법의 문제로 제한하는 우를 범했다고 할 수 있다. 또한 후자는 1959년 판 「조선문학통사」의 입장을 은연중에 그대로 수용하여 남한 내부의 연구성과들을 무시하고 일방적으로 북한문학사의 논리에 편승하는 방향으로 전개되었다. 따라서 우리는 양자 모두가 북한 문학에 대한 '거리' 두기에 실패한 결과로 북한 문학을 타자화시키고 있다고 비판할 수 있을 것이다.

그러면 지금 이 시점에서 우리에게 중요한 것은 무엇인가? 그것은 '북한 문학을 바라보는 올바른 시각은 무엇인가'라는 근원적인 질문에 대한 치열한 탐구가 되어야 한다. 다음과 같은 김재용의 진술은 이러한 근원적인 질문을 통한 북한 문학 연구에 있어 하나의 지침이 되어줄 수 있을 것이다.

한국문학은 그 동안 한번도 국민문학과 민족문학의 행복한 일치를 경험하지 못하고 분리된 채 진행돼 지금에 이르고 있다. 국가를 상실한 일제시대에는 제국주의 일본의 국민문학과 식민지 조선의 민족문학이 서로 분리된 채 진행됐고 이로 말미암아 국민문학과 민족문학은 결코 일치될 수 있는 성질의 것이 아니었다. 해방 직후 새로운 국민문학으로서의 민족문학이 성립될 가능성이 열렸지만 외세의 간섭을 슬기롭게 극복해나갈 주체의 약화로 말미암아 결국 이 과제는 이뤄내지 못한 채 분단국가를 경험하고 이는 국민문학과 민족문학의 일치를 불가능하게 했다.

이제 우리 앞에는 분단을 극복해 진정한 민족국가를 세우고 그 속에서 비로소 가능한 온전한 의미의 국민문학과 민족문학의 일치를 기대할 수 있는 전망이 열려 있다. 이 국민문학을 만들어나가는 데는 남한의 민족문학에 대한 올바른 성찰과 더불어 북한의 민중문학에 대한 올바른 평가가 필요하다.[4]

김재용이 지적하는 것처럼 북한 문학을 온전히 이해·평가하기 위해서는 민족문학의 역사적 도정이라는 거시적 안목이 절실히 요청된다. 그러한 역사적 안목은 북한의 '주체문예론'이 강조하는 '민족적인 것'과 남한의 '민족문학론'이 강조하는 '민족적인 것'이 만나고 헤어지는 부분에 대한 면밀한 검토를 통해 획득될 수 있을 것이다. 그런 의미에서 한 쪽의 일방적인 우위를 주장하는 배제의 원칙에 입각해 전개된 80년대 중반 이전의 관주도의 북한 문학 연구가 갖는 부르조아 편향과 그 이후의 극좌 편향을 동시에 극복하는 것이 무엇보다 중요하다고 할 수 있다.

이 글의 목적은 앞에서 제기한 문제들을 충분히 염두에 두면서 90년대 북한 시를 검토하는데 있는데, 그 중에서도 필자는 특히 이전의

---

4) 김재용, 「북한문학은 후퇴하는가」 ≪한겨레 21≫(1996. 2. 14), p.56.

북한 시들의 도식성을 극복하고 있는 90년대 서정시에 초점을 맞추고자 한다. 90년대 이전의 북한 시들은 이른바 수령의 형상화로 제시되는 당의 문예 이념을 충실히 따르고 있으며, 이것은 북한 시를 도식화하게 만드는 가장 중요한 요인으로 작용해 왔다. 90년대 북한의 서정시들은 이러한 도식성을 북한 내부의 자체 반성을 통해 극복하고자 하는 구체적 징후를 보여주고 있는데, 이러한 징후들을 적극적으로 검토함으로써 필자는 90년대 북한시의 전개 양상과 우리 문학과의 의미 있는 만남을 모색해 보고자 한다.

2. 북한 시 이해를 위한 예비적 검토

북한의 문단은 해방 공간까지만 해도 독자성을 지니고 있지 못했다. 그러던 것이 1945년 9월 17일 결성되었던 조선프롤레타리아문학동맹이 조선문학건설본부와 1945년 12월 조선문학가동맹으로 통합되는 과정에서 주도권을 상실한 이기영, 한설야가 이념을 좇아 먼저 월북하고, 뒤이어 송영, 이동규, 윤기정, 안막, 박세영 등이 월북함으로써 북한 문단의 원형이 형성되었다. 따라서 강경노선을 견지했던 그들의 이념성향에 의해 북한 문학은 초기부터 강경노선을 추구하게 되었다. 여기에다 조남천 등 소련파들이 귀국하고, 남쪽에서 조선 정판사 사건 (1946년 5월) 등으로 남로당 주체세력이 월북하면서 이태준, 임화, 김남천, 이원조 등이 1947년에서 48년 사이에 월북하여 문단이 세를 더하는 가운데 갈등양상을 보이기 시작한다. 또한 6.25를 전후해 정지용, 김기림, 박태원, 설정식, 이용악, 정인택, 송인순 증이 월북해서 남북문단 재편성을 마무리되게 된다. 이후 남로당 계열의 숙청으로 강경 계급주의 노선을 분명히 하게 되고, 1961년 3월 조선문학예술총동맹의 결성을 계기로 문단체제정비를 완료하고 이 시기를 전후에 새로운 전후 세대가 등장함으로써 명실상부한 북한 문단이 형성·전개되기 시작한다.5)

이상과 같은 북한 문단의 형성과정에서 보듯이 북한 문단의 흐름은 이념투쟁을 통한 비주류의 제거와 강경노선으로 요약될 수 있다. 특히 1961년 '조선문학예술총동맹'의 결성은 67년 5월에 있었던 당중앙위원회 제4기 15차 전원대회에서 채택한 유일 사상의 예비단계라는 점에서 주목을 요한다. 주지하다시피 67년 이후 북한의 문학사는 '항일 혁명 문학'을 유일한 문학 전통으로 인정하고 카프문학 전통을 부정하게 된다. 그러나 61년 결성된 조선문학예술총동맹 규약에는 "조선문학예술총동맹은 우리 나라의 유구한 역사를 통하여 발전한 진보적인 민족 문화 유산과 조선프롤레타리아동맹의 문학 예술 전통, 특히 1930년대 항일 무장 투쟁 시기의 혁명적 문학 예술 전통을 계승 발전시킨다."6)라고 규정하고 있어 카프문학과 항일 문학을 동시에 혁명전통으로 인정하고 있다.

북한에서 카프문학의 혁명 전통을 부정하고 항일 혁명 문학을 유일한 혁명 전통으로 인정하게 되면서 북한 문학은 크게 도식화된다. "나는 사회주의 건설에 관한 문예 작품과 혁명 투쟁에 관한 문예작품의 창작

---

5) 김재용, 「북한 시의 한 고찰」, 『북한의 문학』(을유문화사, 1990), p.221.
6) 김재용, 『북한문학의 역사적 이해』(문학과지성사, 1994), p.157에서 재인용.

비율은 5대 5로 할 것을 제기합니다."7)라는 김일성의 지적은 주체사상
의 근간이 사회주의 건설과 혁명 투쟁 정신을 근간으로 성립하고 있음
을 보여준다. 또한 김일성의 문예정책에 대한 지적은 당의 문예정책으
로 이어지고 당의 문예정책은 문예작품의 성과를 검증하는 유일한
근거가 된다. 따라서 북한의 문예창작은 당의 정책에 의해 지도·감독
되면서 계획적이고 목적 의식적으로 추동되게 마련이다. 당의 지도·
감독 아래 창작되고 있는 오늘날 북한의 문예창작 지침을 김대행은
다음과 같이 유형화하여 분류하고 있는데, 이는 수령에 대한 찬양과
충성, 사회주의 혁명 건설의 찬양·고취, 인민의 노동 계급화 및 찬양,
제국주의·자본주의 비판과 폭로, 남조선 혁명과 조국 통일 등이다.8)

　　김대행 교수가 북한의 시를 위와 같이 유형화할 수 있었던 까닭은
북한의 시가 당의 철저한 지도·감독 하에 목적 의식적으로 창작되어
개별 시가 문학적 형상화의 독창성을 확보할 수 없었기 때문이다. 이런
흐름들은 90년대 북한의 시에도 주류를 형성하고 있다. 그러나 그
주류의 반대편으로 역류하는 하나의 흐름을 파악할 수 있는데, 그것은
일상성의 회복을 통한 서정성의 확보라는 도도한 흐름이다. 그 흐름을
찾아내 의의를 밝혀 보는 것이 이 글의 가장 큰 목적인 바, 김대행
교수의 유형적 분류를 토대로 90년대 북한 시의 도식성을 확인하고,
이러한 유형적 분류에 저항하는 시들을 통해 북한 시의 도식성 극복의
가능성을 타진해 보고자 한다.

---

7) 김윤식, 「주체 사상에 기초한 사회주의적 문예 이론」, 『북한의 문학』(을유문화
　　사, 1990), p.99에서 재인용.
8) 김대행, 『북한의 詩歌 문학』(이대 한국문화연구소, 1985), pp.12~13.

3. 수령의 형상화에 따른 도식성 비판

주체문예이론에서는 문학예술이 당성, 노동계급성, 인민성의 유기적
인 연관 속에서 구현된다. 그리고 당성, 노동계급성, 인민성의 최고
표현은 수령에 대한 형상화로 집약된다고 할 수 있다. 따라서 수령의
형상화는 북한문예창작의 가장 중요한 지도이념으로 부각된다고 할
수 있는데, 90년대 시들 역시 이러한 흐름들을 일관되게 유지하고
있다. 다른 것이 있다면 그 주인공이 김일성에서 김정일로 바뀌었다는
점뿐이다. 김정일에 대한 흠모와 찬양은 1970년부터 시작되었으며,
김일성 사후에는 수령으로 설정하는 방식으로 계속되고 있다.

> 사랑의 햇빛으로
> 인자하신 그 명상 그려볼 때면
>
> 온 나라가 화복한 인민의 우리세상
> 빛나라 김정일장군의 나라
> ―「빛나라 김정일 장군의 나라」중에서 (최주완, ≪조선문학≫95년
> 1월호)
>
>
> 언제나 뵙고 싶은 수령님모습
> 인자하신 그영상 그려볼 때면
> 경애하는 그의 미소 어리여오네
> 아 수령님은 우리의 김정일 동지
> ―「수령님은 우리의 김정일 동지」중에서 (강명학, ≪조선문학≫95
> 년 2월호)

> 우리는 무척 오래전부터
> 느끼어 살았습니다
> 김정일 장군!
> 밝으신 미소에서
> 어버이 수령님이 그 모습을
>
> 우렁우렁하신 그 음성에서
> 수령님의 음성을 들었고
> 근엄하고도 자애깊으신 그모습
> 그 활달하신 인품에서
> 수령님의 체취를 느꼈습니다
> ─「태양은 하나」중에서 (≪조선문학≫95년 3월호)

위의 인용한 시들에서 우리는 김일성 사후 김정일이 본격적으로 수령의 위치에 세워지고 그를 중심으로 수령의 형상화가 이루어지고 있음을 확인할 수 있다. 김일성 생존시 김정일의 공식 명칭은 지도자 동지 혹은 당비서이다. 그러나 그의 위치는 공인된 후계자로서의 실질적인 이인자이었음은 주지의 사실이다. 김정일은 북한의 유일사상체계인 주체사상을 확고한 반열에 올려놓고 주체사상이론을 정교화한 중심 인물이다. 모든 정책이 유일사상체계인 주체사상을 통해 실현되고 있는 북한에서 유일한 담론 체계를 장악하고 있던 김정일의 수령세습은 이미 예고된 상태였다. 이는 문학작품을 통해서도 확인할 수 있음은 물론이다. 따라서 94년 김일성 사후의 북한문학이 그 이전과는 퍽 다르게 전대되리라는 전망에는 쉽게 동의할 수 없다. 다만 북한 내부의 자기 반성을 통한 주체문예이론의 부분적인 수정을 통해 조심스럽게 도식성을 극복할 것이라는 예측은 해볼 수 있다. 그것의 반증은 1992년 발표된 김정일의 『주체문학론』에서 찾을 수 있는데, 이에 대한 자세한 논의는 다음 장에서 이루어질 것이다. 하지만 수령의 형상화란 부분은 주체사상의 포기할 수 없는 전제로 계속 남아 있는데, 아래에 인용한 김정일의 지적에 잘 나타나 있다.

수령형상을 창조하는 것은 주체문학 건설의 기본의 기본이다. 우리 문학에서는 수령의 형상을 창조하는 것을 주선으로 확고히 틀어쥐고 나가야한다. (≪조선문학≫95년 10월호 p.49.)

이러한 수령형상 창조의 가장 흔한 형태는 수령, 당, 조국을 부모의 위치에 놓고, 인민들을 그들의 품속에서 살아가는 자녀로 표현하는 것이다. 결국 수령, 당, 조국의 일체화는 수령에 대한 찬양과 흠모로 집중된다.

노래하자
그이의 이름으로 빛나는 우리의 시대여
우리의 시대는
주체의 당으로 우리 당을 강화할 시대
혁명과 건설에서 대비약을 이룩한 시대
이땅에 대번영기를 열어놓을 시대

노래하자
열광의 시대여
이 시대는

주체의 진리가 승리한 시대
위대한 일심단결로
사회주의를 지켜낸 시대
　―「빛나라, 불멸의 위업이여」중에서 (≪조선문학≫94년 8월호)

　오영재의 위시에서 '그이'로 지칭된 사람이 누구를 가리키고 있는가
는 명약관화하다. '주체의 당'은 '우리의 당'이고, '우리의 당'의 '주체의
진리'는 '사회주의를 지켜'냈다는 것이다. 따라서 이 시에서 '수령'과
'당은 자연스레 하나로 합일되고 있음을 알 수 있다.

　　아, 우리 수령님과 지도자동지께서
　　풍란세찬 오랜 세월 로고를 다바쳐 쌓아오신
　　인간에의 신성한 결정체여
　　20세기 최대의 기적인
　　우리 사회주의여
　　날개 편 주체사회주의여
　　너다, 인간자주의 유일한 증서는!
　　너다, 만물우에 사람있고
　　사람아래 사람없는 인민의 낙원!
　　―「사회주의 신념」중에서 (최승칠,≪조선문학≫93년 1월호)

　이 시의 한 구절에도 드러나 있듯이 '수령, 당, 대중의 위대한 통일체
우에' 성립된 것이 주체사회주의이다. 여기서 중요한 것은 그 사회주의
의 창조자가 바로 '우리 수령님과 지도자동지'로 제시되고 있다는 점이
다. 이는 앞장에서 살펴본 주체사상의 최고표현이 수령의 현상화로

집중된다는 사실의 확실한 증거이다.

하늘도
백두의 노을에 타고
산천도
백두의 노을빛에 젖은
정일봉의 하늘아래

내 정들은 돌격대합숙뜨락에서
그대의 부름을 받아안았노라
당이여
어머니 당이여!
　　　―「붉은 빛발에 물들어」중에서 (≪조선문학≫92년 1월호)

북한에서 김일성이 어버이수령이라면 당과 조국은 어머니당, 어머니 조국과 같은 명칭으로 불린다.9) 따라서 당과 수령은 같은 자격을 갖추고 있으며, 살아 있는 어버이처럼 위대하고 높은 존재로 설정된다.

이것이 나의 조국이다
우리 당의 시대에 한껏 꽃핀
인간의 마음이 빛과 향기를 뿌리는
아름다운 사람들의 조국이다
그래서 더 아름다운 조국이다
　　　―「이것을 자랑하고 싶다」중에서 (김석주,≪조선문학≫90년 6월호)

---

9) 정효구, 「80년대의 북한 시에 대하여」, 『광야의 시학』(열음사, 1991), p.290.

앞에서도 지적한 바 있지만 북한에서 조국의 의미는 수령, 당과 함께 최고의 가치 개념으로 존재한다. 따라서 조국은 작가 개개인의 경험을 통해 시적으로 형상화된다기 보다는 하나의 미학적 강요로 군림하게 된다(이는 수령과 당에 대한 시적 형상화에도 마찬가지로 적용된다.) 결국 작가들은 조국이라는 소재를 시적 형상화로 표현하기보다는 관념적 진술로 일관하게 된다. 위시에서도 확인할 수 있듯이 조국은 '무엇은 무엇이다'라는 동어 반복적 진술 이상의 형상화를 필요치 않는 일종의 선험적 존재로 군림하고 있음을 알 수 있다. 이는 시적 대상이 절대화되었을 때 나타나는 부정적 양상인데, 80년대 남한의 민중시들이 안고 있던 '민중'에 대한 선험적 가치부여가 80년대 민중시들이 노정했던 도식성의 문제들과 바로 연결된다는 사실에서도 확인될 수 있다.

물론 북한 시의 도식성 문제는 북한 내부에서도 계속적인 비판의 표적이 되어 왔다. 김정일은 "도식은 문학과 독자 사이를 갈라놓는 장벽이다. 작가는 온갖 도식에서 벗어나 저마다 새로운 것을 들고나와야한다"(≪조선문학≫95년 3월호 p. 22.)라고 도식성을 비판하고, 나아가 다음과 같은 형상수법까지 제시하고 있다.

> 창작수법을 충분히 체득한 기초우에서 형상수법을 다양하게 써야 한다. 다주인공을 설정하는 수법, 주인공을 감추어놓고 형상하는 수법, 부정적 인간을 중심으로 놓고 형상하는 수법, 작가와 인물의 심리를 기본으로 생활을 그리는 수법, 랑만주의적 수법 등 효과적인 형상수법을 활용해 창조의 폭을 넓혀야 한다.
>
> (≪조선문학≫95년 3월호 p.22.)

위의 인용은 소설에 대한 언급이지만, 도식성에 대한 이러한 비판은 시의 형상화에도 그대로 적용된다. 예를 들어 리동수는 전동우의 가사 「나의 하늘, 나의 바다, 나의 대지여」를 평가하면서 "사람들에게 주어지는 감동은 기성의 것에서가 아니라 새것에 대한 느낌에서 온다"라는 중요한 지적을 하고 있다. 또한 "새롭고 발전적인 비유의 세계를 개척하여 풍만한 정서로 놀래했다.", "대조와 반복의 교차 속에서 서로 대칭적으로 조직되고 있기 때문에 가사 내용이 선명하게 부각되면서도 음율적 감각을 불러일으켜 정서적으로 풍만하게 안겨온다."라는 지적을 통해 형식적 탁월성까지 높이 평가하고 있다.[10]

필자는 북한 내부의 위와 같은 도식성 비판 작업이 결코 수사적 차원에만 머물러 있다고는 판단하지 않는다. 이런 내부적 논의들이 북한 시의 새로운 징후들을 가능하게 한 원인이라고 파악하기 때문이다. 우리는 북한의 문학이 당의 지도이념을 충실하게 반영하고 있다는 사실을 잊어서는 안 된다. 이는 다음에 살펴볼 '일상성 회복을 통한 새로운 서정성의 확보'로 필자에 의해 명명된 시들을 북한 문학과 분리시켜 부르조아 미학관(단지 수령, 당, 조국이라는 소재에서 벗어나 있지 때문에 새롭다고 평가할 가능성이 있는)으로 재단하고 북한 문학을 '타자화'하려는 경향을 극복하기 위해서이다. 따라서 북한 내부의 도식성 극복을 모색은 정체화된 주체문예이론에 새로운 활력을 불어넣을 수 있으며, 이는 문학적 형상화에 대한 좀더 유연한 방법론의 활용으로 나타나게 될 것이라는 조심스러운 예측이 가능하다.

---

10) 리동우, 「친근한 그이의 정든 품을 구가한 열정의 노래」, ≪조선문학≫(1995. 2월호), p.44.

4. 도식성 극복의 징후와 그 가능성

남한측 연구자들이 김일성 사후의 북한 문학을 바라보는 관점은 김일성 사망 이전과 이후 북한 문학에 큰 차이가 없을 것이라는 예측과 큰 차이가 있을 것이라는 예측으로 나뉘어져 있다. 김재용은 김정일의 『주체문학론』이 1992년에 발표되었고, 이는 80년대 이후 북한 문학의 흐름들을 토대로 성립되었으며, 90년대 북한 문학이 이『주체문학론』에 입각해 이루어지고 있다는 점에서 전자의 견해가 더욱 타당하다고 주장한 바 있다.[11] 그러나 이러한 김재용의 지적에는 공감하면서도 우리가 간과할 수 없는 사실은 80년대 북한의 문학 속에는 변화의 조짐으로 읽힐 수 있는 일련의 움직임들이 존재하고 있었다는 것이다. 이는 1980년대 1월에 열린 작가동맹회의에서 행한 김정일의 연설 속에 예고되어 있는데, 그 내용은 다음과 같다.

> 높은 당성과 심오한 철학성은 혁명적 문학창작의 주요한 요구이다. 모든 작가들은 당이 제시한 주체적인 창조체계와 창작원칙을 철저히 구현하며 자연주의 도식주의를 비롯한 온갖 그릇된 경향을 극복하고 창작에서 노동계급적 선을 확고히 세우는 동시에 개성적 특성을 옳게 살리며 철학적 심도를 보장함으로써 사상예술성이 높은 우수한 작품들을 더 많이 창작하여야 한다.[12]

---

11) 김재용, 「김정일 시대의 주체문학론」, ≪문예중앙≫(1995. 겨울호), pp.315∼317.
12) 같은 책, p.316에서 재인용.

김재용에 의하면 '철학성'에 대한 요구는 이 시기에 와서 북한의 문예정책에 처음 나타나 최근까지 북한의 문예정책에서 중요한 자리를 차지하고 있는 개념이다. 이 철학성에 대해 북한의 한 평론가는 "철학적 깊이란 종자의 철학적 무게, 사상의 철학적 심오성, 사회적 문제의 예리성, 생활의 새로운 탐구, 깊이 있는 분석적인 세부 묘사와 언어구사를 통하여 보장되는 창작과정의 총체"로 정의한 바 있다고 한다. 이는 김일성 주의에 얽매여 그 이외의 어떤 생각이라든가 사색을 별로 하지 않고 작품을 썼기 때문에 야기된 문제점들에서 벗어나야 함을 강하게 이야기 한 것이다. 또한 '사회적 문제의 예리함'이란 그 동안의 작품들이 현실을 미화하기에 급급하여 참다운 현실의 모습을 그려내지 못한 경향을 벗어나야 함을 요청한 것이며, '생활의 새로운 탐구'란 판에 박힌 방식이 아닌 사물에 대한 개성적인 관찰을 요구하는 것이다. '분석적인 세부묘사와 언어구사'는 기존 관념으로 현실을 확인하고 재단하는 방식이 아니라 세부의 진실성을 추구하는 과정 자체에서 현실의 진실을 파악할 수 있을 정도의 깊이 있는 탐구를 말하는 것이다. 13)

결국 80년대 북한의 문예 정책은 기존의 경향을 고수하려고 하지만, 다른 한편으로는 철학성과 지성의 강조를 통하여 상투성과 도식주의를 벗어나 문학이 현실에 다가설 수 있도록 노력하고 있다고 평가될 수 있다. 이러한 두 경향은 하나의 정책으로 공존하여 때로는 충돌하기도 할 정도로 긴장관계를 유지하면서 최근까지 지속되고 있다.

이상의 논의를 통해 우리가 확인할 수 있었던 것은 북한의 문학이

---

13) 지금까지의 '철학성'에 대한 논의는 김재용의 같은 책을 참고했음.

도식성에 대한 문제를 깊이 있게 고민하고 있음에도 불구하고 수령에
대한 형상화라는 원칙이 지속적으로 관철됨으로써 쉽게 도식화에서
벗어나지 못하고 있다는 사실이다. 이는 앞에서 필자가 지적한 것처럼
수령관에 입각한 문예창작지침은 수령, 당, 조국 등의 소재를 절대화시
키고, 이를 통해 수령, 당, 조국 등의 소재가 일상 속에서 구체적으로
형상화되는 것을 방해하여, 결국 시를 추상화해 비슷비슷한 시들을
양산하게 만들기 때문이다. 따라서 북한 시의 새로운 흐름들을 일상적
서정성의 확보라는 측면에서 고찰해 보는 것은 큰 의의가 있다고 하겠
다. 90년대 북한 시의 새로운 흐름은 추상적 차원에서 존재하던 수령,
당, 조국이라는 소재에서 벗어나 일상의 차원에 존재하는 서정성을
확보하고 있는 몇몇 시편들에 잘 나타나 있다.

> 시의 우물은 깊고깊어
> 파고 또 파다 기가 진한 밤
> 사색의 정대를 놓고
> 에-라 그만 쉬려는데
>
> 똑, 똑, 똑 누가 날 불러
> 문열고 로대에 나서니
> 오, 지칠줄 모르는 락수물이
> 란간아래 굳은 돌 뚫고 있네
> ─「락수물 소리」全文 (안정기,≪조선문학≫93년 4월호)

'우물'로 은유 되고 있는 '시'에 도달하고자 하는 시인은 '파고 또

파다'(판다는 행위는 2연의 뚫는다는 행위와 조응된다) 지쳐 '쉬려'(2연의 지칠줄 모른다와 조응된다)한다. 1연이 '우물', '기가 진한 밤' '그만 쉬다'와 같은 정적 이미지로 이루어져 있다면, 2연은 '똑, 똑, 똑'이라는 의성어와 더불어 '락수물' '돋운 돌 뚫고'와 같은 동적 이미지로 이루어져 있다. 이러한 정적 이미지와 동적 이미지의 충돌은 이 시의 시적 긴장을 유지시키는 중요한 시적 장치이다. 또한 이 시가 갖는 형태적 안정성(2연의 단시)과 이미지의 충돌로 발생한 시적 긴장이 서로 길항함으로써 구조적 역동성을 획득하게 된다. 물론 이러한 분석이 과도한 의미부여일 수도 있다는 비판이 있을 수 있다. 그렇다면 이런 식의 분석은 어떤가. 즉, 이 시가 표현하고자 하는 주제를 '시인의 자세' 또는 '시의 우물에 도달하기 위한 끊임없는 노력'이라 한다면, 이 또한 앞에서 지적한 수령, 당, 조국과 마찬가지로 추상적인 것이다. 그러나 이 시는 주제의 추상성을 일상적 서정을 통해 형상화함으로써 시적 감동에 이르고 있다. 어쨌든 이 시가 90년대 북한 시의 새로운 흐름을 잘 반영하고 있다는 점은 확인될 수 있다. 이러한 새로운 흐름은 아래의 시에서도 발견된다.

실을 꿰려 바늘을 손에 드니
세상 떠난 어머니 얼굴이 떠오른다
밝은 전등아래서도 실을 못꿰어
"얘야 이걸"
바늘실을 나에게 주시던 어머니

내 오늘 바늘 쥐고 어린 딸을 찾는다

"애야 이걸"
어머니가 하던 그말을 내가한다
인생이 실처럼 긴줄을 알았더니
지나보면 바늘처럼 짧은 것이 아닌가

작은 바늘에 실을 꿰고 못꿰임이
젊고 늙음을 다 말해주거니
길지 않는 인생길에
내몸도
바늘처럼
시간과 분과 초를 촘촘히 누비며
빈자리없이 살아야하리
삶의 자욱자욱 빛내가야 하리
　　―「바늘」중에서 (문동식, ≪조선문학≫93년 3월호)

　일상적 소재인 바늘을 가지고 '삶의 자세'를 노래한 이 시는 '교훈시'라는 이름을 달고 있다. ≪조선문학≫을 일별해 보면, '교훈시'와 더불어 '명상시', '철학시', '우화시'라는 이름을 달고 발표되는 시들이 많이 등장한다. 이런 시들은 90년대 북한 시의 새로운 경향을 선도하고 있는 듯한데, 일상적 삶 속에서 느낀 시인의 서정이 삶의 통찰로 나아가고 있기 때문이다. 수령의 형상화란 주체문예이론의 제약이 느슨한 소재를 통해 북한의 시인들은 자신의 일상적 서정을 복원시키고 있는 것이다. 특히 이러한 시들은 발표지면을 확인하지 않는다면 어느 쪽(남쪽인지 북쪽인지)의 시인지 분간이 어려울 정도이다.

　마지막으로 통일을 노래한 시를 한 편 분석해 보도록 하겠다. 통일

문제 역시 감정의 호소, 당위의 진술 등의 도식성을 그대로 안고 있던
대표적 유형이라는 점에서 앞에서 살펴보았던 수령, 당, 조국을 노래한
시들에 나타난 도식성을 극복할 수 있는 한 단서를 제공한다는 점에서
주목을 요한다.

북과 남
하나의 팀이 되어
가슴펴고 당당히
세계앞에 나서게 된 오늘은

남의 나라 하늘밑에서
서로 부딪치며
승부를 겨뤄 마주서야 했던 우리 아니더냐

돌이켜보기조차 부끄러운
그 목욕과 수치가
마주치는 손벽에 부서지도록
박수를 치자

(중략)

다시는
남남처럼
마주설수 없는 우리
이제 다시
서로 다른 국호를 달고 승부를 겨뤄야 한다면

거레여, 차라리
우리는 통일을 바란적 없다고 하자
세계앞에서 더는
하나의 혈육이 둘로 갈라졌다고
눈물의 하소연도 하지 말자

아, 하나의 기발 아래
하나의 팀으로 달리는 선수들과 함께
마음은 벌써
통일의 날에 살건만
　－「박수를 치자」중에서 (장혜명, ≪조선문학≫92년 3월호)

　코리아 단일 축구팀의 중계를 보면서라는 부제와 함께 실린 이 시는 통일이라는 거레의 염원을 '하나의 기발 아래' '달리는 선수들'을 통해 구체적으로 형상화하고 있다. 이 시는 관념적으로 토로되던(대부분의 통일을 노래한 시들에 등장하던 빈번한 감탄사의 남발, 당위적 진술의 연속 등) 추상성을 극복하고 있다. 이 시는 통일을 관념의 차원으로 노래하기보다는 분단으로 인한 삶의 구체적 실상을 통해 자연스레 접근하고 있는 미덕을 보여주고 있다.

5. 김정일 시대의 북한 시에 대한 전망

이상의 논의를 통해서 우리는 김일성 사후, 즉 김정일의 권력세습이 완료된 상황에서 북한의 시에 대해 조심스런 전망을 해볼 수 있을 것이다. 그것은 아마도 기존의 보수적 흐름과 새로운 시적 흐름이 동시에 공존하면서 진행될 것이라는 전망이다. 이런 전망의 근거는 필자가 ≪조선문학≫을 검토하는 과정에서 확인할 수 있었고, 또한 92년 김정일이 발표한 『주체문학론』에서도 확인할 수 있었다. 김재용에 의하면 김정일이 발효한 『주체문학론』은 다음과 같은 기존의 주체리론의 강령들을 수정·보완하고 있다. 하나는 카프문학을 재평가하는 것이고, 다른 하나는 영웅적 긍정인물론에 기초한 혁명적 낭만주의에 대한 비판이다.[14] 카프문학의 재평가는 초기 카프문학의 사회주의적 리얼리즘의 가치를 인정하는 것이고, 이는 '수령, 당, 인민'의 삼위일체의 정점으로 제시되었던 수령의 전일적 우상화에 대한 일정 정도의 반성이라는 평가가 가능할 수 있겠고, 영웅적 긍정인물론에 기초한 혁명적 낭만주의에 대한 비판은 본래 의미의 리얼리즘을 가능하게 할 것이라는 평가가 가능할 수 있을 것이다. 하지만 카프문학의 복원은 항일혁명문학을 유일한 전통으로 설정한 한계 내에서 이루어지는 것이고, 혁명적 낭만주의로부터 벗어나려고 하는 경향은 유일체계의 당성을 강조하는 한에서 가능한 것이라는 김재용의 지적은 앞으로 전개될 북한 문학의 전망이 상당히 불투명하다는 사실을 새삼 일깨워 준다. 다만 지금 이

---

14) 이에 대해서는 김재용, 같은 책, pp.320~330을 참조.

시점에서 우리가 확인할 수 있었던 사실은 90년대 북한 시 내부에서 기존의 흐름과는 다른 하나의 흐름이 뚜렷이 존재하고 있다는 점이다.

그 새로운 흐름이 북한 시의 도식성을 극복하고, 북한 시를 풍성하게 하는 계기로 작용하기를 바라며, 또한 이러한 북한 시의 새로운 흐름들을 적극적으로 평가함으로써 북한 문학을 바라보는 우리의 시각도 전면 부정이나 전면 긍정에서 벗어나 민족적인 것의 재발견이라는 거시적 안목으로 전환되기를 기대해 본다.

가족주의는 폭력이다

1. 전통적 가족의 해체와 새로운 가족의 탄생

　문화인류학자 머독에 의하면, "가족은 경제적 협동 및 출산을 특징으로 하는 사회집단이며, 이 집단은 양성의 성인들을 포함하고 적어도 그들 중 두 사람은 사회적으로 허용되는 성관계를 유지하며 그리고 한 명 또는 그 이상의 친자녀 혹은 입양된 자녀들로 구성된다."[1] 이러한 머독의 가족에 대한 정의는 1949년에 발표되었다는 점에서 낡은 가족 정의라 할 수 있지만, 대다수 사람들이 아직도 이러한 전통적인 가족 정의를 보편적인 가족 정의로 받아들이고 지지한다는 점에서 여전히 그 유효성을 상실하지 않고 있는 가족 정의라 할 수 있다. 가족에 대한 정의는 모든 정의와 마찬가지로 시대와 사회의 변화와 맞물려 다양하게 열려있어야 함에도 불구하고, 우리들 대부분은 여전히 과거의

---

[1] 조정문·장상희, 『가족사회학』(아카넷, 2001), p.18.

가족 정의를 완강하게 고수하고 있는 셈이다. 이러한 태도가 문제적인 것은 과거의 가족 정의를 토대로 현재의 가족 형태를 보편적이고 정상적인 가족과 일탈적이고 비정상적인 가족으로 분할한다는 데 있다. 이렇게 정상/비정상이라는 이분법적 분할선이 그어지게 되면 자연스럽게 정상/비정상의 위계가 발생한다. 비정상으로 분류된 가족에게는 온갖 편견과 억압이 가해지고, 정상적 가족을 회복하라는 강제가 뒤따르기 마련이다. 결혼은 가족 만들기의 전제이다. 그런데 만약 결혼이 갖고 있는 현실적 구속력이 현저하게 약화된다면, 가족 역시 지금의 완강한 구속력을 유지하기는 힘들 것이다. 고종석은 "결혼은 점점 불안정하게 될 것이다. 어떤 남녀가 결혼을 하더라도 그 두 사람 사이의 사랑의 서약이 영원한 것이 되지는 않을 것이다. 결혼이 되돌릴 수 없는 선택이라는 생각이 엷어지거나 사라질 것이다. 이혼은 실패한 인생의 표지가 아니라 자유를 위한 선택의 상징이 될지도 모른다"2)고 지적하면서 조심스럽게 결혼과 이혼 그리고 가족의 미래를 진단한다. 이러한 진단은 급속한 이혼율의 증가와 이로 인한 전통적 가족의 해체에 기반한 것이므로 상당히 설득력이 있다. 지금 우리 사회는 전통적 가족의 해체와 새로운 가족의 탄생이라는 변화에 직면해 있다. 그 변화에 대한 해법은 다양하게 담론화 될 수 있다. 급속한 가족 해체에 대해 두려움과 절망을 토로하는 사람들이 있는가 하면 그 반대로 반가움과 희망을 발견하는 사람들도 있다. 전통적 가족 형태와 그 관념의 해체는 우리에게 축복인가 재앙인가. 내 생각에는 우리 사회를 전일적

---

2) 고종석, 『코드훔치기』(마음산책, 2000), p.143.

으로 지배하는 가족주의의 미망에서 벗어날 수 있는 단초를 제공한다는 점에서 그것은 아마도 재앙보다는 축복이 될 듯하다.

2. 가족이라는 치명적 유혹

최근 흥미롭게 시청하고 있는 드라마가 있다. SBS에서 방영하고 있는 '정'이라는 드라마다. 이 드라마의 초반부에는 근대적 결혼 관념을 지탱하는 '낭만적 사랑'이라는 열정에 이끌려 어렵게 결혼에 성공한 두 남녀가 결혼이라는 환상에서 결혼이라는 현실로 이행하는 과정이 흥미롭게 그려져 있다. 그러나 이 드라마는 회를 거듭할수록 두 남녀가 낭만적 사랑이라는 환상을 가족을 위한 희생이라는 또 다른 환상으로 대치하는 전형적인 가족 이야기로 회귀하고 있다.

이 드라마는 현명하고 슬기로운 전업주부 아내와 가족을 위해 불철주야 애쓰는 셀러리맨 남편이라는 전통적인 부부 역할을 남녀 주인공에게 각각 할당한다. 이 부부가 겪는 갈등의 대부분은 남편의 식구들로부터 온다. 극히 비현실적이고 과장된 캐릭터로 무장한 남편의 식구들은 가족이라는 이름으로 두 남녀의 부부 관계를 끊임없이 간섭하며 결과적으로 두 부부를 파탄 직전으로 이끈다. 아내이자 며느리이고 형수이자 새언니인 극중 여자 주인공이 이혼을 결심하고 집을 나오자, 남편이자 아들이고 형이자 오빠인 극중 남자 주인공은 이제 자신은 더 이상

장남이기를 포기한다고, 형이기를 포기한다고, 오빠이기를 포기한다고 선언한다. 그러나 이 선언의 비장함은 너무나 쉽게 가족주의에 투항해 버린다. 자신이 암에 걸렸다는 사실을 알게 된 여주인공은 가족의 소중함을 깨닫고 자신의 남편과 식구들을 용서하고, 그들을 자신의 가족으로 받아들인다. 시작은 창대했지만, 끝은 미약한 그렇고 그런 가족 드라마로 전락하고 만 것이다.

특히 이 드라마의 남자 주인공은 우리 사회에 만연해 있는 가족주의의 위험성을 온 몸으로 증거하고 있다. 극중 남자주인공은 제약회사에 근무하는 셀러리맨이다. 그는 가족의 이름으로 모든 굴욕을 감수하며, 같은 논리로 갖은 편법을 저지른다. 그 모든 행위는 가족이라는 이름으로 정당화된다. 계약을 성사시키기 위해 남자 주인공은 병원장과 사무장에게 로비와 향응을 제공하고 결국에는 인맥과 연줄을 이용해 계약을 성사시킨다. 이 드라마는 우리 사회에서 벌어지는 다양한 형태의 불합리한 관행들을 살짝 건드리고 있지만, 그러한 불합리한 관행들은 가족이라는 이름으로 너무나 쉽게 용인된다. TV는 우리에게 가족을 위해서는 무슨 일이든지 할 수 있어야 한다고, 아니 해야만 한다고 속삭인다. 그 유혹은 너무나 치명적이어서 우리는 아무런 거부감 없이 손쉽게 그 유혹을 받아들인다.

3. 가국체제, 국가와 가족주의의 음험한 공모

패럿에 의하면, 가족은 "모든 갈등과 음모와 관습과 의식의 장"[3]이다. 그러나 정작 우리가 소비하는 가족 이미지는 이러한 "갈등과 음모"가 말끔히 제거된 무균질의 포근하고 아늑한 가족 이미지일 뿐이다. 각종 매체들에 의해 따뜻한 가족 이미지는 끊임없이 확대 재생산되고 있으며, 그러한 과정을 통해 가족의 모순은 적절히 은폐되고 가족의 실체는 철저히 왜곡된다. 이렇게 은폐되고 왜곡된 가족 이미지는 우리들을 가족이라는 지고지순한 가치체계에 강박적으로 집착하게 만든다. 이러한 강박은 외적인 강제성의 형식을 취하기보다는 내적인 자발성의 형식을 취한다는 점에서 더욱 문제적이다. 우리는 아무런 의심 없이 가족을 최상의 가치로 자연스럽게 받아들이게 되는 것이다.

가족이 최상의 가치로 내면화될 때, 그 당연한 귀결은 가족주의의 확산이다. 가족주의는 "집단으로서의 가족을 가족 성원보다 더 중시하고, 가족의 인간관계를 가족 이외의 사회관계에까지 의제적(擬制的)으로 확대해 적용하려는 세계관"[4]이다. 고종석의 견해를 조금 더 빌자면, 가족주의가 지배하는 사회는 여성이 남성에게 예속되고, 부부 관계보다는 부모와 자식의 관계가 더 중요시되며, 개인보다 집단을 우선하는 집단주의 지향이 일반화된다. 이러한 가족 안에서의 부모와 자식 사이의 수직적 관계는 본가와 분가 사이로 확대되고, 기업에서의 사용자와 노동자 사이의 관계로 확대되고, 국가나 정치의 영역에서 권력자와

---

3) 조은, 『근대가족의 변모와 여성문제』(서울대출판부, 1997), p.2.
4) 고종석, 앞의 책, p.147.

국민의 관계로 확대된다.

이런 식으로 가족 차원의 수직적 위계가 국가 차원의 수직적 위계로 확대될 때, 가족과 국가가 포개지는 왜곡된 국가체제가 탄생한다. 이러한 왜곡된 국가체제를 이득재는 가국체제로 명명한다. 가국체제는 가족을 기만하고 수탈하는 국가 차원의 폭력 구조를 조직적으로 생산한다. 가족의 수준에서 그것은 과도한 가족이기주의를 부추기게 되고, 국가의 수준에서 그것은 국가가 수행해야 할 공적 책임을 가족에게 떠넘기게 된다. 따라서 우리 사회에 만연한 가족이기주의는 개인적 차원의 문제라기보다는 구조적 차원의 문제이다. 타락한 사회가 도덕적 인간을 요구한다는 것은 일종의 기만이기 때문이다.

이득재는 『가족주의는 야만이다』에서 우리 사회에 만연해 있는 가족주의의 폐해를 구체적으로 분석한다. 그가 제시한 분석의 요체는 가족이 국가와 시민 사회를 가로지는 메타 구조로 작동함으로써 "국가=사회=가족"이라는 가족 유사성이 발생하게 된다는 것이다. 국가와 사회와 가족 사이의 가족 유사성은 국가와 사회와 가족 사이의 경계를 모호하게 만들어 버린다. 국가와 사회와 가족 사이의 경계가 모호하게 되면, 국가는 손쉽게 자신의 역할과 책임을 가족에게 떠넘길 수 있게 된다. 이득재에 의하면, 우리 사회는 국가가 공권력으로 가족을 배후에서 지지하기 때문에 가족주의가 강화되는 것이 아니다. 오히려 국가와 사회의 부재로 인해 그 '효과'로서 가족주의가 강화되는 것이다.[5] 쉽게 말해, 국가가 자신의 책임을 방기하고 있기 때문에 가족주의가 강화되

---

5) 이득재, 『가족주의는 야만이다』(소나무, 2001), p.42.

고 있다는 것이다. 국가의 입장에서 가족주의의 강화는 비용과 노력을 절감할 수 있는 가장 손쉬운 방법이다. 그렇지만 개인의 입장에서 그것은 국가가 담당해야 할 비용과 노력을 고스란히 떠 안게 되는 매우 어리석은 일이다. 이토록 어리석은 일을 계속해서 반복할 이유가 우리에게는 없다.

4. 가족사회를 넘어 시민사회를 향해

이 글을 읽고 있는 독자들은 혹시 '형님'이라는 말이 풍기는 악취에 전율해 본 기억이 없는가. 나의 언어감각 때문인지는 모르겠지만, 나는 '형님'이라는 말이 주는 음산한 어감에 특히 민감하다. 나는 '형님'이라는 말에서 특정한 목적을 위해 가족 이미지를 이용하려는 어떤 음모를 느낀다. 왜 우리 사회는 공적 차원의 관계에서도 사적 차원의 호칭을 애호하는가. 그것은 아마도 사적 영역과 공적 영역이 명백히 분리되지 않은 채 뒤엉켜 있기 때문일 것이다. 사회적 관계가 학맥이나 인맥으로 좌우되는 사회, 그래서 조폭과 검사가 형님 아우로 호칭될 수 있는 사회는 극히 위험하다.

우리 사회의 위험성의 수준은 상상을 초월한다. 우리는 공적 집단 내의 특정한 사적 집단을 '000 패밀리'라고 부르는 데 익숙하다. 익숙한 정도가 아니라 그것을 선망하기까지 한다. 공적 집단 내의 특정한 사적 집단에 속할 수 있는가 없는가가 개인의 성공을 좌우하기 때문이다.

그래서 우리는 무슨 수를 써서라도 특정한 사적 집단의 일원이 될 수 있는 자격을 얻고자 애를 쓴다. 그러므로 '000 패밀리'라는 무국적의 언어는 우리 사회에 만연한 가족주의의 위험 수위를 정확히 가리킨다. 앞에서 지적했듯이 우리 사회는 가족과 국가가 포개져 있는 가국체제가 지배하는 사회이기 때문이다. 이러한 가국체제 하에서는 온전한 의미의 시민사회가 형성될 수 없다. 시민사회가 부재하기 때문에 국가는 아무런 저항 없이 국가의 역할과 책임을 계속해서 가족에게 떠넘길 수 있는 것이다.

이러한 악순환의 고리를 끊기 위해서는 국가가 적극적으로 생산하고 개인이 자발적으로 맹종하는 가족주의 신화로부터 적극적으로 탈주해야 한다. 가족주의가 가족과 개인의 가치를 존중하고 보호하는 것 같지만 사실 그것은 가족과 개인의 가치를 기만하고 억압하는 지배 이데올로기일 따름이다. 우리는 가족과 가족주의에 대한 성찰을 토대로 국가가 가족에게 떠넘겨 왔던 국가의 역할과 책임을 국가에게 온전히 되돌려 주기 위해 싸워야 한다.

아마도 그 싸움은 매우 고통스러울 것이다. 그것은 자기 내부에 내면화된 가족주의와 싸우는 동시에 국가라는 거대한 체계와 싸우는 일이기 때문이다. 허나 어쩌랴. 싸움이 없다면 변화 역시 없음을.

참고문헌

제 1부 참고 문헌

고미숙 「근대계몽기. 그 생성과 변이의 공간에 대한 몇 가지 단상」, 『비평기계』, 소명, 2000.

김상욱 『시의 길을 여는 새벽별 하나』, 친구, 1990.

김영민 「우리 소설의 내적 형식의 역사와 관계망 파악」, ≪민족문학사연구≫제5호, 민족문학사연구소, 1994.

김영민.「한국문학사의 근대와 근대성」, 『20세기 한국문학의 반성과 쟁점』, 소명, 1999.

김외곤 「남북한 현대 소설사의 비교」,≪현대소설연구≫제7호, 한국현대소설학회, 1997.

김용직 『한국근대시사』, 새문사, 1982.

______ 『한국현대시사』1권, 한국문연, 1996.

______ 『한국현대시사』2권, 한국문연, 1996.

김윤식 「이식문화론 비판」, 『한국 문학의 근대성과 이데올로기 비판』, 서울대출판부, 1987.

______ 「임화론」, 『한국근대리얼리즘 작가 연구』, 문학과지성사, 1988.

______ 『임화 연구』, 문학사상사, 1989.

김윤식·정호웅 『한국소설사』, 예하, 1993.

김윤태 「1930년대 프로시론의 전개와 양상」, 『한국현대시론사연구』, 문학과지성사, 1998.

김재명 『한국현대사의 비극-중간파의 이상과 좌절』, 선인, 2003.

김재용 『민족문학운동의 역사와 이론』, 한길사, 1996.

김진석 「초월적 서정주의에 스민 파시즘적 탐미주의」, 『주례사비평을 넘어서』, 한국출판마케팅연구소, 2002.

김 철 「한국 근대 문학사 연구의 쟁점」, 『잠 없는 시대의 꿈』, 문학과지성사, 1989.

______ 「한국 보수우익 문예조직의 형성과 전개」, 『구체성의 시학』, 실천문학사, 1993.

김춘식 「낭만주의적 개인과 자연·전통의 발견」, ≪작가연구≫11호, 새미, 2001.

김태준·박희병 교주 『소선소설사』, 한길사, 1990.

류준필 「형성기 국문학연구의 전개양상과 특성」, 서울대 박사논문, 1998.
백지연 「주체의 기원. 문학의 기원」, ≪문애≫, 1998, 여름.
백 철 「책머리에 붙여」, 김해성, 『한국현대시문학전사』, 형설출판사, 1974.
서준섭 「현대 시의 형식과 역사」, 『한국현대비평가연구』, 강, 1996.
송현호 「한국현대소설사의 유형화와 개략적 검토」, ≪현대소설연구≫제 7호, 한
    국현대소설학회, 1997.
신승엽 「이식과 창조의 변증법」, ≪창작과비평≫, 1991. 가을호.
안한상 「해방 직후의 문단조직 및 문학론 연구-「문건」과 「문동」의 좌우합작노선
    을 중심으로」, ≪선청어문≫20집, 서울대학교사범대학국어교육과, 1992.
_____ 「해방 직후의 문단 조직과 노선-우파 문단을 중심으로」, ≪선청어문≫21
    집, 서울대학교사범대학국어교육과, 1993.
_____ 「해방기의 문단 조직과 문학론 연구-소위 '중간파'의 입장과 문학론을
    중심으로」, ≪전농어문연구≫8집, 서울시립대학교문리과대학국어국문
    학과, 1996.
오형엽 「한국근대시론의 구조적 연구」, 『한국근대시와 시론의 구조적 연구』, 태
    학사, 1999.
유병석 「임화의<신문학사>연구」, ≪한국학론집≫21·22합집, 한양대학교국
    학연구소, 1992.
윤여탁 『리얼리즘시의 이론과 실제』, 태학사, 1994.
이광호 「맥락과 징후」, 『비평의 시대1』, 문학과지성사, 1991.
_____ 「문제는 <근대성>인가」, 『환멸의 신화』, 민음사, 1995.
_____ 「한국현대시론의 미적 근대성 연구」, 고려대 박사논문, 1998.
이명원 「문학의 심미성과 문인의 정치적 올바름의 관계」, 『파문』, 새움, 2003.
이상경 「임화의 소설사론에 대한 비판적 검토」, ≪창작과비평≫, 1990, 가을호.
이승훈 『한국현대시론사』, 고려원, 1993.
이승훈 「한국 모더니즘 시사 기술의 문제점」, ≪한양어문연구≫ 제 13집, 한양어
    문연구회, 1995.
이재선 『한국현대소설사』, 홍성사, 1979.
_____ 「성찰을 요하는 소설의 제 문제」, ≪한국문학≫, 1986. 봄호.
이현식 「1930년대 후반 문예비평이론 연구-특히 주체 문제와 관련하여」, 연세대
    박사논문, 1997.
임규찬 「임화 '신문학사'의 올바른 이해를 위하여」, 『임화 신문학사』, 한길사, 1993.
_____ 「민족문학의 역사화를 위한 젊은 열정과 구체적 현실」, ≪민족문학사연구≫
    제 5호, 민족문학사학회, 1994.

임우기 「미당 시에 대하여」, 『그늘에 대하여』, 강, 1996.
정재찬 「현대시 교육의 지배적 담론에 관한 연구」, 서울대 박사논문, 1995,
정한모 『한국현대시문학사』, 일지사, 1974.
진영복 「반파시즘 운동과 모더니즘」, 『근대문학과 구인회』, 깊은샘, 1996.
차원현 「이재선론－비평. 그 원론적 사유의 힘」, 『한국현대비평가연구』, 강, 1996.
최두석 『시와 리얼리즘』, 창작과비평사, 1996.
최승호 「근원에의 향수와 반근대의식」, 『박목월』, 새미, 2002.
한국민중사연구회편 『한국민중사Ⅱ』, 풀빛, 1986.
하정일 「프리체의 리얼리즘관 30년대 후반의 리얼리즘론」, 『민족문학의 이념과
        방법』, 태학사, 1993.
한수영 「통일시대의 문학사 서술을 위한 시금석」, ≪민족문학사연구≫제 5호,
        민족문학사학회, 1994.
황현산 「서정주의 시세계」, 『말과 시간의 깊이』, 문학과지성사, 2002.
현택수 「문학 생산의 장」, 『문학의 새로운 이해』, 문학과지성사, 1996.
Matei Calinescu. *Five Faces of Modernity - Modernism. Avant-Garde, Decadence., Kitsch.*
        Postmodernism, Duke University Press, 1987.

제 2부 참고 문헌

고형진 「화려하고 풍성한 비평의 시대」, 『한국현대문학사』, 현대문학, 1995.
구중서 『문학과 현대 사상』, 문학동네, 1996.
권성우 「김영현의 소설과 정남영의 비평문에 대한 열네 가지의 단상」, 『비평의
        매혹』, 문학과지성사, 1993.
______ 「젊음의 문학. 문학의 젊음」, 『비평의 매혹』, 문학과지성사, 1993.
김도연 「장르 확산을 위하여」, 『민족. 민중. 그리고 문학』, 지양사, 1985.
김명인 「지식인문학의 위기와 새로운 민족문학의 구상」, 『희망의 문학』, 풀빛,
        1990.
______ 「현단계 문학운동의 방향감각 조정을 위하여」, 『희망의 문학』, 풀빛, 1990,
김용락 「민족문학 논쟁사 연구」, 실천문학사, 1997.
김윤식 「문학사 10년의 내면풍경」, ≪문예중앙≫, 1988. 봄호.
김 현 「책머리에」.『문학과 유토피아』, 문학과지성사, 1980.
남송우 「민중적 민중문학에의 고집」,≪현대비평과 이론≫, 1992. 봄호.
남진우 「문학·실천·주체」, 『바벨탑의 언어』, 문학과지성사, 1989.
______ 「공허한 너무도 공허한」, ≪문학동네≫, 1995, 봄호.
박혜경 「자유와 문화적 초월. 혹은 열린 전망」, 『비평 속에서의 꿈꾸기』, 문학과지

성사, 1991.

박현채 「문학과 경제」, 『역사. 현실 그리고 문학』, 지양사, 1985.

성민엽 「민중문학의 논리」, 『민족. 민중 그리고 문학』, 지양사, 1985.

염무웅 「5.60년대 남한문학의 민족문학적 위치」, ≪창작과비평≫, 1992, 가을호.

정남영 「김영현 소설은 남한 문예 운동의 미래인가. 과거인가」, ≪노동해방문학≫, 1990, 6월호.

_______ 「김영현 논쟁의 결론」, ≪노동해방문학≫, 1991, 1월호.

정과리 「자기 정립의 노력과 그 전망」, 『역사. 현실 그리고 문학』, 지양사, 1985.

정과리 「민중문학론의 인식 구조」, 『스밈과 짜임』, 문학과지성사, 1988.

조정환 「민족문학건설에 있어서 문학연구활동의 임무와 방향」, 『민주주의 민족문학론과 자기비판』, 연구사, 1989.

_______ 「민주주의민족학론에 대한 자기비판과 <노동해방문학론>의 제창」, 『노동해방문학론』, 노동문학사, 1990.

채광석 「민족문학과 민중문학」, 『민족. 민중 그리고 문학』, 지양사, 1985.

홍정선 「70년대 비평의 정신과 80년대 비평의 양상」, 『역사. 현실 그리고 문학』, 지양사, 1985.

황광수 「80년대 민중 문학론의 지향」, 『민족문학주체논쟁』, 청하, 1989.

제 3부 참고 문헌

김대행 『북한의 詩歌 문학』, 이대 한국문화연구소, 1985.

김명인 「1930년대 중후반 임화 시의 양상과 성격」, ≪민족문학사연구≫5호, 민족문학사연구소, 1994.

김선건 「1970년대 이후 노동소설에 나타난 계급의식에 관한 연구」, 연세대 박사논문, 1992.

김승구 「백석 시의 낭만성 연구」, 서울대 석사논문, 1997.

김윤식 「강경애론」, 『(속)한국근대작가론고』, 일지사, 1981.

_______ 『한국근대문예비평사연구』, 일지사, 1984.

_______ 「북한 문학 50년의 비평사적 검토」, 『북한문학사론』, 새미, 1996.

_______ 「주체 사상에 기초한 사회주의적 문예 이론」, 『북한의 문학』, 을유문화사, 1990.

김재용 「북한 시의 한 고찰」, 『북한의 문학』, 을유문화사, 1990.

_______ 『북한문학의 역사적 이해』, 문학과지성사, 1994.

_______ 「김정일 시대의 주체문학론」, ≪문예중앙≫, 1995, 겨울호.

_______ 「북한문학은 후퇴하는가」, ≪한겨레 21≫, 1996. 2. 14.

김정훈 「임화시 연구」, 한양대 박사논문, 1996.
김형수 「서정시의 운명을 밝히는 사실주의」, 『다시 문제는 리얼리즘이다』, 실천문
　　　학사, 1992.
류　만 『조선문학사』, 과학백과종합출판사, 1995.
리동우 「친근한 그이의 정든 품을 구가한 열정의 노래」, ≪조선문학≫, 1995,
　　　2월호.
성민엽 「異次元의 展望」, 『지성과 실천』, 문학과지성사, 1985.
양진오 「새로운 연대의 노동소설 읽기」, 『비평의 시대2』, 문학과지성사, 1993.
오성호 「파시즘의 강화와 민족문학의 위기」, 『한국근대민족문학사』, 한길사,
　　　1993.
유영윤 『근대소설의 형식과 사회 현실』, 박이정, 1998.
유　정 「암울한 시대를 비춘 외로운 詩魂」, 『이용악 전집』, 창작과비평사, 1988.
윤동재 「도식성과 산문화 경향 극복을 위한 모색」, 『남북한현대문학사』, 나남출판,
　　　1995.
윤여탁 「파시즘의 진군 앞에 선 시문학」, 『민족문학사 강좌 하』, 창작과비평사,
　　　1995.
윤영천 『한국의 유민시』, 실천문학사, 1987.
＿＿＿ 「민족시의 전진과 좌절」, 『이용악시 전집』, 창작과비평사, 1988.
이명재 『북한문학사전』, 국학자료원, 1995.
이숭원 「이용악 시의 현실성과 민중성」, 『20세기 한국시인론』, 국학자료원, 1997.
이은봉 「리얼리즘시 논쟁의 주요 쟁점에 대하여」, 『진실의 시학』, 태학사, 1998.
이정애 「이용악 시 연구」, 서울대 석사논문, 1990.
정홍수 「두 가지 인간학」, ≪한국문학평론≫, 1998, 여름호.
정효구 「80년대의 북한 시에 대하여」, 『광야의 시학』, 열음사, 1991.
조남현 「노동문학. 어떻게 볼 것인가」, ≪신동아≫, 1985, 7월호.
조현일 「1920～30년대 노동소설 연구」, 서울대 석사논문, 1991.
최두석 「리얼리즘 시론」, 『리얼리즘의 시정신』, 실천문학사, 1992.
현준만 「노동문학의 현재적 의미」, 『민중. 노동 그리고 문학』, 지양사, 1985.
Karl Marx. *"Alienated Labor"*. Richard Schmitt & Thomas E. Moody ed.. Alienation
　　　and Social Criticism. Humanities Press. 1994.

저자 류찬열

중앙대학교 국어국문학과를 졸업한 후 2006년 같은 대학 대학원에서 「김수영
문학 연구」로 박사학위를 취득했다. 박사 학위 취득 후 「1970년대 한국
현대시 연구」로 중앙대학교 신진우수연구자 지원을 받았다. 현재 중앙대와
남서울대에 출강하고 있다.

한국 문학의 반성과 성찰

초판인쇄 2007년 11월 13일 | 초판발행 2007년 11월 24일
저자 류찬열 | 발행 제이앤씨 | 등록 제7-220호

132-040
서울시 도봉구 창동 624-1 현대홈시티 102-1206
TEL (02)992-3253 | FAX (02)991-1285
e-mail, jncbook@hanmail.net | URL http://www.jncbook.co.kr

ISBN 978-89-5668-557-1 93810 | 정 가 15,000원